献给那些消逝的故乡

U0330071

叶开
丘眉
——

本册主 编

美丽乡村
青年笔记

「一生至美」书系

书系主编　李　辉　　朱大可

华东师范大学出版社

·上海·

图书在版编目（CIP）数据

美丽乡村青年笔记 / 叶开，丘眉主编 .—上海：华东师范大学出版社，2021
（一生至美书系）

ISBN 978-7-5760-2176-9

Ⅰ.①美… Ⅱ.①叶…②丘… Ⅲ.①散文集－中国－当代 Ⅳ.① I267

中国版本图书馆 CIP 数据核字（2021）第 204525 号

美丽乡村青年笔记

（"一生至美"书系）

书系主编　李　辉　朱大可

本册主编　叶　开　丘　眉

策　划　人　王　焰

责任编辑　唐　铭　时润民

责任校对　王婧懿　时东明

装帧设计　卢晓红

出版发行　华东师范大学出版社

社　　　址　上海市中山北路 3663 号　邮编　200062

网　　　址　www.ecnupress.com.cn

电　　　话　021-60821666　行政传真　021-62572105

客服电话　021-62865537　门市（邮购）电话　021-62869887

地　　　址　上海市中山北路 3663 号华东师范大学校内先锋路口

网　　　店　http://hdsdcbs.tmall.com

印　　　刷　上海盛通时代印刷有限公司

开　　　本　787 × 1092　32 开

印　　　张　15

插　　　页　2

字　　　数　135 千字

版　　　次　2022 年 2 月第 1 版

印　　　次　2023 年 11 月第 2 次

书　　　号　ISBN 978-7-5760-2176-9

定　　　价　68.00 元

出版人　王　焰

（如发现本版图书有印订质量问题，请寄回本社客服中心调换或电话 021-62865537 联系）

"一生至美"书系

书系主编

李 辉　朱大可

《美丽乡村青年笔记》

本册主编

叶 开　丘 眉

联合青年主编

徐雯恬　邵卓人　王力力　祁文亮

摄影

邵卓人

装帧设计

卢晓红

冯骥才特别作序，单占生特别顾问

白岩松　梁永安　王　尧　张新颖　梁　鸿　胡智锋
徐兆寿　孙良好　薛晋文　张　欣　汪成法　赵普光
谭旭东　赵建国　严英秀　刘海明　陈晓兰　曾　英
唐　云　陈　离　叶淑媛　庞秀慧　晋　超　辜也平
杨位俭　金　进　刘广远　吕玉铭　武少辉　黎　筠
何万敏

联袂推荐

目录

青年学子，一生至美的乡愁
（总序）

李　辉

著名作家、著名编辑家、首届

鲁迅文学奖获得者

"头号地标"、"六根"等率先发起"返乡画像"活动，就是要让年轻人知道自己的故乡在何处，知道如何与前辈聊天；每个村落、每条街道、每座山、每个家族的故事，蔓延而生，留存在自己记忆里，找到一个扎实的根基。

《美丽乡村青年笔记》，告诉读者的是大学生们心中的乡愁。每个人的写法各自不同，可以说，恰恰是不一样的写法让大学生们把故乡的细枝末节叙述得生动而扎实。

譬如，汪可欣写小滁州笔下苏轼、曾巩的故事；何丽雯写那条路的熟悉味道；隋明仪笔下大连无垠的海域；赵可越笔下兰溪美丽的名字；龚然留存金陵的三七八巷；陈曦记录姥姥的宝贝；汪雪琪归家时，带上明制汉服；高小茹一棵树的守望，盼来一弯明亮的月亮；陈敏笔下少不了烤红薯的秋天；黄洁一直在写"我们与河"；刘思博记录绿皮火车串起的村庄，一直留存下来；王月娇记录老屋的乡愁；刘聪赢留下点点滴滴的襄阳味道……

根基所在，就是每个年轻人的乡愁。

两年时间里，诸多大学生陆续开始自己的"返乡画像"。不同的人写不同的故事，不同的人在乡愁中体味情感。有了这些，他们笔下的故事顿时充满丰富细节，以立体化呈现，各自故乡的来龙去脉，开始走进他心中。

用心者，才能体味乡愁。细腻者，更能把故事叙述得与众不同。

故乡在何处？

在道路遥远的地方，可望而不可即。惟有如此，每个年轻人心中的那份念想，那种渴望走回去的地方，才是他们心之所系的归处。

诚然，乡村已遭蚕食，更多的人走进不一样的新的城镇。漂泊的人，一直在漂泊；出外打工的父母，只能把孩子们寄留乡村。现实已经如此，恐怕无法撤回。

可以说，对漂泊在外的人而言，越是如此，他们心中的那份乡愁，越永远无法抹去。

为了乡愁，年轻大学生们，终于开始自己的行走。

在行走中，记录点点滴滴的细节。有了这些，乡愁就在年轻人的心中，一直蔓延下去……

2020 年 7 月 24 日，北京看云斋

现在城市的同质化正在向农村转移
（序一）

冯骥才

著名作家、中国民间文艺家协

会名誉主席、中国传统村落保

护与发展研究中心主任

每一分钟，都有文化遗产在消失。再不保护，五千年历史文明古国就没有东西留存了，如果我们再不行动，我们怎么面对我们的子孙？

我担心将来中国人会在自己的城市里迷路，不论哪个城市，满眼全是现代建筑。所有文化旧址、胡同、街道，都被房地产开发商的推土机铲平，造起来的楼盘，基本上都是一个样，原有的城市个性和特点都消失了。

比如我举两个城市的例子，南方的浙江嘉兴和北方的山东德州，这两个城市在发展和建设当中，城市里面的历史街区板块（德州除去一个文化性的遗址之外）基本上完全没有了，它们曾经是中国历史上非常著名的文化名城，如今却基本上连历史建筑都没有了。

那些对历史和文化遗产的保护意识比较落后的发展思路，其更大的兴趣，仍然是那些旅游景点似的东西，要急功近利地把投资通过商业运作挣回来。他们把老城最后搞成了遗址公园，最后为了收门票，人流众多，商业气息太浓，历史的感觉反而没有了。

这样的问题在古城改造中屡见不鲜。云南的大理和丽江，向来被视作古城保护的典范，它们吸取了其他城市的教训，在古城外另建新城区。但在我的眼睛里，大理和丽江的历史传统没有了，灵魂没有了，只剩下一个躯壳。

它们完全是商业化的城市，原有的文化深层的魅力流失了，原有居民大量迁走了，城市的记忆没有了，它原有的生活形态没有了，游客和居民都是汉人，原有的民俗和生活也丧失了，小店里卖的东西在南方、东北的景点里都有，游客看到的歌舞，最后都是表演性的东西，村民在那儿挤眉弄眼，真正内涵的东西没有了。

中国的那些远离城镇的古村落，因为地处偏

远，远离高速公路，在城市化突飞猛进的三十年里，它们得以幸存。但在这几年的城镇化进程中，一批保存了近百年的古村落，被有组织有计划地拆掉，建设成新城镇和高层小区。

十年前，我和中国民间文艺家协会去山东普查，发现齐鲁大地上有许多不为人知的古村落，有的村庄占地庞大，有城墙围绕，护城河和内河、池塘纵横，学堂、孔庙、祠堂、仓库、戏楼、钟鼓楼都有，街道、水井齐整，民居规划工整，非常美丽。

我们当时还能看到山东的一些古村落，我们想做古村落的调查，把好的古村落确定下来，然后向建设部提一个名单，这些村落像北京的胡同一样先别动。去年我们的队伍深入调查下来，结果齐鲁大地上一个古村庄也没有了。山东经济发达，其城市化速度也快，但在历史建筑和地方文化保护方面却也付出了不小的代价。

对那些商业化的古村，如山西王家大院、江苏周庄那样的旅游景点，我也担心它们的未来。他们往往是把村子围起来，把几个道口都变成了售票处。在我看来，这些古村就是为商业服务的，是为游客表演的一个平台，跟文化没有关系。对这些古村的改造和"复兴"应避免随意和过度商业化，可惜的是，当下的做法还有不少缺陷。

即使是那些入选世界文化遗产的古村，它们的未来也叫人担心。在江西赣南地区和福建闽西地区分布着三万多座土楼。在它们成为世界文化遗产以前，很多土楼里的牌匾和摆设的文物，都被文物贩子收购并转卖到了国外。后来申请世界文化遗产，有关部门也花钱请专家、学者做申请文本报告，做规划、保护方案，但在土楼定为世界文化遗产之后，那些保护方案的落实却与预期存在不小差距。

原来每个土楼都是博物馆，"文革"毁了一批，"文革"之后又卖了一批，所以很多土楼都空了。也有少量土楼里还有些东西，但这些土楼里现在没有人住，风吹雨淋，破败得很厉害。那里只是动物和植物的天下。中国应该出台完善有效的法律和管理机制，酌情让符合条件的人使用土楼、居住其中，系统化对土楼进行保护，延长它的寿命。

对古村的未来，我很担忧。

现在城市的同质化正在向农村转移，打着城镇化发展和新农村建设的旗号，大批的房地产商把城市土地开发完了后，正在转向农村，因为农村还有大量的土地。这一波，如果我们控制不了，千姿万态的中国村落就会变成城市里那些建筑垃圾。

带着家乡去旅行
（序二）

叶 开

著名作家、著名编辑家、语文
教育家

有一段时间，我认为家乡一定要有具体的物：

一个瓦顶，一棵树，一口井，一个院子。院子
里跑动着一群鸡鸭，几只小猪眼睛好奇，小狗摇着
尾巴跑来跑去。院子外面，有一个山坡，一条河，
一个竹林。

还要有些小伙伴，一起荡过来，荡过去，在空
空荡荡的原野上行侠仗义。

这些景象，在你的记忆中组成了立体画面，色
彩宛然。

萧红一直在写她的"呼兰河"，那些不灭的景
物闪闪发光，爷爷带孩子去院子里翻压酸菜的生动
情形，令人记忆尤深。

沈从文一直在写他的"湘西"，一条官道，一条河，一艘船，一个女孩子，构成了这个广阔、明媚而鲜活的世界。

黄永玉一直在写他的"朱雀城"，父辈们的人生喧腾，湘西王陈渠珍的豁达和蔼，奶奶的智慧博大，小城的生生死死，一条门前的河，永远地流淌而东去。

我们中大多数人，都从家乡来到城市，又从城市返回家乡。

家乡的景象一直鲜活如新：汽车来到村头的时刻，最令人怦然心动。

犬吠鸡鸣，炊烟袅袅，记忆的画面徐徐展开了：在晨霭中升起，淹没了整个村庄的沉静，不断地蔓延。那个时候，我最期待的是一阵猛烈的鞭炮声，是远远近近的嘘寒问暖，是孩子们在村庄和山野间追逐，嬉戏。

卸去了浑身的焦虑，这时候的你，终于活泛起来。如一条鱼回到了河里，一只鸟飞向了天空。我们回到了自己最熟悉的世界。这个世界为何总是记忆犹新？因为，这是从小开始用自己的双脚和双手，用自己的双眼第一次探索的世界。这个世界，如同印泥一样，印在了记忆里。时间过得越久，记忆就越鲜亮。你知道，自己长大了，变老了，故乡也长大了，变老了。

可能，乡村的景物还是美的，但热闹不复当初。年轻人大多外出学习、打工，只有过年过节才回到乡村里。在只有老人和孩子的世界里，缺乏蓬勃的生命力，那就是"青春"和"壮年"。没有年轻人，没有年轻父母，这个世界，总是缺乏一种平衡的美感。

这个世界变了，不管我们承认不承认，回到了家乡，失去了家乡。

我们真正失去的是记忆中的人与事。

我们执着地记得，那个时候的天空是干净的，那个时候的溪水是清澈的。经过我们记忆的过滤，一切都更加美好，经过我们的叙述，一切都更加深刻。

有一段时间，我逢人就劝他们写作，写一人一物，写一事一景，写自己记忆中不磨灭的美好。一切都可以写，写出来就是文章。文明时代的人，写作时代的人，我写故我在。

今日的村庄，不再是田园牧歌的世界，而是在现代城市文明的不断狂飙中被不断推到边缘的、更边缘的次级失落园。在这个世界里，本该有的那些人情、世故、关系，周边风物，都有了极大的变化，有待再进一步思索，更深入观察。我们不一定能在物质层面上迅速移山填海，恢复水土，但我们可以在自己的写作中，让一切美好的事物，呈现它们本来的美好样子。

我们眼睛看到了这变化中的世界，我们在思考着这失落的世界，我们在寻找这失落世界中，还有什么价值可以沉淀下来，结成晶石，成为我们内心中沉甸甸的事物。

我们忙忙碌碌，内心迷惘，终究需要有什么能确定下来。

不是诗与远方，而是记忆与家乡。

记忆中，总有一束光照射在某个图景的中心，让一切纤毫毕现。

乡间仍然有小路，可以行到水穷处；仍然有大石，可以坐看云起时。

我们不可能再回到过去，不能逆转时光。我们处在这个时代，我们的写作，就让我们拥有了第二个世界，人生中的平行宇宙。

2020 年 7 月 22 日，多伦多

第一编

乡 土 朝 圣

总有能被误认为是永恒的片刻
（本编引言）

徐雯恬

也许每个人的生命里都有这么一个无风的夏天：天空是澄澈的蓝，"唭——"的一声拧开瓶盖，空气里便充满了盐汽水的味道，舒服的日子里有着空调、电扇和做不完的白日梦。

当然生活是没有绝对顺心的，不过对于一个九岁的小女孩来说，恼人的也不过是只没完没了叫嚷的鸣蝉，因为它吵了人午睡的安眠。在二三年级的暑假里，我总在脑袋里练习着心算。它在绝大多数日子里是一个实际的应用题：我得做好安排，算算每天平均写几篇作文才能完成作业。因为我明白，只有这样，白日梦才能来得更加心安理得。可我也不想听劝，就喜欢蹭掉拖鞋，走在热烈的水泥地上，一步、两步……我清楚地记得，自那时起，我相信地球是一个圆形的球体了——因为地表是凸起的，它紧紧地贴近了你的脚窝。又一步、两步……相信我，这时可没那么舒服啦，你会像眼前被人惊到的麻雀那样跳起来，巴不得踮着用大脚趾点地走路。然后我会傲着头，飞也似地钻进冷气，只留下脑后一位老妇人带着点咒骂的长调：

"喂——叫你穿鞋啦——喂——"

有好几个夏天我都是这么度过的，生活由睡午觉、玩拼图和偷吃棒冰组成。傍晚的时候我会和一群爷爷奶奶一起乘凉，在我们的方言里，我们叫它"乘风凉"。七点以后蚊子渐渐多了起来，那么我们就加快总结一天的进度，再慢慢地把太师椅搬进家门。白昼长得用不完，剩下的时间用来调皮捣蛋。

很长的一段时间里，我一直以为童年夏日的生活就是这样。它日复一日，翻篇作数，没有特别。直到有一天——我现在都能记得那一天。那天我午睡醒来，看着草席撤了卷，缓缓铺在地砖上时，爷爷突然从楼下给我拿来一笼蒸饺。他是个贴心而快乐的老头，他知道我喜欢吃蒸的，而不是带汤的。

"饺子皮和蒸锅黏在一起啦！"我叫嚷着大笑。饺子皮已经被空调风吹得失去了水分，可我依旧满意。我慢慢啃咬着，那一瞬间我望着窗外曳曳的爬藤松，莫名地觉得幸福。

多年后的回望让我有一种后知后觉的心惊：我

只觉得，那一刻近乎神迹的降临。而这偶然的触动本不该发生在一个九岁的女孩身上。因为在那一刻，我仿佛忽然地抽身，腾到半空，望着我的小脑袋，以一种后来人的角度看待那一静谧安详的时刻，进而又漫过整个假期的记忆。奔跑、棒冰和咸咸的盐汽水，我不需要额外做什么。在那个暑假，我每天在日记本上写上的都是"快乐的一天"。哪怕电视里放着老年人才爱看的电视剧，哪怕天阴暗得待会就有一场可怕的暴风雨……可我不难受也不害怕，我依旧感到幸福。

长大后的日子里，似乎每过一天，都是对那一天的证明。我搬进了钢筋混凝土累积起来的房屋，逃离了自然、祖辈和惬意。哪怕成年了才离开故土，但故乡对我来说并不是一段完整的记忆。在大多数的日子里，那些庸常的谈不上美好的时刻不再被我铭记。说到故乡的人和事，我想指的就是那个夏天。而此刻，它早已被我锁进了记忆的光轴里，时不时拿出来看看，它好像荡漾着蓝色的波纹。

这么说，让人有点想落泪了。

这就是我想强调的朝圣的感觉。我想，每个人谈到故乡，心中总有那么一段故去的片段时而出来挠挠人的心。记忆好比天边的云，有时聚合、有时离散。它也许足够模糊，让人奋力睁大了眼也无法再次仔细辨认；但有时它又或许重要得大过天，甚至它早就在无意间凝结在了人的血脉里。

在这个部分，你将看到十一篇满载情感的文字。（本编所收各文，均于2018年3月至9月间首发于"头号地标"微信公众号。）他们将带着对故土的朝圣之心回望故乡。他们或许带着淡淡的愁思，又间杂着深深的眷恋，最终那些时过境迁与悲欢离合会汇结成崇高。这些文字是对过去的或仍残存的最后怀念。

当然朝圣并不意味着歌功颂德。故乡值得人们尊敬，但我们期待着能在那块土地上生发出更美好的明天。回望只是一个机会、一种行为。它让人从眷恋和崇高感出发，让思绪再次经过陶冶，淘洗下来的，或是热烈的感情，也有可能是一份难得的厚重。

一切，等待读者发掘。

徐雯恬，《美丽乡村青年笔记》联合青年主编

（摄影，邵卓人）

又回石雅，纯净空灵的蓝

李扬帆

若是要我用一种颜色来形容家乡，我会选择，蓝。

天空一样的蓝。

海一样的蓝。

蓝是我最喜欢的颜色，因为它最纯净。它是少女的脸庞、婴儿的眸子，是乡间的碧波、田间的麦浪，我愿意把世间一切一切美好纯粹的东西都赋予它。

一切的纯净、澄澈、空灵与光亮。

每年大年初二，爸妈都会带着我返乡，准确地说，是我奶奶的故乡。我已经没有故乡了。写下这句话的时候，我有点悲伤，所以在这儿，我愿意为自己辩驳几句，或者说，向大家伙儿说说我心中那种奇怪的感受。那个对于我极其陌生的地方，那个我对于它也极其陌生的地方，每次开车经过那儿时，总会有种莫名的温热与感动浮上心头。虽说我现在还没有到"寻根"的年纪，但冥冥之中我知道自己的根在这儿，我属于这里，无论将来我走得再远，我都属于这里，即使这个地方我一个人也不认识，一条路也不认识，更别提这里的一棵树、一条河，甚至，一条狗。

几十年前，这个世界还没有我的时候，我们一家就举家搬到了城市，留下一间没有人住的空房子，年久失修，前些年听说那房子也塌了一半。乡里人已经换了好几拨，老人们走了，曾经的孩童们现在也已人到中年，属于一代人的记忆远去了。当然，这记忆没有我的份。但是，我想，这种奇妙的感受你们恐怕也会有吧，也许你们比我幸运得多，并未亲身经历过，但是在书中总还是看到过的，因而这种感觉，即便我无法用文字来描述形容，我相信你们是懂的。

也许每个人天生就注定与这世界上的某一处地方有种莫名的联系，不问缘由，也没有归期，幻化成一份奇妙的记忆，像熔岩埋藏在火山底，在某个特定的时间，便会喷薄而出，它等待着被唤醒。然而更多的时候，像一个宝箱沉入大海深处，它藏在我心里，很深很深的地方，成为怀乡情结的一部分。

我把它锁在心里。

那么，现在我就说说我奶奶的故乡吧，因为现在，我奶奶的故乡，便是我的故乡了。

我奶奶的故乡，有一个很好听的名字，叫做"石雅"。当我第一次听说它的时候，我以为那是一个美丽姑娘的名字，后来发现不是，我竟有点失落，因而对这个小村子便有了更多的好奇与期待。

石雅石雅，村如其名。

石雅是一个很小的村庄，房子都是石砌的小屋。不知从哪儿搬来成千上万大小不一形状不一的石头，由自家勤劳又能干的长辈一块块码好，整整齐齐，有时糊上一些泥巴。我仔细观察了一下，石头与石头之间大多情况下是没有泥巴等粘合剂的，按照每一块石头的特点来安排它的位置，有的作为"根基"，有的"穿插填补"。我惊异于老一辈们的创造力与耐心，更惊异于这小小的石屋竟是如此结实耐用，几十年来，无畏风雨，成千上万块大小不一的石头紧紧地挨在一起，相亲相爱。

石雅村很小，村口的介绍上写着：石雅村，共有住户三十余户，共有村民百余名……具体数字我记不清了。村子很小，青年人、中年人大多去外闯荡世界了，留在村子里的，怕都是些老人了，因而这个统计数字我是怀疑的，不过这一点也不妨碍村子的美好。是的，它是美好的，我想这一点无论是我的眼还是我的心都是承认的，因而我愿意用这样一个词来形容它，它别致而静雅，精致得就像是遗落在城市深处的一件艺术品。

跟舅公、舅婆问了好，简单地寒暄过后，我们一家子连同姑姑一家便打算趁着好天光去田野地里走走；奶奶一辈则开始了"家长里短"的唠嗑，我回头望望，已过古稀之年的奶奶在正值耄耋之年的大舅公面前仿佛仍是个小妹妹，两个老人忙前忙后，却十分默契。午后的阳光盛大、热烈却不显灼热，点点金光撒在他们花白的发上，我的眼前忽然一阵晕眩——在万丈光芒里渡过时间的海，想象起他们少年时的模样，嘴里扬起笑容，眼里却莫名渗出泪花来。

我们在那条熟悉的田间小路上走着，不错，是熟悉的，那一条路我们每年都走——一年一次。耳旁又响起父母一辈的回忆来，姑姑说，我小时候常在这条河里洗衣，那时我才五岁咧！我们笑道："你五岁就会自己洗衣服啦？"姑姑被我们这样一"深究"反而有些不好意思了，改口道："洗小毛巾，小毛巾……嘿嘿嘿。"随后她又补充道："你爸爸小时候最爱钓鱼，喏，就是那条河，有时逃课去钓鱼，或者中午午睡的时候跑出去，钓回来的鱼，吃也吃不完，随便煮一煮，撒点盐，那味道就鲜美得不得了，现在想想，还真是……唉……"我不知道姑姑没说完的话是什么，是怀念，还是伤感？大概都有吧？也许还夹杂着许多许多，我知道，那种感觉是道不出的。转身看看我爸，他不说话，是的，他一向寡言少语，他的眼张望着不远处的那条河，眸子亮亮的，半晌才说一句："那时候的河可比现在大多了，水也清多了，鱼也多多了！"

迎着满目金灿灿的阳光，我不禁又开始幻想起那些璀璨的日子来，眼前这对早已步入中年的兄妹一时间在我的眼里幻化成孩童模样，我想象着姑姑洗小毛巾时如何的笨拙又倔强，我想象着我的父亲如何一猛子扎进水里，在清澈的水里舒展自己的臂膀，像鱼一样自由自在穿梭在碧波间，翻腾起阵阵波浪，迸溅起点点金光；我想象着他们如何躲过老师的法眼逃课去摸鱼抓虾，如何地胆战心惊，又是如何地幸福欢畅，喝着那鲜美的鱼汤……

太美好了啊！一切都太美好了啊！

这时，我不由得想起路遥在《人生》中写到的一句话："所有少年时期经历过的一草一木，在任何时候都会非常亲切地保留在一个人的记忆中，并且一想起来，就叫人甜蜜得鼻子发酸。"

谁说不是这样呢？别说回忆，光是想象，便叫我"甜蜜得鼻子发酸了"！

满心欢畅，我们一行回到家里，大舅公正拾掇着柴火，奶奶正炒着一盘鲜嫩的大白菜。那大白菜是刚刚大舅公"开车"出去"收回来"的。说是"开车"，其实是开一辆电动三轮车，那可是大舅公的"爱骑"，他平时去隔壁村儿或者上城里去，总爱开这辆车。这不，连去自家田里收白菜，也是"开车"去的！他坐在车上，轻轻一转动车把手，便以旋风之势飞远了，不久又嗖嗖地以旋风之势飞回来，精气神儿十足。我这个人就爱幻想，我又开始想象着他如何在田里挑选着最大最漂亮的白菜，如何利落地用小刀将它们割起、扔进车里，如何满心自豪地唱着小曲儿开回来……他一边把车停好，一边捧起车里的大白菜，剥去外边带泥的外层，露出内里来，雪白的茎，嫩黄绿的叶，水灵灵的，像初生婴儿的脸蛋，又像汉子结实的臂膀，我看见大舅公脸上满是荣光。

而这时候，他的脸是被盈盈的火光映红的。我靠在门框上，看着他拾掇着添柴，时不时又用木棒"捣一捣"火堆，火就烧得更旺了，"也得给它们透透气呢"，他嘿嘿地笑。奶奶则回忆起小时候劈柴砍柴的情景来，她说起自己如何在天蒙蒙亮鸡都还没打鸣的时候就去山上劈柴了，她说起自己如何背着一大摞柴火回到家胆战心惊地接受母亲和大哥的"检阅"（有些柴烧了火不旺，他们是不要的）。说着说着，不知怎么的，她大概是眼神瞟到了灶旁的米缸，话题便转到米缸上来，气氛一下子沉重了起来。她说起抗日战争鬼子进村时，是如何地把一个平日里宁静朴质的小村庄搞得鸡飞狗跳、妻离子散、人心惶惶，她说起大哥如何把她藏在家里的米缸里让她别发出任何声响，当时她的心是怎样地怦怦直跳啊！（据说当时日本鬼子进了村里，一个女人也不放过，女娃娃也得藏起来。）她说起这些的时候，神情严肃了起来，舅公眼里也放着锃锃的光。我听着这样一段"历史"，恍惚间觉得教科书上、纪录片里的描述与自己的生活竟是如此接近，又是如此令人胸口隐隐发疼。

我奶奶，1942 年出生。

我舅公，1936 年出生。

是了，就是了，是那段历史！啊，我眼前的这两个老人，他们是从抗战时期走过来的人，他们是从上世纪那个腥风血雨的年代里走过来的人，他们是见证了新中国的成立、成长与富强的那一代人！

强烈的时代间离感让我觉得眼前两个老人既熟悉又陌生，我的心中不由得燃起丝丝敬意来。可是一想到战争曾经如何真真切切地发生在我们的生活里，发生在我们所爱的人身上，烧杀抢掠曾经如何真真切切地侵蚀着普通人平凡的生活，我就痛心不已，我感到我的心在喷火。

从那样一个时代里走来，"活着"是多么艰辛且不易啊！

从来没有这样一刻，我感到自己与历史是如此地接近；

从来没有这样一刻，我感到自己是如此地义愤填膺。

火苗蹦窜，木头和枯叶发出"嗞嗞"的声响，它们在火堆里慢慢地卷起、蜷缩着，慢慢地变黑——所有的一切都会过去，都会灰飞烟灭……火……越烧越旺……日子总会越来越好的……但过去不能遗忘……是的，我们不能忘。是的，我们会永远记住。

一时间，我的眼里、我的耳畔夹杂着太多的声音，太多的画面如潮水般朝我汹涌而来，将我紧紧环绕。密集得将要透不过气。将要窒息。由远及近、由远及近，又一一荡开，我的心中，像绽开无数个鲜红的血泡，张开无数双含泪的眼睛。

鼻翼传来阵阵饭香把我拉回现实，米粒的味道、蔬菜的味道、枯树枯叶的味道、泥土的味道、半朽的木门的味道、潮湿的青苔的味道、火的味道、时光的味道、老人的味道……此时此刻，全都夹杂在一起了。

时光是什么味道呢？老人又是什么味道呢？

我说不清。我说不清啊。

可是我始终相信他们是有味儿的，这一点我从心中坚信。

我看见火光把大舅公的脸映得通红通红的，像喝醉了酒，像个红太阳，长兄如父，这个老人，年轻的时候，曾是这个家的太阳，现在也依然是。他的身旁，奶奶沟壑纵横的脸上，盈满了笑意。

门外爸爸和姑姑不知在说些什么，也传来阵阵笑声呢！

而我的眼角，却淌出一滴滚烫的热泪来。

"一切都是瞬息，一切都会过去

而那过去了的

就会成为亲切的怀恋"

抬头看天，你看，天蓝得多么美好啊！回想

一路上看到的吃草的小羊、黑不溜秋的小猪、勤恳的老牛、成群的黑鱼、会上树的鸡，一切都是那样真切动人啊！想起脚下的土地，石砌的小屋，看着七八十岁还精神矍铄的老人们，可真觉得踏实啊！

我要感谢大舅公，久居城市的人儿，有乡可回，是一件多么幸运的事啊！

此时此刻，我才意识到，我是多么地幸运，因为我有两个故乡，可触的，不可触的，抽象的，具象的，欢乐的，感伤的……它们一同构成我的故乡情结，一同构成我的生活本身，一同融入我的血液，构成我的一部分。

它们就是我，我就是它们。

我愿意把世间一切一切美好纯粹的东西都赋予它们。

一切的纯净、澄澈、空灵与光亮。

很多很多年以后，当我再忆起故乡，我的心中，只剩下一片蓝。

本文作者：李扬帆，温州大学人文学院中文系在读。

菌 子

范淑敏

又是一个暖冬，那年香菇大丰收，唯菇农纷纷破产。

空气中蔓延着干涸的希望和陈旧的破败，似发霉的菌丝，令人在这暖冬里瑟瑟发抖。

这萧条中滋长着欣喜、失落、绝望，七零八落地堆放在田埂上，赤裸裸地摆开来。那是成千上万的菌棒尸体，消耗殆尽，背负骂名。

想来小镇不用广口瓶做菌丝培养皿已经十多年，似乎没有人因为少了当年锃光瓦亮的玻璃瓶而觉得异样。

那时候，铺满整面墙的枣红色架子上，广口玻璃瓶们齐落落贴着红框标签连成一条线，在我还不识字的时候，就已经被烙上。小小的竹荪泡在福尔马林里，像一枚含苞待放的蕾丝白伞。不会老也不会死。

童年时候，我总会把彩色弹珠藏在玻璃瓶后面。一把掏出来的时候，没少砸掉瓶子。有时候是一朵平菇，有时候是团猴头菇。我撺掇同伴收拾残局，把角落里瓶瓶罐罐摆出来，直到枣红架子再一次填满。第二天，若无其事地再看，我摆的鸡腿菇已经被换回了一瓶猴头菇，锃光瓦亮、一尘不染。

我乐于宣称这是我的小屋子。

阳光斜着穿过玻璃瓶，在瓶底聚成一个小小的光点。我有记忆以来，它们就已经长在瓶底，打伞状、鸡腿状的蘑菇里长出来。那时候，我爸是菌种研究员，从试管培菌到菌棒培植再到分发给农户，忙累了他会到这里来，拎着我直勾勾的眼睛，告诉我第十五排第一瓶是"毛头鬼伞"！

说不准奶奶的厨房里现在也有几个活着的"毛头鬼伞"呢？我从他食指的老茧下抽身逃走。

奶奶的厨房，一年四季，也装着不一样的"毛头鬼伞"。白色炖青色，红色炒灰色，褐色煸黄色……腿儿状的片成了纸，伞儿状的炖成了粥，云儿状的刨成了丝，猴头状的省事，直接焖了。经常是在一个午后，我顶着烈日钻进凉飕飕的屋里。福尔马林的味道会和厨房里筒骨炖竹荪的味道一同升起。我拖着踢踏鞋，耷拉在大概一米高的位置，和一朵竹荪说话：

"你的小伙伴马上就要被吃掉了！"也许它毫不

在意，依旧在玻璃瓶里摇曳生姿。

大概一米五的那一排瓶子，沾满了一枚枚新鲜的指纹，每天几乎不带重样的。认识的不认识的人来来去去，拿了菌种回去也会带各种菌子来。一茬接一茬收割过后，总会有四面八方的人也在这个屋里凑凑脑袋，"好呀，挣钱就好呀"。

大球盖菇被选中，被接种、培植，然后年底，会有几只排上奶奶的砧板。

我的小屋子被当成了展厅，夹杂着热绒绒的汗味儿，从薄膜土底下生长出来的廉价烟草味儿。我一颗一颗弹着玻璃弹珠，试试看能不能把他们中的一个滑倒。

他们能精确无比穿梭其中，在玻璃瓶上涂满指纹后哈着腰出去。他们去参观蒸汽炉，像一群蚂蚁簇拥着路边捡到的鸡脆骨，把我爸爸架了出去。

他们才不关心菌丝试管是怎么样培植的：温度多少？湿度多少？紫外线多少？

"哪个好卖嘛，你说说！"

"噢哟，范研究员啊，我们全靠你咯！"

他们端起一支试管："这个肯定好卖噢？"

其实那是一支没有培植菌丝的营养液。

爸爸似乎在他们交杂的话中挑选出了最好听

的，他精于此道。这就像他会在几百支试管中挑选出最好的菌丝，一连一星期观察它，最后竟然用它种出一朵美丽的竹荪。他此刻满面通红，一会儿让孙大哥坐呀，一会儿让周大娘看呀……

那时候我到哪儿都是"范研究员的女儿"。我挂着小叮当幼儿园的书包，逃呀，从蜂拥而来的轰炸里挤出去。"我是阿敏！"不提自己姓范。

范研究员夫妇更忙了，却仍旧站在了六一儿童节的校门前。园长蹬着一双糊着鞋油的高跟鞋，凑到范研究员夫妇面前："你们家做菌子？那蛮好的呀，孩子写字都像在画蘑菇了。"我局促地捏着皱巴巴的作业簿，还是没能防止它被抢去。它被摊在范研究员夫妇面前，那是一页写得像"M"的阿拉伯数字"3"。我端起眼睛，头伸过去探了探。妈妈拢了拢袖口，不住地点头，长长的灯芯绒裙子，垂在我眼前。六一，好像从那时候起，就是别人的了。

临行前，范研究员递给园长一袋新鲜的"毛头鬼伞"。一路上范研究员夫妇不停要和我说话，也要我张口说话。不知道究竟谁失了谁的面子，而我只是突然不会像鹦鹉一样张口说话了。

等到县里统一食用菌生产的第一年，红头文件像小广告一样裹住了每一根电线杆。小叮当幼儿园的米白色栅栏上打出"菌临天下"的标语。

范研究员的姬松茸忽然就在小镇遍地开花。随之而来的是浓稠的烟草味儿，盖住了厨房递过来蒸的、煸的、煎的香味。千百只鹦鹉跳着舌尖说话了。他们之间沟通流畅无比，一泻千里。

有一天范研究员神神秘秘地走上阁楼，打开一个抽屉大小的箱子，很卖力地在我面前装卸。

他告诉我这是给我买的DVD，"喔，差点忘了，还有会唱歌的光碟！"他的食指在空气中跳舞。

当家喻户晓的"小螺号"在电视机上奏响，一股热融融的感觉席卷了我，像触电一般，我跳了起来。可是又不想表现得太惊喜，于是我只是"哦，是DVD……"。这么一来，小螺号鲜亮的画面就黯淡了，一双热融融的眼睛好似瞬间凹陷，接着是褶子长了出来。

这之前，几家种植户已经赚得钵满盆满。人称"老光棍"的李伯伯去了越南，"带"回了那时候最新鲜的越南媳妇。

范研究员的寒冬是在第二年腊月降临的。

那个腊月仍有成千上万只姬松茸被采摘、去尘、烘干，然后死亡。据说有关部门已经打烊回家过年，一个探出头来谈收购的人都没有。那一年的腊八过得相当潦草，邻里之间串门只是问："卖出去了吗？"

"难道你家卖了？"一双睁得老大的眼睛，像夜猫的瞳孔，闪着精光。

"一点儿没卖，堂屋里200斤。"

"哦……那我家今年全靠少，才180斤。"那双闪着精光的眼睛，抖了抖，精光褪去之后，像两只布满血丝的鸽蛋。

腊月将尽。他们低着头说话，像突然失声的麻雀，不再是跳跃的鹦鹉。他们不再叫那个优雅的名称"姬松茸"，他们开始破口大骂，牛粪菇能有什么出息？

我依旧从他们中探着走过去，他们却鸦雀无声了。那眼神足有二两重，我顶着小黄帽插缝溜走。躲在没有试管的试管间，棕瓶照不出我当时的样子。

想来已经过去十几年了，白色食用菌丝的纹理我还记得清清楚楚，像络在橘子上的白线。范研究员夫妇整个腊月下旬都不着家，走街串巷去收购没有销路的姬松茸。他们通常在粘稠冗长又尖利的夜里回来，窸窸窣窣地说话。

"收购方不管了，做什么要我们收摊子？"

"菌种是我们家拿的……"

"他们家菌种钱都还没付！"

"付没付也是我们家拿的菌种呀！"

我在深夜醒来的房里，听他们站在堆成小山的姬松茸前，压低了声音。

这成堆的姬松茸最后都没有卖出去，小镇的梦魇就这样被摞在屋里，发酵，蔓延。多少年后，我在大表姐的喜宴上，闻到姬松茸绵长的味道，肋骨中间的某个囊袋还会翻江倒海。

县里开始发放免费菌种的时候，已经是在建设"菇乡"名声的时候了。范研究员不再叫"范研究员"了，他们叫他"小范"。他们开始靠规模拿国家补贴，用数量撑门面。

"这样下去要糟糕呀……"爸爸看着成堆的菌棒铺满稻田，他吞了吞脑袋，像是在喃喃自语，又像是想告诉谁。

这样一来，日子好像过成了当年吃大锅饭的样子。有人下令种香菇，树木从山包剃下来，碾成粉末，香菇棚便像放肆撑出地壳的春笋一样，源源不断长出来。

那一年的香菇价格一开始是1.1元一斤，再后来是9毛。邻里乡亲最热衷的事情，就是在清早卖菇回来路上，问一句"多少？"

"九毛二！"

问的那个匆匆走了，听的这个知道自己比他起码高了一两毛，于是便很快乐。

那一年杂交白蒜2.2元一斤，绿豆3.5元一斤。

菜场上，虾是一只一只排着，芹菜一根一根摆着，香菇一堆一堆放着，偶尔踩到，会滑一跤。

三五年后，参差不齐的香菇菌丝腐烂在土地里，霉菌啃噬了新菌棒，繁衍出又一堆霉菌。曾经轮作庄稼、草菇、杏鲍菇、鸡腿菇、平菇、姬松茸、灵芝、大球盖菇的土地，在白绒绒、绿森森的香菇菌丝中坏死。一半的菌棒在长出香菇之前就被解剖、翻新，成为来年的原材料。香菇一版一版摆在架子上，价格曾经一度超过了当年的红皮大蒜。装在架子上的香菇，好像骆驼瘦死后驼峰里颤动的清水，回光返照，待贾而沽。

周大娘年关的时候，送一盘鲜香菇来，刚好我们在晾晒木耳。爸爸起身连连说谢，问："今年做香菇咋样？"

"菌棒坏了一半，全靠价格可以，还是卖得不够一年开销的，只不过菌种又不要钱的。"她哗地一笑，她这么一笑，我们也只好莫名其妙地笑了。"那就好，那就好……"

"啊呀，这个木耳是个稀罕玩意……"她蹲下来拨了一拨，"小姑娘都这么大啦？"一双菱形的眼睛挑起来细细打量我。

她决口不提前年的旧账，到如今已经十二年，我还记得她说的："你们也该吃国家饭了。"那拧成一条的笑肌好像她在其中吃到了金子，然后她按了一盘木耳回去。

爸爸的试管间缩小到原来的四分之一，蒸汽炉换了一个又一个，一个比一个小。最小的一个最后卖了废铁，"五毛一斤吧？"

"多少都随你了。运走……运走吧！"这个当年在蒸汽炉前手舞足蹈的人，就这样把它卖了。

我的小屋，还是那么齐齐整整铺满了菌子，只是不再有新的"舞姿"。

"敏敏，哆饭啦！"妈妈接管了奶奶的砧板。

她的砧板和奶奶的砧板颇不一样，简单到只是红配绿、黑配红。酸辣酱黑木耳，鱿鱼炒黑木耳，掀开高压锅——排骨炖黑木耳。

"干木耳放得久呀！可以好端端放两年呢！"我扒了一口饭，宽慰他们。

"那吃呀，好吃的呀！"

黑色的木头耳朵，我一只一只往嘴里吞，酱的、炒的、炖的，都吃。这里吞下去，有些东西就从另一处喷涌出来，热漉漉地挂在腮帮上。

"别的菇做不下去了吗？"我问一边埋头扒饭的爸爸。

"小孩子管这么多做什么？"他撂下碗，径直去了。

我盯着他的碗，看它颤了颤，然后落定，像我一样愣在那里。

妈妈是这个时候坐到我身边的，"有些话，你做女儿的不能说……"，她给我夹了块排骨，我的碗一躲。

妈妈陪我的时候不多。奶奶说在我还喝母乳的时候，等不来妈妈从试管间里出来，我就只管自己哭。我巴望着这个女人带着淡淡的香味和湿淋淋的头发从门框里闪进来。在她进门的时候，我会呷一口迟迟不肯喝的奶粉，好像我其实很乖。学走路的时候，只要把咿咿呀呀的我放进带轮子的婴儿椅，我在菌棒和菌棒之间磕磕绊绊就学会了。

我能像小鹦鹉饶舌说话，像羊羔支着走路。可是突然间，我与他们之间架起了长河，桥在其中摇摇晃晃，甚至抓不住流水。那时候，我觉得二十岁和三十岁，都一样。一样无处安放，无法企及。

小屋里菌子们，姬松茸、草菇、鸡腿菇、竹荪、鸡枞、牛肝菌、大球盖菇、杏鲍菇……在我的回忆中褪色、霉变，慢慢地，或许朽烂成了福尔马林的一部分。后来我们从闽北搬到了浙南，一心想着逃离，便多年再没回去。小屋里的一切，终于，我不得而知。

到昆明上大学以后，它们成了我朋友口中经常提起的一部分："啊，你们不要点菌子啊，这里有个不吃菌子的。"我在那局促地剥开纸巾，在一片疑惑声中好像犯了什么错。

要知道云南的七月，点菜不吃菌子的，据说只有两类人：一是游客，还要是孤陋寡闻的那种，否则再怎么样也会接受推荐；再有一种，就是菌子过敏的。

我大概属于后者，光看，就够够的了。

我把这样的故事捏捏团团攒成笑话，一并说给沪昆铁路那一端的妈妈听，她只是在那端长久地沉默。

归家已是放寒假，小镇客车上的水汽结成冰花，把窗外撕得破碎。影影绰绰中，看见原先的莲花池已经用砺石填平做了大棚。那大棚像是肥硕的大虫，齐齐落落盘踞在田野上。我没见过这般景象，只觉得新鲜，便多看了几眼。那泥污遍布的大棚竟看不出什么究竟，于是作罢。早已经精疲力竭的旅人，只想回家看那暖融融的炉灶。

门锁着，敲门，无声响。于是仓皇翻行李箱找钥匙，却发现唯一可以让我在寒冷中抽身进屋的钥匙早已无影无踪。我试图去邻居家坐坐，紧闭的大门边上拴着一只狗，只是对着我龇牙咧嘴地低吼。

母亲从压缩了的北风中赶来，自带一身寒气。她手上戴着一双粗布手套，指尖上缝了又补，以至于让人怀疑那指节处还能不能弯曲。我凑上前去，想说什么，两腿一阵抽搐，终于团成一团。母亲左手扳右手，好拽歹拽终于把那手套扒了下来，我这才看见那上边密密麻麻的小刺。喉头一哽，张了张嘴却什么也说不出。

"是竹篾，没事的，回去拿针挑出来就好了。"她一边自顾自说着，一边钻到比外边还冷的家里。

"隔壁叔婆也不在，去基地了，采菇。起了个大早，午饭也没回来吃。"妈妈要伸手来拖我的行李箱，却猛地一缩手，"嘶"。

"这是……编竹篾了……"她端起眼睛看我，

小心翼翼，怕人问起。

我感觉有东西从我的气管里呼呲呼呲滚上来，轮了两圈喉头，终于只是赌气一般去倒热水。

"囡……香菇做不下去了……木耳老早就谢了……"她好像在解释自己为什么会最后选择去编竹篾，而不是像从前那样在广口瓶里观察菌丝。我终于开口了。

"为什么，隔壁叔婆不是还去基地采香菇吗？"我把她的手泡在热水里，不知如何摆弄，终究只是垂着手愣着。

"你叔婆，能采一百斤，一斤五角，抢来的生意，嗒，昨天还被人撕破下巴……"妈妈一边搓着手，时不时抽回来，"嘶"一口气。显然她不想去和别人撕破脸抢工。

"叔婆家的菇棚呢？不做啦？"

"败了，风水搞坏了！菌丝烂得到处是，田里、地里、弄里。"她长长吞一口气，好像那样才能喘得上。她歪在椅子上，有什么东西从眼睛里呼闪而过，可她抬头看了看一旁垂着双手的我，终于还是咽了回去。

我想起路边匍匐着爬虫一般并排而立的大棚，原来竟是因为自己的香菇棚早已不出菇。零星几个，还要被大棚里收购的人压价。回光返照终究是闪过了。

我隐隐约约感觉到，一股无形的瘟疫从闽北一路吞噬到了浙南，在六月的梅雨中肆意地扩散。

第二年清明，一家子弟要回闽北祭祖，顺便修葺多年无人居住的老房子。

天井里荡进来四月最温柔的雨，好像还带着瓦片的青绿。一家子弟先去扫墓，左右不见爸爸身影，我抽身去喊他。我走进当年用DVD播"小螺号"的阁楼，阳光常年打进来，DVD早已经褪色，金色的镶边变得灰白，像死了的鸭蛋。楼板经不起常年的白蚁，像筛子一样打通了楼上楼下，粉尘从我脚下漏下去，和过去一起落在楼下的枣红色架子上。

我俯身向下看去，爸爸端坐，手里握一个广口玻璃瓶，上边落满了我脚下的灰。他拿袖口一厘一毫地擦拭，那是当年一朵开得像白伞一样的竹荪。

本文作者：范淑敏，现就读于复旦大学中文系。

我的村子在近郊

树 贤

一说起故乡就势必会谈起童年，似乎这已经成为我们这批从乡村逃离出来的游子们的一个定理。我们肯定得谈一谈我们那时候认为的伤痛，而且要以一种故作欢乐的方式，因为生命让我们无法忘怀的并不是我们的欢乐，记忆犹新的反倒是一些刻骨铭心的痛感。就如同河流里面欢畅的浪花儿早就随波而去了，只有石头才会沉入河心，虽不断磨平棱角，但坚硬一直都在。所以对我们来说，返乡并不是一件让人心生欢乐的事情，如果有欢乐，那只不过是我们从故乡逃离而去后的一种高姿态俯视故乡的快意。因为我们清楚地知道：我们不回去了，同时我们也回不去了。

的确，我们现在的生活似乎比以前好得多了，不再去顶着烈日、淋着小雨锄地放牧了，也不再抱着砂河里的石头出卖力气，被别人用一种高人一等的眼光审视了。不得不承认这种逃离对我们自己来说是多么令人兴奋的事情，即便我们在城市里每天要挤着公交过着内心空虚的孤独日子，但一种说不出来的愉快的惆怅让我们觉得这种人生的改变是多么富有魅力。有朝一日，我们掏出石子把玩，定然有一种怡然自得的神态，故乡需要给我们的东西差不多就是这种意思。

要谈故乡，本来就是一件很麻烦的事情，比如身在海外，人们谈起故乡基本都在谈论来自哪个国家；身在国内其他省份，人们大都在谈自己的故乡在某某省区；而没来得及走远的人就只能说说自己长大的那个村子了。我就是如此，暂时还没有走远，所以谈起故乡立马想到的就是自己的村子。我的故乡在白银市平川区近郊，很有意思的是，我们的村子并不受这个县区管辖，但人们却常常要与这个县区打交道，比如农副产品的交易，再比如日用品的购买，当然，计划生育不归这边县区管。直到2012年，因城区扩建，我们的村子才被划了过来，我觉得这算是一种正名，像是童养媳过了门，有了名分。

村子在近郊，但要到城里，也要六七公里路。不过还好，我们那里较为平缓，且有地下水灌溉、饮用，如果你真的懂"上山下乡"的意思，那么我们村子的确不应该让人难过。很多人谈起自己的童年都是彩色的，而我觉得我的童年生活只能说是丰富的，这种丰富建立在无数故事的包围中，想起来既觉得欣慰又觉得感伤。

站在村子里，就可以遥望四周的高山。东南方向有高耸的屈吴山，林木葱郁，属于祁连山东延余脉，山势雄宏，古为兵家必争之地，又是佛教、道教圣地，登临峰顶，大有"一览众山小"的气势；东北面有宝积山，煤矿资源丰富，近些年又发现了很多叶片化石，证明宝积山盆地在中侏罗世阿林期到巴柔期为温暖潮湿的温带气候环境，和现在真是相差太远，如今年降水量大概200毫米，蒸发量却是它的十倍左右；离村子最近的是南山和花苞山，山体矮小，柴草类植被覆盖，基本上是我们放牧与埋人的地方，自不必多言。我从小就有种想要翻越山巅的想法，我想看山后的世界，想打破视觉的限制，极力想挣脱已有的束缚，去飞翔，去歌唱，所以对于山有一种别人不能理解的情绪。甘肃多山，有的地方山大得让人感觉到自己的渺小与卑微，闭塞、枯燥、压抑，住在山里的人就像是被征服在迷城里的蚂蚱，能看见眼前的壁垒，却不知后面还有多少阻碍，索性不再想它，挖个窑洞就是一辈子。这样倒也就罢了，心里不留遗憾。可我们这个村子每天都能看得见小城霓虹的闪烁与高楼的巍峨，能听得到火车呼啸穿过村庄鸣叫时的肃穆与庄严，人们就会不自觉地想要知道铁轨的另一头究竟住着什么人。大概就如同昌耀在诗歌《断章》里说的："我喜欢望山。望着山的顶巅，/我为说不确切的缘由而长久激动。/而无所措。"我心里清楚这种感觉来自于村庄区位给我们的幻想，这种异类的种子并不是一蹴而就的，所以我们比常人拥有更多想要离开的因素，这也正是我们不回去的一大原因。

奥尔罕·帕慕克说背井离乡会助长人们的想象力，养分的吸收不是通过根部，而是因为无根性。我想，这种根性或者无根性与我们的出身是一样的，并不由得我们自己选择，我们唯一能做的就是从根部出发，极力生长，至于想象力，从破土而出的那一刻起就已经是幸运了，不管在日后长成何等面目都算想象力，这种情结被朋友们戏称为"光脚的不怕穿鞋的"。我们平日里的想象力与自信并不是源于无根性的恩赐，反而正是因为有一丝若有若无的根部养分滋养着我们背井离乡，所以才让我们知道，都走到这一步了，再迈出去一步，肯定不会比那时候更差的。而我的父母以及村子里的所有人，也都是这样的想法。

人类进入城市文明以后，诞生了一个传承的使命，叫寒门子弟进城，这是一个非常伟大的使命，即便这代人没有完成，也要奋力供读下一代去完成，所以村子里的人大都比较尊重教师，即便村子里没有编制的教师要以这个职业作为副业来支撑家庭生活的开支，也不影响人们对他们的尊敬。从小父母就教导我们要努力读书，他们的愿望很简单，只要我们不再和他们一样放羊种地就可以。他们那一代没能有机会多读书，只好把希望都寄托在我们身上，所以但凡跟教育有关的事情他们都会全力支持，这种大事不糊涂的观念即便是墙根底下晒太阳的人也都有，我们正是在他们的口中听着古今与寓言，潜移默化地接受着这种礼教的熏陶和圣哲先贤的教化。

父母亲为人敦厚老实，躬耕乡野，牧羊喂猪，平日里合着节气的更替忙碌，一年年下来，却依然吃着最简单的茶饭，穿最朴素的衣衫，操持着我们姐弟三个的成长。如今他们都已年过五十，头发花白，赤红的脸上布满岁月径流的沧桑，把喜悦与智慧都奉献给了自己的孩子。父母亲非常尊重我们的选择，我们要进入哪个行业，要去哪个城市生活，全凭我们自己来决断，他们只是提出几个建议，并不干预，只在我们有需要的时候给予他们全部的支持。有时候想想，真是可怜天下父母心，我们几个一年里陪伴他们的时间加起来还不及我们家门前去年才抓来的那条狗。

我大概六岁的时候就跟着我爷爷开始放羊了，那时候多不喜欢放羊啊，我到现在都清楚地记得有一次去放羊没有带水，我想回家，就一个劲儿给爷爷说我渴得很，荒郊野外的哪儿来水啊，后来如我所愿，爷爷气呼呼地打发我回家了。再后来上了学就在周末和节假日放羊，这种经历一直延续到我上大学的时候。现在想起来，我整个童年以及大半个青春期的记忆似乎都是与羊群有关的，那些错综复杂的情境，惆怅与无奈的心情，慌乱与恐惧，太清晰也太明确了，就连现在做梦有时候都能梦见我在山野里放羊。每日清晨吃完早饭，把要完成的作业和干粮统装进毡包，跟号令雄兵的将军一样，手持一根鞭子，就赶着羊群浩浩荡荡地出发了。这一天一次的战争要持续到晚上才能结束，真是迎着晨露出去，披着晚霞归来，所以那时候我就明白了书中说的"晨兴理荒秽，带月荷锄归"根本不是什么好事，一两天那叫游乐，时间一长绝对没有"日出唱歌去，月明抚掌归"的乐趣。

不过人大都是感性的，不仅人与人之间时间长了会有情感的累积与蔓延，人与动物之间也是一样。在那片土地上，居住的不仅有人类，还有万物生灵，它们带着神灵赐予的使命不断解读这个世界，用长短不同的生命衡量和印证灵与灵之间的交流。在长达十余年的放羊经历中，我也慢慢与羊群产生了这种情感。大多数人的印象当中，羊基本上都长得一样，但其实并不是，羊群和人类社会是一样的，每个羊都有自己的面孔，每个羊都有自己的脾气，即便是双胞胎、三胞胎、四胞胎，也都不一样。它们有自己的自然法则，适者生存，强者无畏，当午后的阳光泼洒在草滩上，漫在上面的羊群，丰盈且壮观。它们的社会是绝对的自然社会，它们在一个群体里面能够迅速找到自己的位置展开生活，没有语言与文字，仅用各种叫声与行动就构建出了属于它们的世界，如同水一样的形式对一个年轻的羊倌进行着心灵的启蒙教育，也使得他对生命的解读有了更宽广的视野。也正是那时候我不断与它们打交道，不断了解、熟悉它们，最后成为忠实的朋友，我开始不吃羊肉了。

一直以来我都觉得那是一种伤痛，使你无法下咽的羊肉含泪啊。闭上双眼，那些与你一起奔跑过、玩耍过、战斗过的羊，那些与你一起日晒风吹、霜打雨淋的羊，那些由你接生、抚养长大的羊，那些任你宰杀、剥皮取肉的羊，它们的神灵就居住在你的脑海里面，飘飞在山野之上。它们眼睛里的无助与绝望，那墨绿色的光芒时时刻刻照耀着你的心脏，如同纷纷扬扬的战火弥漫在人间，可是它们都消失了，都不见了，只有你还蹲坐在山巅之上，迷茫地望着若隐若现的前路。歌声飘摇，鞭哨作响，那晃动的生命在天空中沉默着行走，只有你在静静地等待白日向西斜。

如今，再也不用放羊了，再也不用重回那个村子重复我祖父与父亲的职业了，我知道，这世界上和我一样的人比比皆是，我们怀着同样的惆怅与伤痛离开村庄，离开那条巨大的裂缝，走向更加广阔的天地。只是偶尔会在梦中触碰到那根琴弦，琴弦拨动的时候会发出惊人的呼唤与鸣叫，似乎是地府门口的广播，随着叙述故事的推进，我们长久掩盖心事的脸上顿然生出幽深的表情。

我想，关于返乡的感觉，大抵就如同白居易写鹦鹉的一句诗吧，"竟日语还默，中宵栖复惊"。

本文作者：树贤，原名冯树贤，现就读于西北师范大学。

姐姐，今夜我在德令哈

陈生慧

我时常有心来写一写自己的故乡。自打出生以来，养育了我，并给了我丰富自然回忆的这处地方。如果说人的一生是一块空白的画板，那在这小城小村生活成长的经历，无疑是为我的画板着上了一层茵绿纯朴的生命底色。很多书文中都不止一次地提到，人是不只有一处故乡的，无论出生祖籍抑或长居之地，皆可称作故乡。但是身在并不等于心也在，而让心牵挂期盼的，才是真正意义上属于灵魂的故乡。

一

我出生在西北戈壁上一座清冷孤寂的小城。在我的幼年印象里，她是荒凉冷清的，就像无边的青天白云下一滩灰色的印记。我至今记得，在我还扎着两条齐耳小辫时，就经常跟着母亲去到城里。我们乘坐一辆破旧的面包车，车程大概三四十分钟。

在这途中，肉眼看到的只有茫茫无边的荒滩杂草和一闪而过的电线杆，再无其他。

德令哈，我的遥远的小城。这是片金色的世界，是被佛祖庇佑的世界，也是滋养信仰的天堂。以佛寺之名作为一个城市的名字，足以证明这座城市被寄予的深厚福祉。德令哈的神圣高洁让人敬畏，这里有回族的清真寺，有藏族的阿力腾寺，更有蒙古族德都历史文化。不管现在或者是将来，她都是独一无二的存在，她都是西北大戈壁上拥有丰富的自然人文景观和少数民族多元文化的代表城市。

我愿意将她比喻为一个坚韧又不失优雅的女性。德令哈很小，一条巴音河从她的胸膛穿过，将她划分为河东河西两个区域，几条公路将巴音河拦腰斩断，贯通河东河西。如果你有兴趣，花上一天时间就可以散步游完德令哈。以前的她不像现在，她甚至没有一身体面的衣服，植被稀少，风沙肆虐。我还记得小时候来到这座小城里，并没有正规的车站，完全是取一处在市中心偏侧的空地，那从几个村庄来的小轿车就停在那里，一车一车等候着回村的人。整个城市空空荡荡，好像刚被歹人洗劫了一番似的，处处透着破败与苍凉，一种无奈的苍凉，我仿佛看到最初的德令哈青涩中隐含失落的神色。那时候的德令哈虽然不大，但在印象里却是闹哄哄的，大概是因为来往的行人活动都很局限，所以就集中到了同一个消费处的缘故。整个德令哈的建筑风格很单一，除了四四方方的楼层，没有其他风格设计。建筑零星，并不密集。大多的建筑呈青灰色，楼层也是普遍低的，最高的也就是六层了。所以德令哈与其说是一个小城市，倒不如说是几个村庄统一去采集购物的大镇子。市里没有任何的娱乐设施，但我记得在巴音河的偏上区域，在两岸之间架起了一座木板麻绳做的吊桥。那座吊桥颤颤悠悠，像一个风雨中弯腰拄拐的老人，摇摇晃晃，也像一个喝醉了酒的汉子。行人在上面行走，既有趣刺激，也担心被风沙卷入深深的巴音河水中。所以紧扶着手边的绳子，深怕一不留神就遭了殃。我因为年幼的好奇心，曾经死缠着母亲带我过桥，亲自踏上吊桥，一下就丧失了兴趣，只觉得摇晃得让人害怕。如今想来，曾经的德令哈不就像那座吊桥么，犹如随风飘摇的枯叶，不知如何自处，只管浮浮沉沉地存在着，丝毫没有稳定踏实的存在感。或许是处于沉睡，又或许，她在以静默的姿态酝酿着一场爆发。

最初的德令哈只有一个大型的购物商城，但也仅限购买衣物和一些小型家用电器，功能并不综合集中。因此就有了一处杂货市场，这个市场处于车站对面，是用铁皮围起来的场地，围得长也宽，能蛇形地绕上四圈之多。铁皮上面支了架子，绷了一层红白相间的大塑料，此塑料是在农村很普遍的农作用具，常用于扬场、晒麦子。就在这样的一处简易市场，人流来往不绝，大多都是从周围村庄来采购的农家妇女。在这杂货市场的附近，就是一条吃饭的巷道。巷道长而窄，路面坑洼不平，是一条被人踩得坚硬黑腻的土路。路两旁是各色的小饭馆，因为狭窄拥挤，所以都不大，紧挨着。每家小饭馆的门前都立了板子，写着可提供的服务和花哨的揽客语，如"祖传手艺，错过遗憾"、"吃了不想走，走了还想来"之类。每家的招牌都特意突出不同，因此巷子尽管简陋，也给人一种热闹的感受。招牌不像现在那般创意出彩，大多都是店家自己，或是店家找写字好的人用毛笔粗笔写上去的，有写在磨平了的长方形木板上的，也有写在过年贴对联用的大红纸上的。而这店名取得也十分讲究，既要有不同民族的特色，也要点明最好吃的是什么，像"马家拉面馆"，一看就知道是回族人开的店，饮食清真，而最好吃的就当属拉面了。

那时候闭塞陈旧，一切都刚起步，一切都处在试探中。餐馆除了面食和本地特色的几样小吃，就没有多余的菜式了，更何谈外地菜系。然而这几样吃食，也大大地满足着当地人的味蕾。面食里的面片是出了名的，但不足为奇，可说起搓鱼面，这却是我奶奶极爱吃的。这是一种费时费力的细致活儿，需要的面也不同于寻常面粉，用的是以前农村贫困时期吃的杂面，是一种粗粮。要么是完全地将杂面和成一坨，要么是将杂面白面掺和在一起和成一坨，再切成条状，然后就在一张大案板上展开"搓面"的工作，这需要用大拇指和食指从切好的条状面团上揪下指甲盖大小的面，用手掌在案板上来回搓几下，直到搓成两边尖中间圆的形状。这样反复，直到做好足够用的搓鱼面，就可以下到汤水里了，等最后出锅时捞上一勺臊子或卤味儿，加入辣子、醋、葱花等料，搅拌均匀，吃起来别有一番风味。还有酿皮，也是一种常见又受欢迎的食物，它算是一道凉菜，配有面筋，色泽有点像生土豆片。吃酿皮一般用的是碟子，不用碗，而且吃酿皮讲究多放醋放辣放韭菜，吃起来滑溜爽口，有浓郁劲道的粉皮味，让人大呼过瘾。最有特色的应该算是酸奶了，用挤的鲜牛奶特别发酵而成，味道可酸可甜，全凭个人口味。在夏日午后，坐在路边小摊吃上一碗可口的酸奶，是多么的舒服自在。这些童稚时期最为普通随意的生活却处处透着平淡真实的烟火风味。进去某个小店里头，你一落座，店家就笑呵呵地倒了茶水送来，不一会儿吃食就端上桌了。那时候觉得饭馆的饭可真是好吃啊，等到要走都有些留恋回味。

二

在我心中，七八岁时的小乡村是最具回味感的。乡村离镇子有一段距离，但村落倒是别有雅致。一条公路将村庄分成了南北两面，称作"南庄北庄"。南庄是原来老住户集中的地方，而北庄则让我们家这样的后来者居住，等后来从爷爷奶奶的老家迁来更多的人，北庄竟比南庄还要兴旺了。这个村落的人祖籍一处，在我未出生的旧时，他们就是乡邻，在我出生迁到新居的时候，他们依旧是乡邻。在北庄的最右侧，是一大片黑刺林，再往这片林子的后面，有一大片的沙地，上面有很多自然形成的沙丘。我们习惯了叫它"沙包"，因此北庄的别名也就成了沙包。在大概夏末秋初的时节，黑刺林就结了很多小果子，葡萄核一样的大小。现在回想起来，嘴里面仿佛仍充斥着酸涩的味儿。我们是叫它"酸刺果"的。起初这果子是青色的，果实很硬，入口又酸又涩；等再过个几天，果子就变得红彤彤的，不硬不软，成熟得适中，入口是酸甜的；到最后一个阶段，这果子就变得有些偏黄了，是一种橙黄，手一碰就烂了，但味道却是甜甜的，没了起初的酸涩。不过令人可惜，这片黑刺林是蜘蛛的巢窝，进去里面摘果子，就冷不防看到树与树之间有一张大大的网，上面爬了一只威风凛凛守卫阵地的黑骑士，因此我们就不经常去冒险。大人们不管理这片林子，任它自生自灭，所以当它以顽强生命力挺到我上初中，就悲剧性地牺牲在顽童误放的火中，到最后也没能起死回生。仿佛一个智慧的老者，已经感应到了这处村庄最后的凋零，它也就消失在了童年的这片土地上。

小时候多自在，过的日子有多纯朴自然，我们经常跟着大人去田间地头，大人劳动欢笑，我们就在田埂上拔着小草，采着小花，玩得不亦乐乎。等估摸着快要吃饭的时候，就打闹着回家取奶奶准备好的饭菜和茶水。我们这些孩子非不要在家吃饭，就要体验这种露天吃饭的新鲜感，这个时候，大人们脸上是纯粹满足的笑容，我们孩子也觉得这样露天吃饭竟是格外的美味。等到西边的天被染成了霞红色，我们一行人就披着暮色伴着笑声回家。当时奶奶家房子后面有一块菜圃，不大，也就是一个四方块儿。等到了收获的季节，我经常跟着爷爷去小菜圃割香豆草，等割了两大捆的时候，就用架子车推回家去。这时候，爷爷奶奶，我和堂妹，我们四人就围坐在院子里，铺上一层塑料，就开始捡香豆，香豆并不是一种豆子，而是一种能入面上色的蔬草。现在回想起来，这种感觉是那么的踏实美好，承载了满满当当的乡土情和祖孙情。

我知道这种日子再也不会有，这种感觉也将再不回来。但因为我拥有过这些丰富的乡村记忆，我也就格外地珍惜感恩。乡土中国，乡土两个字，承载了太多，这是一个民族的根，也是一个民族的精神气质。而我亲身体验过，亲身感知过，便已经满足。即使时代的风云变化让我的小乡村不再古朴纯粹，我也在心里保留了它带给我的珍贵记忆，也在生活中践行着它教会我的自然良善。

思绪慢慢收回，我们对于那种时光已有了遥远的疏离感，时光带走的，是再也回不去的清贫恬淡的乡村印象；时光带来的，是便利文明的优渥生活。现在的"北庄南庄"早已萧条，村里的人们或去了城市，或搬到别处安家置业，而记忆中的小乡村在饱受了时代变迁的风云之后，依旧静静地存在于那，但她就像老了几十岁，一切在如今看来，都是那么的破败不堪。我为她叹息，也为她给我的影响，而感到深深的眷恋感恩。奶奶家现在所在的村庄，整齐划一，房子修葺得崭新，整个村子融合了不同地方来的人们，巷道宽大，路旁两侧的树木是新植的，较为稀少。邻里关系不比从前密切亲近，人们奔波于更繁重的生活。这样的村落仿佛不再具有"村子"的意味，它是现代化的，是工业化的，一切都有规则，一切都趋于城市化。这是社会发展添上的一笔，旧农村也是被其抹掉的一笔。而德令哈，这座城市，更是以飞快的速度发展着，这位坚韧优雅的女性渐渐释放了独属于自己的魅力，吸引着越来越多人的目光。她成为了西北苍穹中一颗闪亮夺目的星斗，发出自己的璀璨光芒。这座小小的城市有了越来越多的大型商城，附带多样化的娱乐设施。新建了一座"美食城"，里面有来自各地的美食，餐饮服务做得更加公共化、便利化，给人们带来了不少美的享受和方便的体验，吃饭再也不是一条油腻狭窄的小巷道了，也不是清一色的面食仅供选择了。德令哈，她本身就具有独特的魅力，这里聚集着蒙古族、藏族、撒拉族、土族、回族、汉族等二十个民族，不同民族之间有着深厚的情谊，共同在这片土地上和乐美满地生活，形成了一种独特的文化。这里有一座民族团结进步塔，它象征着多民族融洽共处的美好祝愿。民族塔修建在德令哈市中心右侧，就在学校的旁边，而在塔的后面，又是一处有连绵石头山的公园，这座公园也有个美丽的名字，叫做西海公园。如今的德令哈，是由多种文化组建成的西北小城。巴音河畔绿色葱葱，巴音河水明净透彻，在大树的荫蔽下，漫步此处是格外清雅美好的享受。巴音河西侧是德令哈的文化中心，这里有图书馆，有少年宫，更是有歌剧院和电影院。

三

德令哈，有一个重要的记忆，就是海子。

海子诗歌陈列馆坐落于巴音河西岸，是一处很有民族风味的四合小院一般的建筑。这处纪念馆古色古香，透露出一种宁静淡泊的出尘之感。纪念馆周围伫立着不同形状的大石头，每一块石头上都刻了海子的诗，还有海子介绍与画像。这处地方幽静，美丽，像一首静默浪漫的小诗。石头立在花草树木之中，再往旁边，就是用鹅卵石铺成的小路，小路依偎着巴音河畔，停驻于此，能看到头顶像蓝宝石一样纯粹的天，能听到河水潺潺的声音。海子说这是雨水中一座荒凉的城。他形容得准确，的确是的，无论经过了怎样的变化，德令哈那安静冷清的气质，却是不曾变过。

因为纪念海子，德令哈开始在七月举办"海子青年诗歌节"。这一天，大江南北的诗人游客都会来到德令哈，进行深切的抒情，追念海子，更是追求远方。

这次暑假回家，恰逢举办海子诗歌节，傍晚时分，我散步到巴音河畔，看到诗歌陈列馆和纪念碑林的路上铺着红毯，在馆下的空地处，整齐地放满了一排排椅子。最前面有活动牌子，上面写着"海子的诗和远方"。陈列馆中传来古典音乐，渐渐地，椅子都被坐满了，很多人没处坐便站着。气氛慢慢归于安静，活动开始了，我看到一个穿着皮鞋、西服裤、白衬衫的中年男子默默走上台，他大概是有五十来岁，肚子圆滚滚的，很难让人琢磨他的职业。他站在话筒前，手里拿着两页纸，停了一会儿后就开始朗诵诗歌了，他朗诵的是什么我现在已经记不得，但是他饱满的、深切的情感深深地感染了在场的每一个人，我湿了眼眶，胸中燃起了对生活的强烈的热情和希望。我看到当时很多人都落泪了。我想，之所以落泪，是因为这是不远千里的精神朝圣吧，是对海子的追怀，也是对自由理想的执着坚守。那天有很多特别的人，长头发的男青年，西装革履的学者，睿智的老诗人，穿长裙戴墨镜气质孤绝的女子。我观察他们，我发现他们都是有自己独立世界的人，在人群里很容易区分他们。或许他们是另一个海子，或许他们正在寻找某种答案。红尘烟火，有故事的人才更向往诗和远方。

我常常在想，是什么吸引了海子这样的青年诗人来到德令哈，除了众说纷纭的故事以外，我认为德令哈她本身浪漫神秘的磁场是与诗人有感应的。在德令哈，有一个神秘的"外星人遗址"，在通往他拉镇的荒野路旁，距离白公山很近，南北面有美丽湖泊。这个"外星人遗址"我去过，很荒凉简陋，除了岩洞铁管以外，周围都是石头，这些石头异常坚硬，形状极不规则，仿佛是从土里长出来的，很自然地分布在此处。我突然脑洞大开，如果从空中俯瞰，这些石头莫不是外星人的地球密码？虽然白公山周围水草茂盛，植物多样，但唯独这块石头地却是寸草不生，像被剃秃了的头，与周围景色格格不入。这一时无法探清的真相，也因"外星人遗址"这一说法增添了巨大的神秘感和吸引力。

在"外星人遗址"附近，就是德令哈著名的情人湖，也称作"莲湖"。这是由托素湖和可鲁克湖共同组成的，之所以叫情人湖，自然是有一个凄美的爱情传说。相传以前在北方大漠美丽的金水河畔有一个王爷，因为狩猎途中遭遇风暴，王爷和美丽的女儿可鲁克失散了。可鲁克被放羊的青年托素救下，两人从此相爱。而这段跨越身份地位的爱情终遭到王爷的反对。王爷让托素去遥远的柴达木背盐，托素在漫长的路途中因体力不支倒下了，躺在了茫茫的戈壁滩上。可鲁克不见恋人回来就出发去遥远的柴达木，而在半路上看到倒下的托素，可鲁克心中涌起绝望和悲伤，她也倒在了这片戈壁上，手朝向托素的方向，仿佛在呼唤挚爱的恋人。于是这对恋人化作了一咸一淡的湖泊，中间有一条细细的河流将两者连通，人们说这是可鲁克伸向托素的那只手。于是，"情人湖"之名由此得来。可鲁克湖水清明澄澈，宛如镶嵌在高原上的晶莹明珠，水边芦苇摆动腰肢，水中鱼蟹恣意畅游，好不优美。托素湖开阔无边，风平浪静水天一色，湖水映照着明月。天气变化时波涛汹涌，浪拍沙岸，好不气势。浪漫的情人湖，浪漫的德令哈，浪漫的自然与人文，吸引了一批批前来造访的游客。

德令哈，这座城市变化巨大，但无论怎么变，却始终改变不了骨子里的清冷忧郁，她是独特的，她是诗意的，她是浪漫的，她是神秘的，她是唯一的，她是绝无仅有的德令哈。当你来到这里，你或许会欣喜，读懂她的荒凉与忧郁。亦或许，你会感到失望，原来并不是德令哈人都知道海子的意义，并不是德令哈人身上都自带清冷浪漫的文艺气质。可是，这又能改变什么呢？德令哈的意义是广袤的，是人自身内在的照见。除去美的象征，她只是一座普普通通的小城，这里生活着大西北土生土长的平凡人，并与任何一座城市无异。人们来到德令哈是为了寻找，是为了怀念，是为了认清。这是属于自己本身的，城市只是修炼场，而人真正能够获得的，便是这千里朝圣途中怀有的敬畏心意和真挚热烈的生命询问。

我喜欢这样的她，具有诗人忧郁气质的她，可能只有在这里，远道而来的行人能让灵魂歇息片刻，可能只有在这里，我才感觉到自己内心久违的充盈和深深的乡情。德令哈这三个字，因为海子，才更具有意义。海子让很多的人知道在遥远的大西北竟然还有这样一座荒凉诗意的小城，她能够让人安静，能够给人一种力量，用于思索，用于追问，用于直面内心，用于找到真的自己。海子的《日记》给德令哈赋予了一种新的精神指引的意义。

姐姐，今夜我在德令哈，夜色笼罩

姐姐，我今夜只有戈壁

草原尽头我两手空空

悲痛时握不住一颗泪滴

姐姐，今夜我在德令哈

这是雨水中一座荒凉的城

除了那些路过的和居住的

德令哈……今夜

这是唯一的，最后的，抒情。

这是唯一的，最后的，草原。

我把石头还给石头

让胜利的胜利

今夜青稞只属于他自己

一切都在生长

今夜我只有美丽的戈壁 空空

姐姐，今夜我不关心人类，我只想你。

德令哈，今夜，戈壁，草原尽头，悲痛，泪滴，荒凉，路过的，空空，唯一的，最后的，石头，青稞，生长，想念。或许就像海子写到的，德令哈是一座让人撤下面具，露出真实的城市；是一座遥远的，荒凉的，空洞的，让人悲伤忧郁的城市。但德令哈的存在，是一处港湾，她用她的温柔收留了像海子一样漂泊的诗人旅客，她用她的温柔抚慰了飘零挣扎的灵魂。这座城市海拔2 980米，在气候严峻恶劣的青藏高原，她用清冷孤绝的姿态活出了优雅，活出了人们向往的"诗和远方"。

岁月流转，一代代的德令哈人会走出去，而也会有越来越多的孩子，在德令哈这座小城中慢慢长大。而在这离去的途中，看一看故乡光秃秃的大山，挺拔的树，大片大片的戈壁滩，看着成群的牛羊在蓝天白云下，德令哈人的心里不免就会涌上一种无法言说的酸涩，一种不舍的深沉情感。谁曾说过，生活就是一次次的离别又重逢，但是只有我们自己知道，无论身在何方，德令哈是我们永远的家，是我们永远的牵挂。

德令哈，诗人的记忆！

德令哈，世界的诗意！

然而于我，是戈壁滩、是南北庄、是香豆草、是酸刺果，是巴音河、是民族塔，我的故乡——德令哈，璀璨的灵魂，闪烁的星辰，然而，是我的普通的记忆和生命的永恒。

德令哈，我的家。想起，普希金的一首诗，送给世人——

"我们原是自由的鸟儿，飞去吧——飞到那乌云后面明媚的山峦，飞到那里，到那蓝色的海角，只有风在欢舞，还有我作伴。"

本文作者：陈生慧，现就读于渤海大学中文系。

吴头越尾，镜花水月般的江南美梦

徐雯恬

我不是一个健谈的人，遇上不相熟的人总会敬之以"怯怯的真诚"，自以为这样恰如其分的距离是美而合适的。如果遇上有趣的人会呆呆地望着你笑，谨慎地一句话盘算半天，其实是在思考怎样追赶着破冰成为朋友。

在上大学前，我的圈子是很小的，那时候觉得"有朋自远方来"是大人们的社交圈里才会出现的现象，毕竟于我而言，在各个朋友家穿行也不过最多十分钟的光景。那时候我总爱听《1979》，走在大街，总觉得放空的状态很好。黑板上的倒计时一天天在减少，可是我有时却格外珍惜那音乐播放两遍的时间，甚至比差点写不完作文的考场还要珍惜——小镇上很静谧，那十分钟，我仿佛是漂在尘世之上的。音乐和环境给了我忙碌之外难得的放松。

可是念了大学以后，朋友们来自五湖四海，问起故乡，人们总是对我的回答报之以木讷讷的微笑。那时候，我只能低头一笑悄悄抹去那微妙的尴尬，然后抬头仔细地告诉她/他：苏州吴江震泽。

江南古镇众多，也许是周围同里、周庄、南浔等古镇名气太响，压了震泽的风头，多年来它一直不为外人知晓。许多人殊不知，"震泽"亦是古太湖的别称。苏轼在《归朝欢·和苏坚伯固》中以"我梦扁舟浮震泽，雪浪遥空千顷白"遥想徜徉于云水之间的从容自若，这里的"震泽"就是其所指。千百年来，震泽保持着一贯的宁静安详。桥韵依依，古街悠长，评弹也洞悉了时光的秘密，依旧传唱……它们是这里的过去与未来。没有人能是这里永恒的主人，他们在这里日出而作，日落而息。震泽是不争的，巷弄之间自有它的气韵所在，正如世代生活在这里的人那般来去匆匆，去留无意。这种积淀，无需商业化的修缮与维护，却需要人们静心去体会。她就像一位古典大家闺秀，永远都在那里，好像正在静候人们深掘她的故事。当然，若是你无意去了解，她也泰然处之，浅浅一笑轻轻拂去，让它存在于一代又一代人的口中，创造，又被遗忘。

而在镇中我最喜欢的一方角落，是古城区的核心。与南边儿日益林立的现代化建筑比起来，这段儿显得有些格格不入的安静。

这段路虽不长，却有许多故事可以讲。

它的起点源自禹迹路。说起这个"禹"字，想必大伙儿定然会联想起治水的大禹。没错了，禹迹便是大禹的足迹，而禹迹路，便得名于那座著名的禹迹桥。铺在它上面的，是一块块数米的巨型石块。因年代久远，这些样式的石块早已不多见，而石块上也早已印上了时代的印痕——由于人们长久地踩踏，石块表面变得十分光滑。若是碰上些顽皮的孩子，当他们还想在这石砖上蹦蹦跳跳时，身后必定有他们焦急的父母，边吆喝着"嘿——留心呵——当心滑倒"，边伸出手来把他们揽在怀里。由于此路是石块镶拼而成，路面相较于现代的柏油马路而言更显得起伏不定。这种触觉上的陌生化好像一扇任意门，能够迅速地把你拉回古老的年代，恍若隔世。

从禹迹路开始，便走进古城区了。直到今日，在路旁依旧住着许多人家，与许多商业性景区不同的是，在这里你仍旧可以感受到浓浓的真实的生活气息。

住户门前晾着酱好的酱蹄。这种古老的制作方式证明只有经过日光长久的曝晒才能让酱油的香味浸入其中。

远处的老人燃着煤炉，我很久没见过这种炉子了，小时候爷爷常用它来烧水的。那时候我不过炉子高，看到火焰上方的空气好像在波动，我觉得奇怪。直到初二上物理课我才找到了答案——冷热空气的密度不同，它们的结合会产生棱镜效应，这也是我对煤炉最后的记忆。

而那些路上的行人呢？他们才不是赶着去景区参观的游客呢。他们悠闲的脚步表明：他们也许只想去买些黑豆腐干回来解馋。

禹迹路连接着禹迹桥。大禹到过震泽的广远传说是经百姓口耳相传保留至今的，而先民深感大禹治水的功绩才建此桥纪念。时至今日，禹迹桥畔，依旧是"三过家门而不入"这一美好传说的原址。相传乾隆皇帝南巡时夜游震泽，也曾乘船漫过禹迹桥洞。皓月当空，拱桥掩映，云水依依，屏翠叠嶂，若还伴着酒家依稀传来的吴侬软语、戏曲乐声，乾隆必定心醉。禹迹桥上的雕刻工艺精美，顶面石和拱券内龙门石上分别雕刻着"轮回"、"云龙"图案，这位悠游的盛世皇帝，定是驻足欣赏了吧？不然可荒废了石桥的东西两面那两句专门为你南巡而刻的桥联——"善政惟因，不易大名仍禹迹；隆时特起，重恢古制值尧巡"、"市近湖湄，骄肩无俟临流唤；地当浙委，绣壤应多题柱才"。创作者在纪念夏禹功绩的同时也借其颂扬了乾隆政绩；在咏叹此桥给生活带来便利的同时也给予这片土地以"不拘一格降人才"的希冀。

禹迹桥的北岸，坐落着慈云禅寺，寺内，有一座慈云塔。关于慈云塔的传说，也是凄婉动人的。据《震泽镇志》记载：传说三国时，孙权实施"美人计"诱刘备至南徐，欲软禁威逼。可他"赔了夫人又折兵"。不过随后孙权将妹妹骗回东吴。被家国矛盾撕扯着的孙夫人日夜挂记丈夫，就在此地择地造塔，为的是每日登高远眺，遥望夫君，名"望夫塔"。后来到了北宋末年，北方金兵乘虚而入，徽宗女儿慈云公主避难来到震泽后，在塔内避难，重修此塔。这一次，这位落难公主遥望北方，为的是期盼父皇早日南归，此塔遂更名为"慈云塔"。每逢黄昏，慈云塔与禹迹桥塔桥相映，夕阳点缀得恰如其分，美轮美奂，就有了八景之一的"慈云夕照"。

时至今日，人们很难再想起孙尚香和慈云公主的凄美传说。这座历经千年的古塔，因两段凄婉的牵挂而得名，但无论是哪一种，都会让人扼腕和叹息。也许在那个年代，女性只能作为政治牺牲品。而当她们终于完成了作为历史人物的使命，才终于可以回归寻常小儿女的身份，借着这塔，各自为丈夫、为父亲哭一哭了。

站在桥上，望着古塔，想到此处，抽身而出之时，竟也能体会到"人生代代无穷已，江月年年只相似"的沧桑之感了。

下了慈云塔向西，临着的就是宝塔街了。宝塔街作为明清时期震泽镇最繁华的街道，商贾云集。

东首为进镇通道，是东北郊农户上街的必由之路。宝塔街上还错落着诸多古宅。不过可惜的是，在日本侵华期间，震泽镇也惨遭屠戮。透过镇志泣血般的书写可以看到，日军为毁尸灭迹，在镇东放了一把大火，导致宝塔街敦善堂直接覆灭，其余古宅虽未曾烧毁，但也破败不堪。当今，宝塔街修饰一新，但是，除去师俭堂外，其他古宅仍未修缮，它们就像一个个垂垂老人，局促地缩在街道一角，无人问津；但它们也是一道道证据，小心翼翼地揣着百年前的家族故事，也烈烈地控诉着日本军队的暴行。

因为快过年了，宝塔街上挂起了红灯笼。街

上有两家音乐酒吧，民谣歌手懒懒地唱着歌，猫咪犯困地过来蹭蹭我的脚。而的确，从东吴孙尚香开始，到慈云，到乾隆，再到日军屠城，这片土地上发生的每段历史都在唱着歌，哀歌？赞歌？

我不禁又陷入了沉思……

震泽虽不比同里，能吸引八方慕名而来；也不如乌镇，后者古韵更浓，设计更巧；又不比南浔，中西合璧，独树一帜。但震泽的韵味在于它辗转沧桑的历史，仿佛一砖一瓦之间，都有着一段故事，只等着有心人前来拾取。

有朋友曾将一个假想式的问题抛给我：如果可以选择，你是否还会把震泽作为自己的故乡？一开始我觉得好笑，从现实的角度来说，人的出身无法由自己决定，即使可以决定，我也不可能再重新活一次了。不过，如果超越生死，一定要回答的话，我想说，我想永远活在一个镜花水月般的江南美梦里，这个梦的原型，我希望是震泽。

本文作者：徐雯恬，现就读于南京师范大学。

寻人启事

胡爽爽

一

　　正是这个临海小城阴沉着脸吐息的季节，空气中氤氲着湿气，掉光了叶子的树裹着白色的袄子直愣愣地立在那里，活像一具刺破夜幕的巨大白骨。我吐纳了太久车上浑浊的空气，背着行囊出车站的时候脑子昏昏沉沉的，霎时觉得温州如坠梦中。

　　不过我亲爱的读者，请原谅我不拍相片，美是存于我心的东西，能用胶卷记刻的不过是浮光掠影。我正返乡，返乡来找一段词，一个人。

　　夜晚的呼吸阒静，一眼望去是故乡的灯火。那人说这样的夜晚最适合听一曲《红景缘》，书生安良景在阁楼上执笔写作，耳边不是吴侬软语，而是剑影刀光。红衣的姑娘一柄长剑舞得破开风和浪，回眸浅笑，唇红夜色凉。

　　那人唱到这里，声音也不再像破风箱一样嘶哑，反而像含着温润如水的月光，借着长腔缓缓吐出，直唱到人心里去了。

于是我雀跃起来，为回到温州，也为即将见他。

送我一程温山软水，送我一岸乔木葳蕤。

送我一声州头欸乃，只需一句浪子俟归。

游子正返乡。

二

忘了介绍了，他是住在我家隔壁的阿公，在我光着脚丫四处撒欢的童年里，他还是个每天刮胡子的矍铄老人，日日披着熹微晨光去公园打太极，近正午时回到家里，便拿起他的琴。

"这是牛筋琴，"他容光焕发地拍拍他的宝贝，流利的温州话包裹着切切乡音，"阿麦，我给你唱一段温州鼓词，你可仔细听。"

"阿麦"是温州话里的"小孩"，彼时大家都唤我的名姓，只有他叫我阿麦、阿麦。也只有我一个小孩听他唱，因为他唱完一段长调，总会心情极好地给我一个钢镚儿。我为了这笔巨款频繁地拜访他，搬张小板凳当他的唯一听众，听他唱帝王征战、江湖豪情和聊斋志怪。他其实唱得很好，能够像个千手观音一样掐着分秒拨弄三四种乐器，速度快得我眼花缭乱；他能一人分饰三角，怀才不遇的书生沉郁顿挫，给人做媒的红娘花腔婉转，舞刀弄枪的女子气震河山……更加厉害的是，他还能配之以神态，有些佝偻的腰杆一挺，鹰眉一竖，长腔一拖——你别说，哪是个耄耋之年的老头，分明是个精忠报国的好男儿，踏上了从军的征途，誓要将这乱世搅得天翻地覆！

温州鼓词这四个沉甸甸的方块字，便也随着阿公的絮絮叨叨渐渐传入我耳了。

说到鼓词，几乎每个温州人都能给你讲一段与之相关的故事，老一辈人尤甚。作为发源于此、发扬于此的民俗风物，鼓词承载着一代又一代人的记忆。

温州这个沿海小城，三面环山，一面临水，在交通不发达的年代，这里的闭塞是难以想象的。温州人常说，要出去只有"水路一条"，而这"水"，在温州话中与普通话的"死"谐音，"水路一条"，就是"死路一条"。

于是在这个画地为牢的小城里，形成了全世界最难懂的方言之一，也形成了独一无二的温州鼓词。数百年来这里的人们把志怪传奇、神话武侠、野史佚闻、小说话本小心地搜集起来，又不断地试验出最适合最动听的乐器，将这些传奇唱与他人听，用的是温州方言，听得懂的也只有温州人。

我与温州鼓词，自然也有一段故事。

彼时电脑和网络在温州的小乡镇里还是稀奇得不得了的东西。平日村子里定期有京剧班子搭起戏台唱戏，向长辈讨来几块钱去买炒花生，再坐在戏台前看京剧是我的第一件乐事。之所以能排第一，是因为唱戏班子来得频繁，三两个月一次，我享受的欢乐时光也便多。要说排第二的，则是一年一度的娘娘殿摆起百家宴时，在瓯江畔响起的温州鼓词。我欢喜这事的缘由大抵同上，小吃和热闹像花蜜吸引蜜蜂一样让我嗡嗡地飞去，阿公的兴奋却总是让我不甚理解。

"阿麦，我这身怎么样？"每逢有鼓词可听，他便翻箱倒柜换上自己最好看的衣服，不知道是多少年前的了，他树皮一样枯瘦的脖子边支棱着滑稽的衣领。

"行行，好看。"我敷衍的回答总是能引起他的沾沾自喜。

"又不是你上台表演，村里请了平阳那边厉害的人来唱词，你高兴个什么劲。"我忍不住想打击他。

他的笑容并没有因此凋谢："阿公很久没听别人唱词了，开心开心。"

温州鼓词里有一出经典，叫《陈十四娘娘》。传说曾经有雌雄两条南蛇为害人间。观音手指上渗出三滴血化为红雨降世陈家，生了陈十四，也就是陈靖姑。陈家世习茅山道法，百姓恳请陈靖姑为民除害。她被南极仙翁推荐至闾山学法，三年学成归来后大战蛇妖。在娘娘词的唱词里，人们说她手持闾山镇山牛角，经过多次斗战，天空雷鸣电闪、夜如白昼，终于除灭了蛇妖。但是她却由于偷吹闾山镇山牛角令地动山摇，又为民降雨解灾，多次触犯"天条"，廿四岁阳寿便仙去了。

温州一带每个大村子都有一座娘娘殿，每逢岁末新春便设宴席纪念陈十四娘娘。在宴席上，一出《陈十四娘娘》总是重头戏，唱陈十四娘娘的词被大家称作"娘娘词"或"大词"，比平素唱的"平词"和"门头词"高档了不少。戏腔婉转地唱出温州民间祭拜流传的女神的故事，也曾是阿公每年盼着的固定鼓词曲目。

等到他打扮毕了，就提前许久赶到庙宇里，在长凳上正襟危坐着，还要拉上一个小阿麦——我。

台上正唱着陈十四学法灭妖的《南游记》，阿公听到动情处，时时鼓掌叫好。

娘娘词比起其他鼓词，派头更大，好看之处也更多。首先，娘娘殿中要张灯结彩，摆香案，立经坛，搭烛台，来者都能拜上一拜，祈愿娘娘庇佑自己一家。在神像前还放四张八仙桌，摆有果盘祭品和米塑人物，陈家兄妹，八大仙，雌雄双蛇，汪杨二将，应有尽有。

而且唱词人也讲究得多，往往要身着长衫或道服，唱完一个篇章，便要念咒"请神"，上通情旨，祝祷天地。当唱到"陈十四游地府"时，词人还得跪下来唱，等陈十四离地府时才能坐起。因此娘娘词对唱词人的要求颇高，词人在唱戏文时，也不再像个供人娱乐的唱词人，亦不像陈十四那样纯粹的仙人，而更像道士沾染了烟火气，寄托着温州民间宗教信仰和道家传统，传承着这份习俗，唱着，唱着。

好看是好看，可我总禁不住坐，忍不住地开口："这么久了还没唱完啊？"

"娘娘词全段，几天几夜都唱不完！"

"啊？！"我的惊呼和瞪得圆睁的眼取悦了他，他就笑，洋洋自得的样子。

"阿麦，你觉得他唱得怎么样？"有时他会问我。

我打了个哈欠，"一般般啊，没你唱的好"。

"那阿麦，明年，"他郑重承诺，"明年村里说不定就请我了。"

可是明年没有请阿公，后年也没有，大后年的时候阿公终于得以"披挂上阵"，那是我见过的他最春风得意的几次之一。后来随着我越长越大，娘娘殿摆酒的规模却越来越小，往往只是各家老人带着幼童出席，还有一个返老还童般的阿公，年年期盼着娘娘词在台上响起。

三

回到家的时间到底还是太晚了，春运的车总是满载着异乡客的企盼，轮到我时也只能抢到晚班。奶奶用喷香的夜宵迎接我，一顿饱餐之后，我在心里对他说了声抱歉，只能明天一早去看你罢。

第二天早晨我准时去赴单方面的约，他家的门虚掩着，我好奇地探头进去。没有人，他是打太极还没回来？还是买菜准备煮午饭？我不得而知，我一如旧日搬着小板凳坐在他的餐桌前，环顾这个我熟悉的地方。

他家其实小得很，一个老鳏夫，儿孙都去了城里，不算我这个被金钱诱惑的阿麦，每天陪他的只有他的牛筋琴。不不……还有扁鼓、三粒板和小抱月，我怎么能忘了他的其他宝贝呢，如果他在，会把我写进曲子骂吧？

他的琴还在，端端地躺在他床前的桌上，我的思绪衔接上昨日的回忆节点，那是大后年了，村里的娘娘殿终于请他上台唱娘娘词，他春光满面，不再寻出那件泛黄的衬衫，而是新购置了一件长衫。

我坐在酒桌上啃着螃蟹脚，听见周围的老一辈人用方言称他为"先生"。

"为什么叫阿公'先生'啊？"我呷吧着嘴问道。

"你小孩子不懂，唱词的也有分厉害不厉害的，普通人都只会唱平词哩！你李阿公娘娘词唱得好，他的《陈十四娘娘》在我们这都有名气的。按我们那个年代的规矩，都要叫'先生'的。"奶奶用手拍拍我的脑瓜。

先生，先生，多好听的称呼。我把这两个字和着蟹肉一起吃进嘴里细嚼慢咽。可转念一想又不对，我眉头一蹙，天真无邪地问："阿公那么厉害，怎么他生的孩子都不要他，也没什么人去听他唱曲，来也就那几个老人？"

没想到奶奶却变了脸色，她低声呵斥我："小孩子，整天乱说话！"

我吃了瘪，心情自然不痛快，等他风风光光下台的时候，我便拉着他问这个问题。现在想来我真是个不懂人情的愣头青，在别人骑着高头大马的时候戳他疮疤不说，还笑着往上撒盐。

但是他当时认真地回答了我。他的声音沙哑，像生了锈的铁器反复刮擦着碎瓷片，"时代变了哟，没人听词了"。他低着头说："你阿婆去得早，我又只会唱词，三四十年前村里每个月请我表演，唱娘娘词的时候让我坐在马上，他们放炮仗迎接。后来，就只有红白喜事的时候，有人请我弹词……我赚钱少，儿子和女儿小时候都跟着我过苦命日子，现在他们去城里了，都成家了，我也开心。以前听我唱词的那些老头子老婆子，有的更喜欢在家里看电视，有的跟着去了城里，有的……都埋在这儿咯。"

他干枯的手往下指指黄土。

我抬头看他的浑浊的双眼，亮晶晶地盈了水光。

四

可是他的人到底去哪了呢，怎么还不回来？

我的指尖抚过牛筋琴的琴弦，倏然发觉有根琴弦崩断了，怎么会？这可是他的珍宝，他爱他的琴和鼓词胜于他的生命。

我跑回家，奶奶正在厨房像个陀螺一样连轴转着给一家人做早饭，我急切地问她："奶奶，隔壁的阿公呢？他怎么不在家？"

奶奶奇怪地看着我："阿公一个星期前走了，他们家刚做完法事，我在电话里不是跟你说过了嘛。"她絮絮叨叨地说："命苦哦，他儿子昨天才来过，说这老屋子里的鸡零狗碎也都不要了。"

你看，温州人是多么委婉，一个人死了并不用"去世"，而是说他"走了"。像是一场大梦终于醒来，我倚在门框上失了神。对啊，奶奶不是告诉过我么，他已经走了，消息传来的时候我还在上学，眼泪止不住地扑簌簌往外逃，沾湿了练习本，脑袋里他和我的回忆走马灯一样反复播放。

与其说是哭泣，莫如说浑似汗珠的泪珠自行其是涟涟而下。

你说，温州人是多么固执，发源于此的鼓词，偏偏只有土生土长、精通最难懂方言的人才能够听懂，可以想见传承有多么困难。可现在温州再也不是"死路一条"的闭塞郊野，而摇身一变成了人人向往的商业都市，越来越多的孩子们，他们能轻易翻越高山、横渡东海，他们能英语流利、法德西日通达明了，却吞吞吐吐说不出一句温州方言，断断续续听不懂一段温州鼓词。

你说，温州人又是那么残忍，一个唱温州鼓词的"先生"，往日大家花钱请他唱词，后来他只得给一个小孩付钱请她听曲；往日村民们放鞭炮和爆竹迎接骑着高头大马而来的词人，后来他儿子说，一屋子的"鸡零狗碎"不要也罢。

"那他的琴呢，他的扁鼓、三粒板和小抱月呢？那些话本和曲谱呢？"我不敢置信，声线颤抖。

"他儿子说没用，跟着他一起下葬了罢。"

一股酸胀的涩意涌上我的喉头，我说不清这是否符合他的希冀。他会高兴吗？他的珍宝会和他一起睡在棺木里，未能像宝玉的通灵玉一样伴着他生，却也能陪着他死，有了它们，他也能在别处给他的昔日好友演奏了。他会悲伤吗？他到最后也没能把这些珍宝传给下一代，它们只能和他一起埋葬在一抔黄土之下，风和日光进不来坟墓，他和他的琴一起被空气侵蚀腐烂。

我说不出话来。我无话可说。我抬头看家乡的天穹，春节的味道弥散在饭香里，从家家户户的窗子里飘进去。我恍然见他，牛筋琴横在身前的木桌上，随意盘腿坐着，咿咿呀呀地浅斟低唱，时而双手抚琴；说到动情时，在扁鼓上砰然一击，一板一眼恰到好处，温州方言起伏动听，他正唱道："你说无巧不成书——"

五

在外每提到温州人，夸赞的大抵是更多的。温州人拥有别样的经商头脑，被称为"中国的犹太人"；温州人遍布世界各地打拼，在异国他乡都能听见乡音；温州人操着独特的温州话，像个离群索居的小聚落，从古时的"蛮夷之地"，到盘踞在东海边隅日益壮大；艺术上，温州人有浙南的鼓词，它的唱腔它的曲调，被南国的春风一吹，细腻得能滴出水来。

可为什么我忆起温州，不是她急速发展的画面，不是一座座高楼拔地而起，不是水泥编织的钢筋森林，而始终是光着脚丫子踩过的石板路、听京剧时吃过的花生米，和阿公唱鼓词时的舒展眉目？

可为什么，这些民间艺人，会渐渐地被急速发展的温州挤在时空的夹缝里，孕育他们的土地变成了囚禁他们的牢笼。无数个像阿公那样的人，或急或躁或失望，或寻或泣或彷徨。

或沉默倔强，或远走他方，或负隅顽抗，或跌跌撞撞。他们只想重返故乡。

这篇文章是一个寻人启事。

寻的是一个民俗风物的结尾，找的是两个离家太久的孩子。

阿麦回来了，阿公你呢？

本文作者：胡爽爽，现就读于安徽大学。

十七年后，与母亲一起流浪

沙小琳

从三岁算起，与母亲阔别十七年后，我终于踏上了T205次列车去往新疆。直到28个小时后，与她相拥，我逐渐地接近她的人生。

一路的风景越来越荒凉广阔，山越来越平坦。我毫无睡意，也没有食欲，晚饭时下铺的老夫妻和我攀谈起来，听说我去探望母亲，一脸期待地问："一定每年都去吧？"我只能默认，始终没法向陌生人袒露十七年未见的隐忍与内情。

火车驶过尼勒克，下一站就是伊宁，想到母亲在车站接我，心里越发忐忑不安。想着等一会要跟她谈论什么去打破尴尬，却毫无头绪。我一点儿也不了解她，血缘是我们之间唯一的联系。

出了站远远看到她站在人群中，本以为需要极力地去辨认，才能认出只有在照片中见过的她。谁知，一个眼神却能读出血脉。她穿着一身白衣，五官精致却表情复杂。一直以来她的音容笑貌，我唯有在微薄的记忆里搜寻。我们没有拥抱，没有温情，只有新疆爽朗的烈日照着相顾无言的我们。

之后的几天，她带着我四处游历，去了哈萨克斯坦边境体验异域风情，去了那拉提看空中河谷草原，见到了最美的落日和星空，许多事都是我第一次经历，像是母亲想要弥补不能陪我长大的遗憾。

我来到母亲的城市，走过她来时的路。嗅着每一口来自沙漠绿洲的空气，想象着不在一起的这些年，母亲是怎样地生活着。

新疆很美，辽阔而平坦，宽容得似乎能容纳每一个异乡人的苦楚，却常常让人感到茫茫天地间无所依的孤独。

可看起来，她分明过得很充实、愉快，这里安静宜居，气候宜人。她自己做丰盛的饭菜，对生活充满热情，早起锻炼身体，晚上睡前看书，一有空就去旅行。这样独身的生活简直让人艳羡，直到那天，我看到了不忍直视的一幕。

那天我进了她的卧室去看书，又想先洗洗手，可当我推开那个她自用的洗手间的门，我后悔了，我情愿我从未来过这里，因为在墙面的瓷砖上，用小刀深深地刻着四个字：咬牙坚持！

那深深的凹槽猛烈地击中了我的心，我不敢去想，她是经历了怎样的痛苦，承受了多少的孤独与悲伤，在多少个深夜里暗自流泪，咀嚼这苦不堪言的羁旅之情。她是如何用一个女人瘦弱的肩膀，撑起这无边的生活？我坐在洗手间的地上，溃不成军。

平复了情绪，我去厨房从背后环抱住做菜的她，轻声叫："妈妈!"她转过身，显然对这十七年来的第一声问候无所适从。

我又微笑着叫她："妈妈，等你退休了，到我身边来吧。"

本文作者：沙小琳，现就读于兰州文理学院文化市场经营管理专业。

徽　州　赋

郑孙彦

最令人遗憾的是安徽的徽州，
三十年前改名为黄山市，这也
是我二十年来一直呼吁恢复的
地名。

——著名作家李辉

东南邹鲁，荆吴故地，
秦置黟歙，宋易徽名。
府领六邑之域，地跨江淮之滨，
百城襟带，山水幽奇。

君不见，群峰参天，
峡谷屏列，
西领黄岳巍峨，东连白际嶙峋。
万仞盘空，海起山中；
奇谲秀丽，四时与同。
时闻八音伉俪，尝观松柏成荫。

采杜仲以延年兮，登枸角以寻仙灵。

君不见，七水汇流，汤汤东去；

浩归钱塘，贯邻徽杭。

或清流见底，可洄可游，并载兰舟；

或峻流惊急，悬泉飞漱，属意逍遥。

呜呼！造物者之藏，

无尽也，而百姓之所共适。

五岳朝天，四水归堂，

居依山川形势，舍法向背阴阳；

东瓶西镜，黛瓦白墙，

躬耕赤岭之地，守拙五柳之堂。

有联赞曰："桃露春浓，荷云夏净，桂风秋馥，
梅雪冬妍，四序且凭花事告；

紫霞西耸，飞瀑东横，天马南驰，灵金北倚，
九邻皆似画中居。"

若夫商贾之盛，功效孟尝，

奇货可居，业以盐粮。

遥遥别乎桑梓，成镇大观洋洋。

日月通性，江河流芳；

上达天子，下交侯相；

群英璀聚，辰宿列张。

四海同建会馆，方寸共朝宗堂。

锦绣江南，聚天灵以蕴珍；
丰饶新安，得月华而产物。
四雕形备，古建三绝。
青花陶纹，千毛一毫，笔之观也；
丰肌腻理，轻点如漆，墨之泽也；
凝霜澄心，匀薄如翼，纸之形也；
贮水不涸，呵气生云，砚之润也。
篆笔运刀，精研六书；
安身立命，谨遵程朱。
惜梅花古衲，寄命孤灯，
习书画于尺木，悟禅道于文殊；
叹精忠庙首，北上入京，
扬徽班之唱腔，创三庆之法度。
青山向晚，难得一方净土；
人文荟萃，自有千年古韵。

嗟夫！天地运流，升降相袭，
朱子怅然而叹曰：
"此夕情无限，故园何日归？"
忧徽名之不复，怅婺绩之失离。

登群峰以游目兮，临众水之茫茫；
惟山川其未改兮，胡为乎遑遑而叹逝？
观棋柯烂，闻笛空吟，
造化若兹，白驹不待。
万方胜景，天赐祖赖，
情系徽州，宗承一脉！

本文作者：郑孙彦，现就读于安徽大学汉语言文学专业。

漂泊者的收容所，魔都号上村

郑怡瑶

四岁那年，我随着家人来到魔都，在这繁华的城市中几经辗转，最后在一处城中村内算是稳定地住了下来。

母亲、婶婶和爷爷奶奶在村子的马路边开了家餐馆，不大的店面里一整天都弥漫着烹煮食物带来的烟火气息。爸爸和二叔在同一家高楼大厦里的公司上班，临上班前的他们总是会温柔地摸摸我和堂妹的头，似乎在我们的头顶上储存着一个能量站。

我念书的幼儿园很远，每天都要起很早等校车。

母亲珍藏了很多那个时候的老照片，她和我说她抱着我在外滩边上拍的照片是我们刚来上海时候拍的。我是记不太清了，我记忆里最早的场景是母亲牵着我的手在路边等校车，从漆黑一片到晨光熹微，等我到幼儿园的时候，天已经是大亮了。

对于很多孩童来说，童年的记忆是乡村的田野，是屋檐下的燕巢，是逢年过节时一村人聚在一起时的热闹。于我，我几乎整个童年的记忆都在一个地方，钢筋水泥环布之中被一个不懂"异乡"概念的孩童当做家乡的地方——七宝镇号上村。

号上村被繁华的公路包裹着，细碎的街道将其分割成一片片，每一个住在这里的人平凡而又相似，过着各不相同却重复的日子。

我和父母租住在与餐馆相连的一个院子里，十平米左右的空间里只能放下一张床，一张放电视机的小桌子。冬天长夜漫漫，月光斑驳，睡在母亲身边感受温暖的鼻息才能获得寒冷季节里的安宁。夏天的空气总是带着浓厚的黏腻感，唯有日光散去，额头细密的汗珠才会乘着晚风消失无影，燥热的白日里就索性躺在冰凉的地面上，在午睡中幻想一场滂沱大雨的降临。

院子里的人都住在狭小的空间里，共用着长着潮湿青苔的洗手池和锈迹斑斑的大门。每天穿着花裙子的好看女人，总是一副倦容的疲惫男人，偶尔露出笑容的年轻情侣，和善的中年夫妻，还有爱打麻将总是板着脸的房东老阿姨，这些都是我的邻居。面积不大的院子每天清晨都会走出去很多在这座城市里拼搏与生存的人，相近的处境让彼此之间惺惺相惜。

我记得尤为清楚的是母亲餐馆所在的那条街

道。街道一边是林立的商铺，另一边是用水泥石子和钢筋堆砌的围墙。我总是好奇地踮着脚尖从钢筋缝中看向围墙的另一面，也许是围墙的里面，也许是外面，虽然我每次看见的都是建筑废料和杂草，但我却莫名地相信那里一定埋藏着某个秘密。

街道南边的尽头是宽阔的吴中路，北边是一条河流，虽然大部分的居民称它为水沟。河流东西走向，临河的一边是一排排两三层的石楼，隔几步便是一扇小门，夏天的时候大朵大朵的树荫便会落在门前，伴随着蒲扇轻轻摇晃。

我曾幻想着自己是汤姆·索亚，想沿着河流去寻找宝藏。我走了一整个下午来到河流尽头，遗憾地发现河流尽头并没有被埋藏的宝箱，安慰着自己也许我是第一个走到河流尽头的人，回去之后可以告诉父母自己发现了一个污水处理厂。

街道上的商户偶有变化，常驻户之间已建立起了"革命友谊"。

家里经营的餐馆左边是一家理发店，店长是个憨厚幽默的花臂大叔，理发店前前后后来过好几个学徒，都很喜欢逗我玩。我印象最深的是一个学徒姐姐，我是她第一个客人，她很激动地给我剪了一个齐刘海，剪完之后的一个星期里她都沉浸在愧疚之中。

　　餐馆右边是一家小卖部，小卖部的主人是一对和我父母年纪相仿的夫妻。这家小卖部留在我记忆里的不仅有夏天的冰镇汽水，还有因为询问父母货架最上方摆放的绘有肌肉猛男图片的硅胶制品而挨的一顿打。

　　餐馆不远处就是一家果蔬店，店里冰箱上放着一台正对着马路的彩色电视机，每到傍晚的时候，街道上的男女老少就会聚在店铺门口观看黄金档的热播电视剧。

　　对于我来说，街道上还有一家存在记忆深处的河流旁的馄饨店，鲜美有劲道的肉馅外裹着滑嫩的馄饨皮，小小的肚子每次都能撑下满满一大碗。街道不长，究竟来回走过多少遍呢？我数不清，街道上的商户们也数不清。

　　孩子们总是能自发地聚集在一起，他们总是能在大人看来习以为常的事物身上找到特殊的快乐。

　　号上村有一片小树林，外围是两棵紫薇树和一排鹅掌木，内里是上百棵香樟。紫薇树我们是舍不得碰的，只有等它花瓣落在地上，小心翼翼地拾起来然后收好。男孩子们教会我爬树，他们把爬树的本事提取出要领：树杈不能过高，爬树时要找到发力点和支撑点。

我还记得第一次上树成功的成就感，在后来小伙伴们举行的爬树大赛中我总能取得很好的成绩。女孩子们教会我做树叶手链：将鹅掌木除叶茎以外的部分去除，将叶茎用指甲切成一小段一小段，保持中间的丝不断，整根叶茎切完后就是一条手链了。当然，还有用两张香樟树叶叠合当做口哨的游戏。这片树林对于号上村的孩子来说是充满趣味的欢乐园。

在众多的孩童中，有两个人是烙在我的记忆里的。一个叫瑞瑞，和我同岁；另一个叫桂人鸟，比我小三岁。瑞瑞和桂人鸟都和我住在一条街上，瑞瑞家的家电维修铺在果蔬店的旁边，也许是因为他是这条街上唯一和我同岁的孩子，我们相处得总是很融洽。

瑞瑞是个很喜欢做手工的男孩子，他会用折纸做可以弹跳的青蛙来逗我笑。我们都喜欢看手工类的儿童节目，然后比拼谁做得更好，每次比拼的作品我们都会送给对方，所以我们总是做得特别认真。瑞瑞还有一个爱好是吹口琴。口琴有着冰凉质地的铁皮外壳，一只老式口琴的价格低廉，墨绿色的格子铺在铁皮夹缝间，传出的音色却是意料之外的清扬。有一整个暑假，我都跟着瑞瑞一起学口琴，琴声伴随着沙沙作响的树叶，融化在夏日漫过街道的风中。

瑞瑞一家和我们家算是老乡，瑞瑞父母是号上村的邻里中待我最好的，每次见到我他们都会放下手里的活笑着迎接我。

我七岁独自回到家乡的城镇念小学，与号上村的联系只剩下寒暑假的长途客车。瑞瑞则留在上海继续念书，十一岁那年，瑞瑞去了寄宿学校，他临开学的那个暑假我们进行了最后一次手工比拼。

我花了一整个星期的时间用报纸做了一个可以活动手脚的小人，瑞瑞戴眼镜，我就用墨汁给小人画上眼镜。瑞瑞收到礼物的时候特别开心，一整个暑假过去了，小人一直挂在瑞瑞家的店铺里。

我那时候还不知道，号上村即将拆迁，十一岁那年的暑假是我最后一次见瑞瑞了。所幸，关于夏天的所有回忆都留在如今有些走调的琴声里。

我想，我一直都不会忘记的人是桂人鸟，手机维修店里那个年轻叔叔的孩子。我第一次见桂人鸟的时候，他四岁，我七岁。他和桂叔叔是街道上新搬来的，桂叔叔人很好，可街道上的孩子对桂人鸟却并不怎么友好。

桂人鸟总是一副脏兮兮的样子，大多数情况下他都是怯生生的，作为新搬来的孩子，他希望加入我们，他每次闪烁着眼睛渴求的样子都会让我心里一怔。桂人鸟是镇上唯一一个不上学的孩子，他总是每天白天出门寻找伙伴，傍晚脏兮兮地回家吃晚饭，有时候身上还会带着淤伤。

出于好奇，我问桂叔叔为什么给桂人鸟取这么特别的名字，桂叔叔回答问题的时候特别开心，他说："希望自己的孩子能成为人中之鸟，能够飞翔，超出一般人。"我纳闷为什么不是人中之龙，叔叔有点不好意思地说："这个名字是桂人鸟的妈妈取的，她觉得这个名字和运动品牌'贵人鸟'一样很顺口。"他说话的时候，眼睛亮亮的，在看远方。

桂人鸟告诉我他的妈妈在很远的地方打工挣大钱，所以他总是把自己觉得好的东西给我，因为有一天他的妈妈会回来给他带更好的东西。有一次，桂人鸟被一群孩子欺负得很惨，我跑去手机店里告诉桂叔叔，那是我第一次看桂叔叔发火并且流泪，他抱着桂人鸟对那群孩子喊道："你们是不是欺负我家桂人鸟没有妈妈，我告诉你们他还有我这个爸爸！"

我回到家里问母亲桂人鸟的妈妈去哪了，母亲告诉我，桂人鸟的妈妈因为嫌弃桂叔叔太穷，抛弃他和桂人鸟消失了，桂叔叔每天很努力地赚钱希望供得起桂人鸟读书。

我感到从未有过的羞愧，羞愧于我从未因为桂人鸟而反抗那些欺负他的孩子，羞愧于答应桂叔叔要照顾桂人鸟却并未做到。这种羞愧将伴随我的一生。

一天当中我最喜欢的时间段是黄昏到黎明之前的时刻。夏天的黄昏时分，会有很多的红蜻蜓飞舞在街道一边的空地上，孩子们会一边唱着歌谣一边用塑料袋去兜蜻蜓。

"晚霞中的红蜻蜓，你在哪里呀？童年时代遇见你，那是哪一天。"那时的我们只是觉得旋律好听，并未去体味歌谣的含义，后来的我们还记得歌词与旋律，却几乎再也没有见过夕阳下的红蜻蜓。如果能让我在临别时弥补一句赠言，我想说："希望我们都能好好长大。"

我一直认为自己是号上村骑三轮车最厉害的人，爷爷是第二厉害的人。因为家里经营餐馆，所以爷爷几乎每一天都要骑车去离家很远的周谷堆菜市场寻求新鲜廉价的蔬菜。

我是骑三轮车的爱好者，喜欢的原因有很多：

号上村外的风景、新鲜美味的蔬菜还有爷爷偶尔会给我从路边捎带的小玩意。奶奶和妈妈因为要准备第二天用的面团总是到夜里一两点才休息，假期的时候作息时间不受限制，夜晚号上村的街道就成了我的专属赛道。我迷恋那种纯粹的快乐，飞驰的三轮车带来的纯粹的快乐。

我也常在日出前醒来，欣赏可敬的家人制作早餐的过程。奶奶把切好的海带丝、千张丝、肉末和鸡胗放入一个大锅里慢炖，淋上蛋花，加入淀粉使其醇厚，不一会热气腾腾的辣糊汤就出锅了。

和第一位客人一起品尝这么好喝的辣糊汤也是我一天中最开心的时刻。

我一直认为炸油条是一件可爱的事情。将面团切成钢琴键般的短粗条，然后在下锅的前一秒两根面条急速与对方拥抱相扭成麻花状，下锅后伴随着呲呲的声音开始冒泡泡，最后成为金黄松软的可口食物。即使过去了很久，这些带有温暖香气的画面我依旧清楚地记得。

相机是一种纪录时光的方式，母亲的相册里一半是我，另一半是号上村外的魔都。

家人去过最多的地方是离家最近的七宝老街、石板桥、茶楼，超大超好吃的七宝汤团还一直飘在记忆里许愿树的红色丝带上。

相册里还有体育公园的七彩滑梯、黄浦江上的轮渡、动物园的石雕和我记不清名字的公园。相册中的人物也渐渐多了起来：2002年，堂妹在餐馆的仓库里出生；2004年，舅舅一家也来到上海；2006年，弟弟出生。号上村的旁边是立交桥，大人们告诉我，立交桥连着的是停着大飞机的虹桥机场。

我的内心充满着对未知的好奇。在一天晚上，我推着儿童车里的堂妹，踏上了寻找大飞机的路程，这次探险的结局是我在立交桥上被巡逻的交警叔叔护送回家，探险的收获是我人生中第一次坐警车。

号上村拆迁后到如今已有快十年，我再也没有回去过，号上村的街坊邻居我再也没有见过。我时常想号上村现在是什么模样，瑞瑞、桂人鸟、理发店的花臂叔叔还有号上村的其他人如今又过着怎样的生活？

我以前总会埋怨号上村生活的窘迫，随着时间的推移，我对生活在号上村的时光愈发怀念。那个年代里，有许多人像我们一家一样住在魔都的城中村里，为了生活而打拼。对于成年人来说，这是一段在异乡漂泊的过往，对于我来说，这是我童年回忆里"故乡"的位置。

没有传统节日，没有当地风俗，也没有祖传的手艺，我选择纪录它，因为它是我人生的重要组成部分，不那么美好却异常珍贵。它也许不是任何人真正的家乡，却是众多漂泊者的收容所，是那个特殊时代的产物，它应该在人们的心中留下不被遗忘的痕迹。

我盛情邀请你，坠入我的回忆里。

本文作者：郑怡瑶，现就读于安徽大学。

三伏天，薄荷香冲天弥漫

臧 博

> 很多年前，也是如今天这样燥热的夏，三伏天中难得的几天清凉，是伴随着村里数处熬薄荷油的炉火。一家人大半年的汗水，在蒸汽中缓缓滴入桶内，变成了薄荷油。
>
> ——题记

知道薄荷的人很多，种过薄荷的也不少，但像我老家太和那样，把薄荷种出规模、种出名气的就少了。

太和是全国有名的薄荷种植大县，从有记忆开始，庄子周围地头的薄荷就一直绿油油。

二十多年前的太和县人为啥都爱种薄荷？简单说来原因有三：一是土地和气候恰好适宜种植，二是加工后的薄荷油收购价格可观，三是薄荷油可以直接卖成钱补贴家用。

在那个大多数人还没涌出门打工的年代，卖掉二三十斤薄荷油的钱，能让一个四五口家庭一整年的生活得到极大改善：男人有了抽一口、喝两盅的烟酒钱，女人有了扯布做衣裳和买鞋样子纳布鞋的钱，孩子有了上学的学杂费，家里时不时还能打打牙祭吃顿肉或饺子。

总而言之，对上世纪八九十年代的太和农民来说，薄荷是地里能长出来的东西中最具变现功能的作物了，简直金贵得无可比拟。

只是，薄荷油的诸多优点，并没有扩大它的产量，1980年代到90年代，薄荷油价格的三次剧烈震荡伤怕了种薄荷农民的心。以我们家举例，我爷爷最低卖过8块钱一斤，到小姑出嫁后就已经卖到了150块钱一斤，而小姑的女儿出生后的那两三年，价格又从400块每斤的最高峰降到了100块以下。在那个信息相对闭塞的年代，如此巨幅震荡对普通农民而言是无法掌控和预知的，因而种薄荷存在着赌博般的风险。与此同时，乡亲们算算账之后发现，种植薄荷的成本越来越高。更要命的是，种薄荷过程中的偶然性因素也在增大增多。

首先，在薄荷生长期间，雨水不能多不能少，雨水多薄荷叶子不蓄油，雨水少植株容易旱死；其次，薄荷的施肥也格外讲究，肥上多了薄荷整株长得高大，底下的叶子见不到阳光，没收割之前就沤烂了，而肥上少了薄荷长得就矮小，不足以支撑到收割；其三，薄荷一般只收夏季一茬，天气不错的话秋天可以再割一茬，但彼时的产量和出油量已大大不如夏天；其四是最关键的原因，薄荷根极耗土地肥力，头年种了薄荷的土地第二年再种别的庄稼几乎必然会大大减产，而与此同时，化肥、磷肥各种肥料都在涨价，种薄荷成了普通农民家庭饮鸩止渴式行为。

再仔细算算成本账，农村土灶熬薄荷油的成本对普通家庭而言太过高昂，且造成了污染和资源浪费，新的炼油和提纯工艺的出现更是极大冲击了农村土灶熬油的风潮。

在1990年代开始的轰轰烈烈打工潮中，诸多因素的累积让精打细算的太和乡亲达成了一个共识：种薄荷、熬薄荷油不如打工实惠。于是，越来越多的年轻人离开了家乡，东去江浙沪或南下珠三角，留下的老人们再也折腾不动薄荷这费工费时又费心费力的作物。写此篇文章的过程中，还在农村的小姑跟我说，老家那边已经有十多年没有见过熬薄荷油的了，种薄荷的人家也越来越少，只见零星，不见大片。

种植薄荷的愈发少见，将我记忆中熬薄荷油的场景封存成了回忆、揉碎成了画面，在父亲、大姑和小姑的共同追忆下，我终于将一个个遥远的画面拼接成了熬薄荷油的完整影像。

如今回想起来，老家臧庄三伏天火光焦躁、薄荷香冲天弥漫——带着浓烈魔幻现实主义色彩与乡土气息的场景——视觉冲击、味觉冲击与闷热的天气一道，构成了童年无法消散的立体记忆。对我来说，拼接这个童年记忆中仅有的几次熬薄荷油的画面，就成了我对故乡最深的回忆和纪念。

预　备

薄荷可收割的时节，常在一年中最热的三伏天。根据老人们传下来的经验，清晨不能割，因为叶上露水多，出油率低，最适合割薄荷的时间是上午十点到下午三点间，这个时间段光照足，温度高，薄荷植株旺盛干燥，出油率比较高，同时又大大减少了收割后的鲜薄荷在熬油前的晾晒时间。

收割薄荷前的准备工作，也简单也不简单。首先是自家要将已经经受过麦收考验的镰刀仔细再磨一遍，提高镰刀的锋利度；其次是找帮手，这仅限于当年种薄荷比较多而家里劳动力不足的情况，一般会叫自家近亲或关系好的邻居；第三是凑钱买大锅的几户人要碰碰头，商量好熬油的先后顺序，并将凑钱提前买的煤炭根据每户种薄荷的量提前备好；最后就是将熬薄荷油的大锅和锅盖洗刷干净，将大锅内的箅子备好——熬薄荷油用的箅子不同于家庭蒸馒头用的尺寸，而是用铁锹把儿一样粗的实木棍，横竖用麻绳绑紧的加大加强版。

准备妥当之后，就是一家人按定下的日子准备收割了。前一晚早早上床睡觉前，先准备好第二天要用的镰刀、木叉和板车。农具准备妥当，一身的行头也不能含糊，下地干活不是参加晚宴，不需要光鲜亮丽，所以一般都是旧衣服、草帽和厚底鞋。穿厚底鞋是一个共识，只因割完后的薄荷茬子非常硬，普通的泡沫底布鞋容易扎穿伤到脚心。

早晨起床，一家人先饱饱吃一顿早饭，再找个阴凉的地方聚在一起，扇着蒲扇聊闲天，等着割薄荷的"黄金时间"慢慢接近。等到蝉鸣交错，汗出不歇，村子里所有的烟囱都不再冒早饭的烟，就差不多到了可以出发的时间。一家人戴着草帽，拉着板车，板车上放着木叉、绳子和与人数相等的镰刀，在与邻居们亲切的寒暄声中穿过小巷，伴着蝉们的嘶吼，走向自家的薄荷地。

收　割

到了地头，有经验的老人都会先进去趟趟地，看看裤子上有没有露水，确定没有露水，简单分工之后，就可以正式开始干活。

黄淮平原的田野平坦如镜，一眼可望三五公里开外，薄荷地作为伏天唯一大面积的绿色色块，也在太阳的炙烤下热气蒸腾。几家、几十家等着割薄荷的人家，会有默契地在其中一家开始动镰刀之后陆陆续续行动起来。那个年代如果有无人机，一定可以拍到收割薄荷时这一极有仪式感的场面。

割薄荷过程中，年轻人往往前期速度较快，约摸割到半亩地的位置，年长者们慢慢再追上来。毕竟，比力气年长者不如年轻人，但是比起经验和耐力，年长者在割薄荷上的优势很明显。

一家人错落地往前割的时候，一般都是半蹲着挪鸭子步往前，横着一把攥住几株薄荷，镰刀靠近离地面约10公分的薄荷根，横起镰刃一扫，一把薄荷就被割下。割的过程中，全家会有默契地将薄荷每隔四五米拢成一小垛，方便全部收割完了之后拉着板车来收。

收薄荷的过程中，太阳愈发凶狠，持镰刀人的周围明亮无比，温度也越升越高，割薄荷的人们在机械性的劳动中很快汗透了衣衫。伏天的太阳炙烤得空气愈发燥热，年轻人常不听老人们的劝告，脱去上衣扔到薄荷垛上，戴着草帽，只在脖子上搭一条擦汗的毛巾。阳光下，闪着红光的黝黑皮肤、背部与手臂隐隐跳动的肌肉、裸露皮肤上渗出又迅速滚下的汗珠，与堆放得整整齐齐的排排薄荷垛形成了鲜活的收割场景。

没有看过类似场景的人，是无法理解"面朝黄土背朝天"和"汗滴禾下土"所描绘的场景的。

熬 油

收完薄荷，还不得歇息，得趁热打铁。得用木叉将薄荷垛叉到板车上，踩实捆紧，一车车拉到庄里的土灶旁摊开晾晒。待到地里的薄荷全部拉回晾晒，一家人终于可以忙里偷闲吃个夕阳中的午饭。

这个午饭，也是可繁可简。时间来得及就吃凉面条，家中一般由母亲擀面条，儿女剥蒜头后捣成蒜泥，面条煮熟出锅，盛到大瓷盆里用凉水拔凉，沥水后再用手抓进大碗，将加了醋、盐和香油的蒜汁淋上两三大勺，筷子搅拌匀了就可以吃。要是地里薄荷多，吃饭时间赶不及，就只能抓紧生火熬油，这顿迟来的午饭也只能凑合。把家里种的洋葱、大葱、蒜头剥皮洗净，就着凉馒头就吃了，吃得撑了就从缸里舀半瓢水灌灌缝，然后直奔地灶。

熬薄荷油一般都在黄昏开始，西下的太阳威力不减，嘲弄似的将冒着它怒火割下的薄荷高温拷打，一遍又一遍，薄荷躺在地上茎叶无力，越来越蔫巴。

几个男劳力合力将口径约两米五的大锅架上土灶的凹槽，从井里打水，倒入锅中四五桶，支上箅子后，就可以一层一层往锅里叉薄荷了。薄荷经过数小时的曝晒已轻了许多，但一叉下去的重量仍然不小。

年轻力壮的男青年在锅外叉薄荷往锅里送，弟弟妹妹就在大锅里站着，一叉薄荷送上来后，先铺匀，再一圈圈在锅里转着圈踩实。等大锅到了容纳的极限，勉勉强强能盖上盖子且不得不在其上压几块青砖时，不论叉薄荷还是踩薄荷的人，都是汗透衣裳、气喘吁吁。

太阳西沉，臧庄被夜色接管，此时是熬薄荷油的正式实施阶段。先引着麦秸塞进灶膛，再往里添玉米秸秆和细树枝，等炉膛里的火越来越旺，就可以加入更大一些的劈柴和碎煤块。当煤块完全成为炉膛中的主要燃料，薄荷的刺鼻香味也渐渐被高温逼出。此时，就是熬薄荷油最精彩、最要紧的部分——出油。

如果用纪录片拍摄的手法拍摄出油的过程，会发现出油的过程是由几个快速切换的镜头构成的，这是个奇妙的过程。镜头一是特写加拉伸：炉膛口忽闪忽闪的火光打在守灶人的脸上，他光着膀子，蜷蹲在灶旁凹下的土坑里，紧紧盯着炉膛中的火，眼中闪着熊熊的光；镜头二是一组有逻辑顺序的长镜头：蒸汽顶得锅盖"哐哐"响，顺着锅盖上弯曲伸出的铁导管，一滴滴薄荷油开始在铁导管壁上积攒、汇聚，再滴滴答答落在油桶里；镜头三是缓缓升起的俯拍：臧庄全村各个地方近十个尺寸相当的地灶都在同时熬油，忽闪忽闪的火光随着镜头的升高越来越小，背景响起"臧庄的空气中，弥漫着平日少见的煤渣味和浓烈的薄荷香"的解说词。

在这一过程中，整个臧庄笼络在无形的、有味的、奇妙的薄荷香里。在这样有味道的夏夜，臧庄乡亲三三两两抱着卷席筒，零零散散躺在离土灶不远的地方睡觉，因为土灶周围薄荷味最浓，蚊虫最少，更主要的是，方便后半夜起来继续熬下一锅油。

随着铁导管终端出油量的愈发减少，流出的潺潺细流最终变成间歇的滴答回音。至此，守炉人也不再往炉膛中加煤加柴，烧了半夜灶的守炉人可以起身活动活动四肢或抽支烟解解乏。

用土灶熬一锅薄荷油通常需要四个小时以上的时间，油熬得差不多时常已是凌晨，此时叫醒家人，几人合力将锅盖抬下。往外叉薄荷是最累人的环节，干活的人必须忍着高温，快速将蒸得熟透、踩得紧实、冒着热气、浸着水汽的薄荷用木叉叉出锅。这每一叉都是几十斤的分量，没有一膀子力气根本干不动，年轻人干这个活常常累得龇牙咧嘴。叉出的薄荷就近摊在路边晾晒，晒干后收回家里烧火做饭。至此，熬薄荷油的整个过程得以完成。

一切结束后，辛苦了半夜的守炉人靠近熄火许久的土灶，用毛巾蘸着锅里带着残留薄荷油的温水，先冰冰凉凉地擦个身子，再拎着整桶或半桶薄荷油回到自家，一觉睡到太阳升起。作为辛苦熬薄荷油的特权，守炉人睡多久都不会被打扰，醒来还有准备好的饭菜。

尾 声

每亩薄荷根据收成的不同，多的能出二十斤油，少的只能出六七斤，这既与天气有关，也与肥料有关，既与收割的时机有关，也与熬油的技术有关。

二三十年前，薄荷油对缺少额外营收的大多数臧庄人而言，是家中最保值的财产。尤其在农村盗贼屡抓不绝的大环境下，一桶薄荷油可藏在粮食屯里，可埋在麦秸垛中，实在是比麦子玉米保值得多、安全得多的财产。

薄荷油为太和或者说为臧庄的多少个家庭带来了盐、油、鞋样子和学费已无法统计，但通过一件小事就可以知道薄荷油在普通农民心中的价值：1990年代中期，近门的大爷攒了三年的50斤薄荷油被贼偷走，大娘知道后直接哭昏过去，差点没抢救过来，这50斤薄荷油当时的收购价已经不高，但是也能卖4 000块钱，几乎是他们家整三年的收入。

如今，臧庄的土灶与太和县的诸多土灶一样，都被黄土掩埋，那些造型粗犷的大锅、锅盖和箅子，也在时间中变成了破烂儿。现在，臧庄的户籍人口和年轻人越来越少，老人也越来越少，坟茔越来越多。就这么一少一多之间，熬薄荷油的场景，缓缓彻底封存在了二十世纪的记忆里，封存在了三十岁以上人的心里，封存在了那个笼罩在冲天浓烈香味的村庄里——没有影像，没有照片，没有怀念。

本文作者：臧博，现就读于重庆大学。

上虞的二味一梦

汤昊锐

　　我的家乡在浙江省绍兴市的上虞区，2013年才撤市改区的。依照上虞本地人的说法，是"绍兴拐子"很"芽眼"（大概是器量小的意思），他们对上虞的发展终于看不下去了。

　　绍兴一地并不安生，其中有着颇多矛盾：上虞、诸暨、嵊州、新昌在行政区划上和绍兴绑在了一起，实则一点不乐意——大家总是看不起绍兴人的小气与迂腐，一个培养师爷、培养幕僚，却怎么也养不出大成就的地方——绍兴人挂在嘴边、言之凿凿的鲁迅先生，对故乡绍兴，除了敌意，也就只剩下和许广平恋爱时的一点谈资了。

　　但我想绍兴市中的尴尬氛围并不是独有的，老话说"远亲不如近邻"，换一个角度来考虑，的确也只有近邻之间才会多有联系，既然不是亲如手足、相敬如宾，那大概也就只会多生事端、嗤之以鼻了。

　　因而，谈及故乡，我非常渴望说："我的家乡在上虞。"只是大家鲜少听过这个名字，我也只能特意在"上虞"前加上"绍兴"两个字。

事实上，我把家乡上虞看得更独特，而减少它与绍兴之间的关联。事实也的确如此，1949年以来，上虞一直飘忽于绍兴、宁波两个行政区划之间，但两个城市的诸多标签都并不适用于上虞，譬如上虞少有绍兴的小桥流水、古街闲情，也不像宁波有着极其富饶的海洋资源。

上虞有上虞的独特性，这是绍兴、宁波两地的形容词所不能概括的。就好比邻县余姚出了大哲人王守仁，我们介绍阳明先生时，一定会说他是余姚人而非宁波人。

上虞同样有它古老的历史。和绍兴不同，有关绍兴的新石器记忆是对应禹的，而上虞本是虞舜的封地，郭沫若先生在殷商甲骨文中已然考证出"上虞"的地名。

上虞有士人的渊源，但并非流觞曲水、宴于兰亭，而是出了赋家王充。它也有自由民主的新气象，经亨颐校长创办春晖中学于上虞白马湖畔，丰子恺、朱自清、夏丏尊、俞平伯、何香凝皆来任教，弘一法师曾接受挚友和学生的诚意来此小住，话剧《雷雨》的首演也在这间乡野学堂。

上虞有着依托现代交通而兴起的工业与经贸，这不同于停滞于前现代状态的绍兴与快速发展的宁波，却是成就了一座小城的现代化与舒适感。

对！家乡上虞正是给予了我一个标准的小城记忆。我一出生便在城市，我少了与泥土的交流，却生来就同电与光对话。但反过来对比，我也并没有生活在钢铁森林，都市的繁荣和嘈杂都在我的经验之外。我身处现代文明，却也能赏得白马湖畔的浮光掠影。在我看来"小城"既是处于夹缝之中的存在，它高不成、低不就，脱离了乡村却远未及繁华；又是一个恰如其分的调和之所，摩登文明与乡土记忆在这里交融：霓虹灯下，可以开满野花。

我非常乐意用"小城记忆"这样的切口来介绍自己的故乡。在小城里，即便生于钢筋混凝土的建筑物里，却仍能残存一点先民的乡土记忆——自然的广博、土地的深重等等。同样的，小城即便身处都市繁华的边缘，却依然可以照见现代之光、科学之光。

在我看来这样的小城记忆是弥足珍贵的，也是时代赋予其一枝独秀的位置。一方面，我们是结结实实蒙荫改革开放的一代人，我们也因而有可能生而获得城市血液；另一方面，即便是我一口一个讲得轻盈欢快的"小城"，也在不断扩展它的规模。我也不禁疑问：随着城市框架的延展，乡土的敬畏和沉重是否会就此消逝在时空里了呢？

这两天烈日当空，万物焦炙，镜头在强光之下也少了表达。找出过往回忆故乡的散文，或侃家乡美食，大快朵颐；或谈民间习俗，聊寄哀思；或论地方文化、母校情结。望诸君一阅！

凛冬已至

由于纬度的关系，江南的农家多是不在意节气的——亚热带温湿的气候总是比中原的气候变化迟缓一些。大概是，中原地区已然过了立冬，江南才算下尽了淅沥的秋雨，有了些许深秋的滋味。

清明和冬至恐怕是南方人独独在意的两个节气了。对清明的重视在于节日的庄严感，可以另当别论；因此，严格来说，冬至的气候变化有着唯一能让生活于温润水乡的江南人为之震撼的凛冽。

说来也确是这个理儿，谈些科学：冬至这日太阳徘徊到了回归线的最南边，全中国的影子都拖得老长，似乎是想借此招来太阳，没有哪一处宝地不是在面临一整年里最寒冷的日子。

依我看来，寒冷可以算得上是人类的母题之一了；寒冷足以考验生命的韧性，进而激发一些更深处的思索。因而，蒋勋先生也曾提及自己大学时代一位意气风发的同学之言："台湾太湿太热，无以诞生哲学。"台湾有没有哲学且不敢妄谈，但高寒地区的思索确是迷人得很；陀斯妥耶夫斯基或是高尔基，甚至是自杀于新西兰的顾城——寒冷磨洗生命之余，真是把智慧修葺得尽善尽美。

　　随着官能刺激得愈发强烈，冬至的严寒就是这样不期而至，这场与寒冷的斗争将格外激烈。妈妈会有一大堆的家务事要操办：提前趁着晴朗天气晾晒被褥，吸饱了暖阳才能抵御冬日里最后的砭骨之寒；养生滋补的事业也提上了日程，奶奶需吃参汤暖体，妈妈也为自己炖起了阿胶。

　　去年由于备战高考也借机分到了数日的虫草，味道虽然一般，可其中的劲道与情义是千金不换啊！爸爸也开始忙碌起来——冬至一过，天气就"真当冷哉"，年货的制作得以开始；若是冬至之前做这活儿是不行的，一准霉出白花来。家里也并不讲究，但爸爸朋友众多，总是不时接一通电话，下楼提来几串刚灌好的香肠或是晒了半成的鱼干，琳琅满目地挂在阳台上，欢腾的年味儿陡然弥漫开来。

打这日起，为面对冬日的严寒，所有人都忙碌起来；甚至有一种寒冬退却、春回大地的热闹和幸福。

然而，冬至的的确确是对生命的重大考验啊！生者贮藏能量、犒劳自己，得以熬过一个又一个冬季；可又有多少生命是被这残酷的自然律淘汰掉的不幸者呢？科技的伟岸在于造福了生者，对于远逝的岁月，始终是隔着自然的铁律，永不可逾越——我们依旧被迫活在残酷与无情之中，冬至与生命的关联就是这个道理。

因此，冬至更是一个关于死亡与生命的盛会。人们常在冬至上山祭拜先祖。我以为，冬至日的祭奠不似清明：烟雨飘摇时思怀，多是触景生情、平添惆怅，心中暗含的，实则是一种高级美学的欣赏态度；而严冬苦寒日的祭祀，应是出自心底纯粹的敬畏，惶恐岁月与舒适体温的流逝，大概是最无助的仪式罢——奴隶一般，没有对话，仅剩臣服；对亲人的深切怀念也是己身的莫大哀愁。

家中对于冬至日的祭扫分外地看重，如果赶不上双休日，爸妈一定会请假，上坟祭祖是必定不能断的。

冬至上山，山景已是十分凄凉：崎岖的山间小道被枯枝败叶掩埋，近乎寻不出踪迹；乌桕树的叶子也悉数下落，枯槁的枝头挂不住深秋的残红，片甲不留；林中的松柏尚是挺拔，其间倏忽惊起的鸟鸣却已不带生气，啾啾长啼，莫不是此山之间唯剩乌鸦和杜鹃。山间的空气已是砭骨的冷寂了，冰冷的水汽吸入胸肺，决然创伤咽喉，进而冻红了双手与脸颊，唇齿之间轰然作响——是战栗的呐喊。

努力踏过冬日里破败的土地，在半山腰上就抵达了亲人的墓冢。爷爷和太婆已经沉眠在了青山之中。我们在墓前的沉寂则较时节的严寒更为瘆人，粗重的喘息声与鸟的哀鸣杂糅，天地间唯有恐怖和悲怆。

冬至上坟的习俗却也是最通人情味的，爸妈会竭尽全力除去坟上的杂草。一般多是匍地的蕨类植物，但在阴郁凄苦的寒冬，哪里还有阳光来喂养饱叶片背后的孢子。其他植株也是一样，只能沦为朔风中摇曳的木棍，再无生气。掘除杂草后，坟茎清爽了不少，爸妈会在旁边的土丘上挖一些新土，盖在冢尖之上——这是添新被，与生者一样，天到了最冷的时候需要多盖一床被子，抵御严寒。

远逝者安眠在大山里，青石为床、黄土为被，冬至日添上一抔土，再尽一份长相思的孝心，换一份心安。

家里多年来如一地祭奠着爷爷和太婆，从未间断。我未得以见到过我的爷爷，爸未满十七虚岁时，爷爷就不幸离开了人间。但今日我加冠已近一载，爷爷在爸的口中又活了一十九年；爸爸这些年里永远重复言说的，就只有爷爷的事迹与意志——这一位一心为公、兢兢业业的浩然君子，历尽沧桑后，反在中年被病魔掳走了身躯——造化弄人！

这是严寒，是自然铁律造化的悲凉结局。优胜劣汰的进化之论不论情感、不论意志，像是黑白无常，每日都需例行公事式地夺取人的体魄，也仅此而已。

那么，灵魂呢？在这一山的悲怆与死寂里，在唇齿的轰鸣与寒鸟的嚎叫里，在冬至日的凛冽空气里，没有躯壳的灵魂飘摇到了何方呢？新添的一抔黄土又能否温暖安息的灵魂呢？

"关山何其悲，鬼雨洒空泪。"

安放的新土其实盖不住灵魂，也定不了人——可能是源于缺乏现实感的阿Q精神，我想，灵魂是自然规律束缚不了的形上事物；它可以活在每个人的口耳之中，久不泯灭。

南国冬季的雨透着刺骨的寒，多捧一抔土，是为了保护坟地少受些寒冷，化为骨灰的躯壳不可再受彻骨之痛了。而所谓的温暖，新的床褥来自我们的口耳、心神——生者的躯体以此温暖亡魂。

等到这个悲怆而又无助的仪式结束，赶快回到家中：有温床，有腊肠，还有躯壳的休憩。生者活在欲望里，生活、美食、温度云云，可无助与恐惧也兼而有之；逝去的灵魂需在生者的肉身扎根。

生而不易，屋外几多酷寒，不堪几何？自然的残酷，不易其一而已。

严冬里生活必须继续，无情的铁律不准人类冬眠。骨汤、虫草、鱼干、香肠，人们可得拿出春日里的热烈哟。

干菜肉念想

"梅干菜蒸肉"大概是家乡绍兴的特产，多半是依仗一百年前周家的纸墨，和茴香豆、黄酒、臭豆腐一起，一跃成为足以代表会稽山阴两郡的重要地方标签。

其实这"梅干菜蒸肉"真没什么稀奇的，是江浙一带的家常菜。上海、南京也都比较盛行，可不是绍兴这个小地方独霸的。绍兴人说起鲁迅、蔡元培总会有种奇异的文化自豪感，但对"梅干菜蒸肉"这个名词，从来没想过可以遛出门耍威风。

绍兴人习惯称它为"干菜肉"，不像酒店里的菜谱，一定要用学名，念出口就横生"震慑一大片"的奇效；"蒸"这种烹饪方式自然也就省去了，因为这是家家户户都明了的常识——从没听说过干菜还可以用来炒肉的。

所以我也从不开口炫耀：嘿，我告诉你，干菜肉还真是人间极品。初离家乡的游子多是如此：对家乡的家常菜熟稔到不以为然，刚到异乡时菜肴的美味尚还在唇齿之间游荡；同异乡的伙伴侃起山来，稚劣地呼号自己家乡咋咋的牛，顺便将这些尚未流失的美味记忆捣鼓出来；在这种幼稚的幸福感中，假装思念故乡、思念爹娘。为赋新词强说愁嘛！

干菜肉的滋味，我现在想来还真没有那么多的乡愁，当然也没有那么多顽劣的牛皮——应该只是纯粹的对美味的垂涎吧。因而，这干菜肉在我心中的地位之高可不是爹娘或是鲁迅赋予的，是因为肚子里的那条大馋虫吧！

话也说回来，干菜肉虽是家常菜，却也不是天天能在饭桌上遇见的便宜菜品。干菜和肉的选材大有一番讲究，烹制时间也马虎不得，精细的食材娇贵得很，可不是涮火锅里的牛肉青菜。因此，家中要是烧一回干菜肉也够我开心好一阵的，这种开心还是多要仰仗娘亲起早买菜时的钱包和老爹准备盘算一天伙食时的心情。

干菜肉的烹制中几乎不需要其他的佐料；可能在暮春时节——盛放的油菜花转化成农家新一年的菜籽油时，正时鲜的新菜油会适量加入干菜肉中，提润香味。也因此，干菜的制作与选择显得尤为重要，这整一道菜的调味和提鲜都是干菜的功劳。

干菜的的确确是江南的特产，而且地域还更为狭小，温州再以南的地区差不多也没了吃干菜的习俗，可真是让我的肚子遭了罪。

在长江到瓯江这一片干菜流行的地域，绍兴的干菜怕是小有名气的。在五六十年代，"绍兴梅干菜、萧山萝卜干"的俚语也是广为流传。绍兴的干菜是将咸菜煮透、晒干而制作完成的，江南的咸菜多是由芥菜腌制的，再经过沸煮；晒成的干菜最终呈黑色，一如鲁迅先生在《风波》中提到的"诱人的乌黑"。

而我的家乡是绍兴辖区一个叫作"上虞"的县

级区，虞南高耸的覆卮山与四明山给予了上虞人宝贵的馈赠——竹林。因此，上虞的干菜必要加入竹笋；笋片与咸菜一并煮熟，置于烈日之下暴晒，笋片得以变成笋干，由于竹笋原本嫩黄的颜色，笋干终呈棕黄色，混于干菜之中，颜色稍稍偏淡，一眼望去像是时装秀的搭配指南，有深有浅，颇具层次。上虞人也是基本没有念"梅干菜"的习惯，若是硬要用三个字的名词，一定是喊作"笋干菜"的。

虞南山区的笋四季不断，且分类繁多，而用于制作干菜的，则是最为鲜嫩的春笋。

姑姑家在覆卮山下的小村镇，临溪旁有一大片竹林；清明时节姑父便拿着特制的锄头和箩筐去掘笋，笋埋于地下，有如豆蔻年华的含羞少女，正是娇嫩可人；一旦破土而出，见风则硬，嫩笋就开始迅速成为刚劲的竹。故而，掘笋的确是件技术活——不可错过时令，就只能在黑暗的土壤里摸索。

干菜中的笋干最宜鲜嫩，就算是刚掘出来的春笋，也要选取笋的最尖端的部分才可用于做干菜，农家称其为"黄芽头"，芽尖的嫩黄正是干菜的必需，足见干菜的精贵之处。

煮沸后的暴晒也是颇有讲究，农家会摊开老大一块用竹编织而成的毯子，将煮透的咸菜和笋片摊放在上面；要知道，在夏季人要是能睡竹席已是件考究的事了。仅为一年短短那么几日的晒干菜活儿，编出一张张硕大的竹毯，这干菜怕是比人还娇贵哟。暴晒一般需要两至三天，其间断不可淋雨受潮，不然就是前功尽弃。大概是因为春笋尚未破土就被挖断了根，尚且未来得及沐浴阳光便在沸水里七上八下了，晒干的工序必须要在烈日之下，是要满足笋对太阳的贪婪吧！

　　干菜肉烧制时，需要一个很大的铁罐，将肥瘦分层的五花肉与干菜分层放入。五花肉切作一寸见方，逐层置于干菜上，为的就是通过烹制将猪肉中的肥汁熬出，慢慢浸润所有的干菜；而干菜紧紧搂住五花肉，则将那些来自阳光、来自土壤、来自大山的沁香传入肉中，祛除多余的油腻，提调肉的肥美。

　　烹饪干菜肉时的干菜最好是新旧参半，一包当季的新干菜，其中的鲜美不言而喻，再加上些贮藏多时的陈年老干菜，一整罐干菜肉俨然多了一丝醇厚——旧年的阳光还能造福今日的脾胃哟！

　　陈年的干菜颜色更为暗沉，脾性也是更为固

执，要熬一罐喷香的干菜肉，首要的，就是先熬透陈干菜这个老顽固。蒸干菜肉必须要耐下性子，在较大的密闭容器里加适量的水，放入铁罐后盖紧锅盖，用文火细细烹制四个小时左右，那"老头"才肯放下臭架子，美妙的醇香扑鼻而来。蒸一罐干菜肉像极了刘备请孔明，必须得是客客气气、恭恭敬敬才算对得起这金贵的干菜；要是学张飞请孔明，拿只高压锅来图个省力，别说陈干菜了，连五花肉都不答应：不出半个小时，肥肉就在高压锅里化成了液态，一汤的猪油躺在罐底，不过是给干菜加了重重的猪油，舌头哪还有生趣啊！

人要是肯耐下性子好好守候这约莫四个小时，那就是精诚所至，金石为开；一罐干菜肉自然会把醇香，把肥美，把鲜嫩悉数馈赠给人们的味蕾。一开锅就是喷香的蒸汽，引人垂涎。

拨开最上面一层较为干瘪的干菜，依稀的猪肉混杂在下层闪闪发光的干菜里——因为猪油的滋润干菜黑得直发亮，一如青年男女追求美丽时涂的发胶，精神而有力。当然，这比发胶的效果要自然得多。

轻轻夹起躲藏在干菜中的猪肉，肥肉该说是"苍翠欲滴"了，晶莹透亮甚是喜人；肥肉入口即化，其中的畅快大概就像是强迫症病人按顺序摆放完了每一堆书，心中的愉悦和满足油然而生；可不像是高压锅蒸烂的猪油，毫无韧性，失了形态。

夹一块干菜肉品尝，莫过于最大的幸福；然后再贪婪地拨弄干菜，搜寻下一块肉。亲娘总会在一边嘟囔：够了，够了，肉别吃那么多。哼，这肉还不是你买回来的吗？不吃可就浪费了。爹总是把"山里头人"挂在嘴边，多是骄傲的神采，他在一旁大碗喝酒、大快朵颐，可是比我尽兴得多。看着我受妈妈的唠叨，自己也是不耐烦，老爹会更唠叨地絮叨：多吃点肉怎么了……

昨夜文章写到临近末尾，脑子里的馨香记忆害得我的肚子咕噜直叫；冲向食堂，巧然发现一家煲仔饭铺子里有卖"梅干菜扣肉"，真是深得我意啊！

急忙开封动筷，味如嚼蜡。

乌桕一梦

这一夜，我又梦见了秋日的白马湖，猩红一片。

先前，我总以为柳亚子先生写的"红树"是枫树。因为在我十几年苍白的记忆里，江南的秋季红得一点也不彻底——多数的树是四季常青的，叶片或绿，或落；最深刻的红就是秋日荒山中的枫树，一树火红。当然这样的烙印可能是因为受了江南怆然秋景的影响，也可能是小学老师的鼓吹，或者是因为想到了加拿大。

总之，如若不是《春晖文化》的经老师跟我讲乌桕，我决然不会知道：原来红在白马湖畔的，是乌桕树。乌桕叶的红与枫叶是不同的，我多见到的枫叶是在萧索的秋雨中的，因而这红显得有些暗沉。而乌桕叶由紫转红，到深秋时，叶片的正面已然鲜红如血，背面却是黄色的，淅淅沥沥地落在水面上，红黄两色交相辉映，恰似冷秋哀水上斑驳的阳光，煞有暖意。

我道春晖园里那条塞了河眼的死水哪来这些明媚的光亮，还是在万籁俱寂的秋日——原来我一直错把乌桕当成枫树了，叫它们在校门口那常青的柳叶后躲藏了三年。

原来，我们一早就见过。

乌桕，以乌喜食而得名，可此桕籽却是银白如雪呀！红叶将落未落之时，桕籽便炸裂了黑色的外壳，酷似珍珠、玉洁冰清。江南是鲜少下雪的，让白马湖一年赶上一次雪天就已是幸事一桩了；这些白柏籽星星点点挂在乌桕树遒劲的枝头，为深秋早冬平添了一份冰灵的生气。

这些柏籽或自生自散，回归泥土；或被农人摘去换钱——柏籽可制蜡油，也是早年间生钱的副业了；又或是落于乌鸦口中，一代代承袭"乌桕"的古称。乌鸦喜食白柏籽，这也另是一桩有趣的故事。

今岁霜迟殊未寒，篱东乌桕叶才丹。乌桕叶红的时候，南方正入深秋，江南的农家尚是不得闲的。南有乔木，不可休思；的确，有乌桕树在田边伫立，农人安得休憩：不是在收割二熟的稻谷，就是在忙着焚烧秸秆、制作肥料。

在江南，乌桕与河网是密不可分的。长三角地区平原众多、水网密布，暴雨涨水也是常有的事。

春晖中学濒临白马湖、背倚象山，说来是依山傍水，一如桃源；遇上台风下起骤雨，实则就是一个大盆，我入学的前一年还涨过半人多高的洪水。因而，江南农田里的沃土是弥足珍贵的。

而涵养水源、护卫堤岸的重任正是乌桕树所担负的。乌桕树虽枝干并不硕大粗壮，但属乔木，干练有力，苍劲的根茎深深扎在土壤之中，恰似纵横田垄之间的一排排哨兵，默默地坚守着方寸田地。

乌桕，是白马湖畔最常见，也是最长久的树木。

春晖中学是一所乡野学校，百年前经亨颐先生与王佐诸公在驿亭草创学堂时，四围尽是良田和农家，乌桕树便已在田埂边守护了。弘一法师、丰子恺、朱自清众先生于白马湖畔济济一堂时，夏丏尊、俞平伯就在平屋小宅里欣赏乌桕树了；似乎与在西湖叹乌桕的郁达夫遥相呼应，这根该是愈扎愈深。

春晖中学与乌桕一样，都是扎根乡土、涵养水分的守望者，护佑一方土地、坚守白马湖的一片澄明。

时过境迁，春晖中学的规模不知翻了几番，原先的农田上也盖起了教学楼；原先环绕在学校四周的乌桕树也被包容在了学校之内；加之随后陆续栽种的银杏、法梧、悬铃木等，一到秋天便落叶缤纷，在砖石地上铺开亮黄色的斑驳画卷。民国诸公的浩然之风也浇铸在"高山仰止，景行行止"的石刻上，也融于春晖园的草木之中。

那个满是荷花的游泳池旁，乌桕长得繁盛、纯良。秋晏时红黄两色的落叶倒映在池水上，银白的桕籽坠落水面，密密匝匝，有如细微温暖的春雨，闪着点点光芒。游泳池和仰山楼之间的夹道已然是日落时分的黄金大道，就连小径旁的书带草也被秋意染了头发。

三两学生结队穿过小径，他们手拿加多宝或是沙琪玛，匆匆走到经亨颐校长的墓前，摆上"贡品"，虔诚地祈求老校长能保佑他们顺利通过月考。

他们似乎无心欣赏脚下斑驳的落叶，无心仰望头顶如雪的柏籽；也不为游泳池驻足，毕竟这池子一年到头都不为游泳，何况如今又是满塘的残荷枯枝。

我想，他们此时看不见我，也听不到我与乌桕的交谈。我梦乌桕，乌桕与我一同造梦，再无三者。

梦，一湖阳光，一山炽热，一树孑然独立。

我想，他们此时也听不得老校长的回应。毕竟，"长松主人与妻，长眠于此"。

乌桕梦我，亦梦先生。待静谧秋夜，悄怆幽邃，先生魂魄来兮；在象山鬼雨里，再长谈——峥嵘苦守，为求心安。

一草一木间，尽是先生遗风。需待长夜——山湖模糊，天地澄明。

本文作者：汤昊锐，现就读于温州大学中文系。

第二编

我是少年，也是乡愁

当少年持起笔，当故乡不再孤独
（本编引言）

邵卓人

一个在二十年人生里几乎没有远离过故乡的人似乎是没有资格谈乡愁的。甚至，依古人的说法，"少年不识愁滋味"，我连谈"愁"的资格都被剥夺了。

不过，今天的少年怕已不再"为赋新词强说愁"。因为"愁"这种在现在听来略带小资味道的玩意儿，终于随着时代的发展，成为了不分老少、不论男女的通行品。宛如一个巨大黑洞的陌生人社会给予了每一个行色匆匆的人以万千的愁绪，孤独成为了今天"愁"的核心内容。

比起辛弃疾的"欲说还休"，更为谐谑的是，在这个万物疯狂生长的年代里，我们却常常觉得"无人可说"，于是，只得开始漫长的自我对话与自我探寻。这好像是一场调转了方向的地理大发现，令充满梦想的年轻的心灵再一次跃跃欲试。正是在这样的过程中，我们开始审视作为空间维度上生命原点的故乡，而少年的乡愁就由此展开了。

　　我们在凝望故乡的时候发现了它的秘密——原来故乡有自己的孤独——这是乡愁在青年身体里萌芽的伊始。无数人写下过思乡的篇章，可为什么很少有人留意到故乡的情绪呢。我们只看到，每一天都会有新的楼房在土地上盖起，每一天都会有人群如浪潮一样从街口涌过。穿行的车流和深夜不息的灯火显现着科技之光，连飞扬的尘土和杂乱的喧哗都在昭示着一种热闹。故乡就在这样繁华的表象之中被我们遗落了，它是被身处于时代裹挟之中的我们刺痛的。行走在故乡的人不会意识到，脚踩的是一片怎样的土壤，他们早已有了明确的目的地，而道路不过是一个途经的载体；蜷缩在高楼中的人们亦不能体会到，托起他们的厚实砖瓦，是大地向天空失望的抵抗。故乡的孤独在于，在它之上发生的一切，仿佛都与它失去了内在的关系。它曾视之为骄傲的，由一代代子民在它身体上犁下的沟壑，正在被重新填平。当古老的传统像落潮一样从年迈的土地上退去时，甚至没有壮美的夕阳见证这一场谢幕。故乡没有嘴，始终隐忍不言。

　　从觉察到与故乡的同病相怜开始，敏感的少年发现了自己与故乡之间存在着另一个触点，我们与故乡的关系从未像这一刻这样紧密。探索故乡,不再仅仅是为了深入自己的过去,更为了追寻现在和未来。当故乡不再孤独的时刻,我们终将看到这个浩瀚时代下个体的存在感,并借此拥有了抵御孤独的盾和勇气。于是,少年持起笔,世上多了一种特别的乡愁。

少年的乡愁是如此迷人,与过往所有种类的乡愁都不一样。那些"乡音无改鬓毛衰"般的,充满强烈私人经验和个体情感的乡愁已经令人腻味。少年的乡愁不是大起大落、绵延不尽的江河,而是一汪平静的、蓝色的水。蓝色是忧郁的代词,我们正是在这样一种无从摆脱的忧郁间注视与书写故乡——不是为了让内心深处的情感热烈地喷涌出来,而是为了在回望中走出新的道路。

土耳其语中有一个意为忧郁、忧伤的词汇,音同"呼愁"(Huzn)。在《伊斯坦布尔:一座城市的记忆》中读到它的时候,我立刻想到了少年的蓝色乡愁。它们构建出同样的氛围,一种令人心颤的无比空旷的孤独感。奥尔罕·帕慕克反反复复地在书中解释"呼愁",他写道:"伊斯坦布尔对我而言一直是个废墟之城,充满帝国斜阳的忧伤。……我一生不是对抗这种忧伤,就是跟每个伊斯坦布尔人一样，让她成为自己的忧伤。"

帕慕克笔下的呼愁，来自名城沉默后的失落。并非所有人的故乡都曾享有过伊斯坦布尔般的光荣，但是少年的呼愁却并不因此而消损。时代带给我们更沉重的迷茫，让发现故乡、发现自我的路途变得愈加莫测。尽管我们已经相信，自己与故乡有如此相似的境遇，且彼此的未来有如此紧密的联系，但是毫无疑义的是，孤独和忧郁仍会继续，少年将在这一片"造就了"自己的孤独之乡上，持续地凝望。

邵卓人，《美丽乡村青年笔记》联合青年主编

（摄影，邵卓人）

用你的名字写一首诗

人们称天水为羲皇故里，传说伏羲氏曾在这里仰观天，俯察地，始画八卦，娲皇氏曾在这里教远古人民结网捕鱼。卦台山，伏羲庙，都曾留下人文始祖的痕迹。

人们努力地找寻着，执着地相信着，每年六月的伏羲祭祀大典越来越庄重盛大，对于天水人来说，这不仅仅是一次简单的祭祖活动，更是身为炎黄子孙对根的追寻，对未来的寄托。

天水历来是一座旅游城市，众多名胜古迹在这里聚集。天水古代亦称秦州。现在"秦州"称呼的是天水市的一个区，我就生活在天水市秦州区。

记忆里最常去的地方便是南郭寺，南郭寺建寺已有一千年的历史，被称为"陇右第一名寺"。许多文人墨客曾在这里留下了足迹和诗篇。杜甫流寓秦州时，在这里写下了著名的《秦州杂诗》二十首，每一首都是其复杂心绪的体现。

寺庙院子里有一棵相当著名的"南山古柏"，又名春秋古柏，因为它栽种于春秋时期，其同根分为三枝。现在它除北侧一支短的已经枯死，其余南北两侧各一枝都还完好地存活着。

据说这棵老树，也曾从枝繁叶茂走向了奄奄一息。而就在人们以为老树或许要就此寿终正寝时，这棵千年古柏，由石柱支撑着勉强而活的古柏，在某个春天，悄悄地长出了新芽。就是我们现在看到的那郁郁葱葱地活着的两枝。它顽强地坚守着老秦州，仿佛那顽强坚守着大唐的诗人。

除了南郭寺，伏羲庙也算是我常经过的地方，我的高中就在伏羲庙对面，每年六月的祭祀大典，道路封锁，放学回家就变得异常麻烦，人挤人的场面而今想来记忆犹新。

就像天水人每年都去秦州区的又一处古迹——玉泉观去朝拜。确实，天水人对于"上九朝观"的执着更胜于伏羲祭祀大典。正月初九的活动是从初八当晚就开始的，只为了抢初九凌晨的那一炷"头香"。其实"头香"哪有那么重要，人们追求的只是那份热闹，那份对于来年的寄愿罢了。

天水有众多历史名胜，只有身处其中的人们才懂得它的别致。如果已经去过麦积山石窟，还该去南北宅子、齐家大院走走，去南山北山上眺望。古都的印记，小城的风土人情，皆在其中。

（节选自《天水，陇上小江南》，作者唐奕，兰州文理学院在读，来自"陇上小江南"——甘肃省天水市。"我的家乡地处中国西北，甘肃东南。"）

陇南成县，与甘肃其它闻名外界的地方不同，它坐落在甘肃东南边界秦巴山区的群山之中，一个似乎被遗忘的小城，孤零零地守着自己的流云凄水。

但这里的人并不孤独，栖居在这片莽莽苍山中，在晨光浩雾的千年时光里，他们与林海为伍，和流水作伴，在诗意中滋长出顽固的灵魂，在山风中磨砺出坚韧的精神。

本地各乡镇的地名也大多与河流有关，如坝、峡、沟、川、池等。这片沟沟壑壑的山中奔流着数不清的山溪与河流，将这里的土地与人分割进山间逼仄狭小的空间，有人居处，即有流水。这里的人耳目之所接，都有流水。毫无疑问的，水滋养了这里人的性格与灵魂。

如果说水是我家乡的精魄，山就是这里的骨骼。这些险峻的山紧密地排列在一起，挤出一个个窄窄的峡谷，因而这里的天也是极其的低而狭小，徐徐地架在山梁上，山雾遮盖的它看不清面目。

小城地处陕、甘、川三省交界地带，又处在西北向西南过渡区，因此饮食习惯兼具北方的厚重和南方的飘逸精致，市辖区内又盛产花椒，因此吃食有巴蜀之地的麻利爽快。

家乡人喜食咸味，盐是大量需要的物资。而与咸相伴的，常是麻和辣。麻味来自于红花椒。这地方产的花椒分为几级，最好的是一种叫做"梅花椒"的，天然长出一副四瓣梅花状，有殷红如血的颜色。在寻常百姓的调味品中，这真是一种具有浪漫主义色彩的调料。

这里有一种极具特色的面饼——埋砂馍馍。在河边捡拾比之骨节略小的小鹅卵石，洗干净，在锅中干炒至黑色，放进烙饼的平锅中，底部加热，把面饼埋入石头中加热，出锅后即成。

真要说这里的吃食，三天三夜也说不尽，这片土地上物产丰富，人们也极富食物做法的想象力，是对往昔饥饿的纪念以及对未来的无限希望。

（节选自《去陇南，吐了半斤胆汁》，作者张宇，兰州文理学院16级汉语言文学专业学生。"我的家乡在甘肃省陇南市成县，地处西北与西南交界地带。"）

铜陵市是一个小城，也是一个纯粹的小城，除了长江沿岸附近，没有多少农村的存在，更没有乡土气息。城市的商业区集中于一点，居民区包裹着商业区，最外层是不计其数的工厂：水泥厂、发电厂、铜矿厂、化工厂，等等。几年前还没开发新的城市区域时，坐出租车十块钱就能绕市里一圈。

城市的最中心是古老而骄傲的合肥百货，铜陵的第一家也是多年来的唯一一处商场——直到几年前它的旁边建起了造型奇特的中央商场。合肥百货的年纪比我更大，在我的记忆中装修过两次，门口有两尊镇店之宝，巨大的铜狮子。狮子的背上足以坐六七个人，在我还是个儿童时，狮子的背上就有了岁月侵蚀的痕迹。威尼斯圣马可广场的四匹铜马，君士坦丁堡赛马场的查士丁尼像，不过如此；两尊铜狮守望人间的岁月变化，是一座城市无声的历史见证。

以合肥百货为中心，铜陵市的繁荣地带尽数收在这半径一公里的圆内。新华书店、麦当劳、西点店、地下街，这些令人印象深刻的事物在我住在发电厂时就已经深深影响了我的生活。在麦当劳买一个汉堡作午饭，我能在新华书店坐一个下午，其艰苦情形大抵可参考林海音的《窃读记》。我从来不喜欢对面的三联书店，这是一家假冒的三联书店，更是一家假书店，店里大多数是教辅、学生用品、畅销书或流行小说，他们从来只想着赚钱，而新华书店的书应有尽有，它是我儿时的互联网。

而现在，最让我震惊的是和合肥百货一样存在了许多年的新华书店消失了，彻彻底底地消失了，只剩下了三联书店在城市的黄金地带猖狂地大笑。我为新一代的少年们惋惜，更惋惜我自己的损失，好在还有几本小时候在新华书店买的书存留作为慰藉。现在想要去新华书店，只有去偏远的新图书馆的一楼，那里是新新华书店的安身之处，不过已然没有了书店的感觉。

（节选自《小城铜陵》，作者杨震宇，就读于安徽大学汉语言文学专业。）

小城的东西两方分立着鼓楼和钟楼，正是"晨钟暮鼓"，以警朝夕，曾经作报时的用处。钟楼鼓楼遥隔六里相峙，对称轴就是中都城。鼓楼上悬着"万世根本"的暗绿色大字，花十块钱就可以上去耍一番，还能看见朱元璋的塑像和那面大鼓。钟楼遗址僻远，那处本属郊野，这两年随着新城的开发，才在残迹上仿着鼓楼的样子修了一座伪古的玩意，大略是聊充对称之意。

从鼓楼向四面延伸出的四条老街，连接起小城商业的筋筋脉脉，这边似乎有永远熙来攘往的热闹。每年农历三十，吃完年夜饭，一屋子亲戚喋喋不休，连隔壁的大黄和我家点点都在一声赛一声地"汪汪"对吼，我便会溜到这边来，约上老朋友，挤在人群里吃冰激凌，站在"花铺廊"桥上看烟火，扯着嗓子在一片喧哗中胡侃。一低头便瞥见有熊孩子在鼓捣孔明灯，无奈技术蹩脚，歪歪倒倒飞开几米，险些砸到骑着电瓶车的老大爷。大爷惊悚一弹，撸了把脑袋，转头破口大骂，唇戈齿矛间，于寒风中喷出一阵排山倒海的白烟。

我生长了二十年的矜沉老街，以前叫洪武路，现在叫东华路，因为正是通往中都城东华门的路，而那门却早已被拆掉再利用，大概在很多旧屋的砖瓦间尚能发现一点陈迹。路旁种着两行比我要年长许多的银杏树，每年夏末秋初、暑热未尽的时候，路边的居民会趁着傍晚的凉爽出来打银杏果，小孩子跟在树下捡。拿回家洗掉外面那层臭臭的橙色的瓤，就是银杏果仁了，据说和公鸡一起烧，是很不错的美味。护城河的一截蜿蜒地流过老城。老城河道的治理十分糟糕，整整改改多少次，依然是一副臭水沟般了无生气，令人惊奇的是总能看见有人在河边垂钓，我疑心此处若真有鱼儿上钩，也是毒性不浅的千年鱼精了。城河边一团一团地聚着摆摊子的小贩，果子蜜饯、汤包馄饨、桃酥糖葫芦、烤鸭盐水鸭……在家乡上学的时候总是到这边混吃混喝，这是我最熟稔的风致。

（节选自《楼起楼倾人歌中》，作者金静。）

　　冕宁在还没有拆城的时候是一座标准的古城，以钟鼓楼为中心延伸出东南西北四条街，对应着东南西北四座城门，城墙外四周都有护城河，日出开城门，日落闭城门，小城中人守一方水土，其乐融融，怡然自得。

　　爷爷初到冕宁时，就觉察到安宁河南河以上的河道异常宽广，是如今的河水无法冲积出来的，出于学水文之人的敏感和直觉，爷爷便觉得这里头一定大有文章。不过在信息还不发达的上世纪五六十年代，谁又曾想过把这个依旧处于偏远山区的闭塞小县和历史上鼎鼎有名的大河之地联系起来呢？不过自此这件事还是像一颗种子一样种在了爷爷的心里。

后来他从一些史料文献中渐渐窥见了端倪，虽说现在比较主流的说法认为，若水是在如今的四川雅砻江，但是一些学者经过考察研究，认为其实现在的安宁河谷才是真正的古雅砻江道，但是后来由于大地震造成的山体滑坡堆积阻挡了江水的前进，雅砻江改道才成了现在的样子。

这次"昌意故里"的规划消息一出，便立刻再次点燃了爷爷对此事的热情，爷爷甚至叫上我父亲一起去探寻"若水"之地。令人惊奇的是，他们在冕宁以西十几里地一个叫做回坪的小乡还真找到了一个叫做"若水"的村子。不过后来听一位长辈所说，这个村子是在清朝时才改名为若水村的，所以这个村子倒是不足为"若水"在此的证据，这趟旅程也只能做个趣谈罢了。

这也是我第一次正视了家乡的历史，原来除却生活给我留下的对她的熟悉之外，这座充满阳光的小城也是个颇有历史渊源的地方，在一幅生命不息、欣欣向荣的城市图景背后，还有她一路成长的兴衰和跌跌撞撞的痕迹，正是因为她所经历过的一切成就了这方土地的底蕴，而又正是她的底蕴孕育了这群生活在她怀抱里的儿女们。她就像一位母亲一样，她是我们这群游子心灵的慰藉，是牵引着我们的心之所向。

（节选自《冕宁若水悬案》，作者和瑞，上海大学15级汉语国际教育本科生，四川西昌人。）

我喜欢你，你的清清凉凉，干干净净。不似水汪汪的南方，提起来就是连绵的雨，不停歇。也不像寒冷的东北，皑皑的飘雪洒在记忆的回廊。清爽利落，大大方方，一想起你，就是硬汉模样，而又不乏侠骨柔肠。你的四季交替在我眼中是爱憎分明，没有来来回回的立场不定，让人"胆颤心惊"。你的夏日冬雪在我眼中是敢爱敢恨，没有不冷不热的扭扭捏捏，让人不能酣畅淋漓。你是任性的，热得激烈，也冷得激烈，在某种程度上来说，情感的炽热，又未尝不是你的一种随性。

公园里，古树参天，群芳争艳，日欲斜而仍见啼鸟，夜已现而偶闻鸣虫。街道旁，车如流水马如龙，"花月正春风"，虽不若刘白羽所言"各种颜色的楼房，像春天原野上的百花争妍，像雪亮的眼睛在闪着眯眯笑容"那般，但也足够迷人。

北方的城，没有"小桥流水人家"那样的诗

情画意、古色古香，也逐渐褪掉了过去的厚重和威武。然而这其实是一种普遍趋势：城市化磨去城的棱角，消融掉许多它原有的特色，大家都是清一色的大厦高楼，清一色的人来人往。可是细想一想，终究还是不一样的，还是有差别的。因为在这方面，没有什么殊途同归。一座城所行的轨迹，所留的痕迹，不是路，而是一段岁月。在那段时光里的风风雨雨，起起伏伏，会一丝一毫地渗入这座城的血脉中，日积月累而成气质，年复一年而成风韵。所以，德州还会有他北方城市所特有的潇洒和气性，还会有他历史人文所赋予的内涵和品格。

（节选自《德州，你的硬汉模样》，作者陈煜桐，现就读于安徽大学。"我喜欢文字，因为它诉说着故事，传递着情感。它更像是一位知己，懂你所想，说你所言。"）

也难怪这座城市还是或多或少保留着我喜欢的人情味，西安人仍然有种盲目的底气，所以把真情全部地，不计后果不计回报地浪置，它可能是最不排外的城市了，始终没被现代化切除掉太多东西，仍保留着一些让人气结的零乱、没效率、杂乱无章、踟蹰不前，空气中大嗓门的吵嚷，钟鼓楼永远的烟雾缭绕，八角形的地铁站还是九十年代的样子，个别景点宰外地人的"优良传统"。

这些落伍的习俗，对应着我们总是复杂多面而且矛盾的人性，西安显现出的这种真实，对于很多生活于勇猛奋进的一线城市、已习惯于在钢铁丛林不断牺牲自己武装自己的人而言，有着莫名奇妙的疗愈效果。

如果我将世界比喻为七幕戏，那么戏台上永恒的关注点是尖锐的矛盾和永不停息的撞击，而在这里，我们可以暂时地躲起来过平庸的生活，享受轻松和软弱，不用再硬撑着戴上与某座城市相称的体面的假面具，坦诚地面对乱七八糟的自己，重新观看世界，体会物与我的关系。

爸爸告诉我，八九十年代时，西安的路上能够遇见那种穿着一身粗布衣，头上扎着白手巾的关中老农民在街道旁写字，一个桶，一个拖把，写一手漂亮的隶书。我以为我是没机会见到了，可等到后来我上学，在学校遇到几个很有"俗世奇人"意味在的老师，和一群很有"五陵年少"风采在的同学时，我发现，柔情和侠骨，朴实与灵巧，土气或高雅，只是换了一些更青春的面孔。

西安有展现平凡与微尘的能力，好像每个人踏上这座城市，就成为了无论古体诗还是现代诗的一部分，城墙根扯着嗓子唱着荒腔走板情歌的年轻卖艺人，也被纳入了这个传奇而浪漫的，独属西安的文化系统——我们和光同尘，与俗俯仰。

（节选自《我的梦，西安，你轻柔地踩》，作者张寅雪，就读于安徽大学汉语言文学专业。）

莲花山古称西崆峒，早在明初就辟为佛教、道教石山。这里群峰俊秀，犹如莲瓣，顶峰高耸，恰似莲蕊，整个山峦岚气笼罩，满目绿海，酷似一朵初绽的莲花开放在绿波翠色之中，而这也是被称为莲花山的原因。

洮河、冶木河映带左右，小莲花山、姊妹山顾盼有情。九巅峡古栈道、冶木峡秋色、恶泉飞瀑、悬崖古松、天然石林，尤为壮观。而那屹立于山上的龙爪松，不知承受了多少痴男怨女的寄托，当它接受了他们的心意时，或许心里也是别有一番滋味吧，千年老树，什么事没见过呢？

这里的人对莲花山爱得深沉。不仅是因为莲花山美得不可方物，更是由于"花儿"。作为一种独特的民间艺术形式，花儿被列为了第一批世界非物质文化遗产，而当地政府也抓住了"促进文化产业发展"的历史机遇，每年都举办莲花山"花儿会"。

在农历六月初一到初六的这几天里，临夏州、甘南州，以及兰州、宁夏等周边地区的人们，都会相约康乐莲花山。当地有这样一种说法："每年一次莲花山，娃娃不引门不看，就算没有一分钱，也要上山欢两天。"这就是这里的人对"花儿"的一种态度。他们可能并没有多少对花儿的专业的认识，但在他们眼里，"花儿"是对各种各样的意外和无奈的不满宣泄，也是对美好生活的向往。

（节选自《可爱的康乐，貂蝉连同胭脂马》，作者范永兰，就读于兰州文理学院。"我来自甘肃省的一个正在发展中的县城，康乐县。"）

二十年前的马鞍山，居民生活水平普遍不高，家家户户也都没有太大差异。在大环境的影响下，整个城市的生活基本靠着"三驾马车"——马鞍山钢铁厂（以下简称"马钢"）、十七冶金公司和山鹰造纸厂产出的效益维持运转。

关于"马车"的排位也有讲究。名列第一的马钢在"三驾马车"中资历最老。上世纪五十年代，它依凭着马鞍山得天独厚的区位优势在国家"大炼钢铁"的号召下起步，历经马钢几代人的艰苦奋斗，保持住了市里企业的龙头位置。

作为小城经济发展的中坚力量，马鞍山的居民家庭中有很多人都供职于此。可以说，这座钢铁厂集结着马鞍山的人心，更成了小城的一个标志。这里的人们谈起它，感情中也总是带着如数家珍式的熟稔与自豪。

钢铁厂从原料的获得和补充，再到生产完成后走向世界各地的过程，都少不了运输这一环。既然要运输，交通方式自然成为了首个需要考虑的因素。

马鞍山在经济条件允许后，首先就提出了要为马钢修建铁路的计划，此铁路专门负责马钢厂区各部分之间的联系，用于原料和半成品的运输。

很快，铁路修建完毕。准确地说，应该是铁路网，就和地图上四通八达的水系图差不多：两条长长的钢轨光滑银白，跳跃着亮晶晶的斑驳，延伸着；离它不远，平行往上的位置，又躺着两根结构相似的平行钢轨；旁边一些的位置，有可能又斜插过另两根弯曲的钢轨，似是这一条分出来的支流。远望，差不多同样错综复杂的水系，只不过换水为土，旁边是混杂的黑土，还有小石子，松散地附着在两根铁轨的四周。

厂区铁轨的选址很有讲究，周围始终充满人间的烟火气。铁轨之上，厂区的周围，被漫天的黄土和灰尘覆盖了大部分，每天运载的都是成吨的矿石和钢厂生产出来的成品，没有一辆客运列车从这里经过。

斗转星移，五味杂陈，经历了二十年的风风雨雨，厂区铁轨还在，这使得，我如果某天怀旧情绪泛上，还能再去看看它，然而，当年孩提的心境终究是去如烟尘了。

（节选自《和铁轨站成两条平行线》，作者何诗鸣，女，1994年11月16日出生，安徽马鞍山人，现就读于安徽大学文学院2017级中国现当代文学专业。）

站定在八老爷台门前，火红的灯笼从村口一直绵延到此。被刷新的漆黑门板上，大红色的"福"字簇新展亮。这座建于乾隆年间的老房子今天仍然居住着留守的老人与孩童。

冢斜村中，保留有近十所这样的老台门，它们的风格和建造样式都大致相同，历经了百余年的沧桑，墙皮上细细的裂纹和大块大块的黑斑是时间爬过的痕迹。但是并不广为人知的是，这些老屋还曾面临过千钧一发的危难时刻。

听村里的一位老人讲起，在"文革"时候，红卫兵一度冲进了余氏祠堂，棒锤之下，便要砸掉闻名全国的"冢斜古戏台"。正在这时，一位八十七岁，白发苍苍的老人，踉跄着拨开人群，冲到戏台前，把手中的拐杖往戏台正中一扔，径直坐在了台前的太师椅上。他大喝："这是老祖宗留下来的东西！谁要敢拆，就先拆了我！"没想到，这一声呵斥真的吓住了疯狂的人们，他们很快退去，并且再也没有来过。

当老人讲到这里时，开怀大笑，满脸的皱纹都挤在了一起。他是由衷地高兴。尽管时隔多年，这喜悦依然那么鲜活。老一辈的冢斜人是真爱这些老房子啊！他们相信泥墙黑瓦间寄居着老房子的灵魂，于是像照料自己的孩子一样，关切爱护着这些老屋。

这些年来，随着冢斜村的声名鹊起，一些破损的老屋得以修缮，倒塌的也得以重建。"这都是国家帮我们重修的。国家出了七成的钱啊，"老人说到这里时，声音越来越洪亮，"没有这些钱，这么多老房子就真的要倒了。后生他们不要修了啊，他们出去打工、读书，早都不要住了。"

我听着听着，想起走进的那些台门里，二楼的窗户往往是紧紧地合着，敞开的房间大多都被用来堆放杂物，而很多门板上，都垂着重重的锁。沉默的锁、沉默的门……阳光在锁眼上打转，连点点铜锈，都被照得闪闪发亮。在这样温暖的午后，我忽而感受到迟暮的苍凉。也许老房子的宿命便是这样，为一群人遮风避雨，载过一程，然后望着他们一个一个出走，不言不语地尘封起回忆。

（节选自《坚守传统的冢斜村》，作者邵卓人，浙江绍兴人，传播学与法学在读。）

旧时的乡邻，指住在一条弄堂或一个墙门里的寻常百姓。老城镇的弄堂幽深且狭窄，遇见至窄之处，对门两家屋檐几近对接，靠得极近的两户人家一样吃着粗茶淡饭，过着温饱生活。彼此朝夕亲密相处，社会与经济地位又相仿，由此建立了友爱温馨的邻里关系。

每日清晨，每条弄堂里，对门这家吃着米粥蘸腐乳，那家刚买回热腾腾的油条豆浆，出门上班上学的笑盈盈打个招呼，再又转身涌入茫茫人海。老式房屋的墙壁隔音效果较差，日复一日，年复一年，对家夫妇吵架、教训小孩，彼此知根知底，生出几分祸福同依的意味。

由食物巩固，由语言丰满，邻里乡情常常成为弄堂人家特殊的情愫。不同于君子之交清高自持，亦不同于酒肉朋友混沌嘈杂，邻里乡情缭绕着浓浓烟火气，低到世俗尘埃，普通平凡里蕴藏温情。

祖母格外看重邻里乡情，总听祖母说起小时候住在弄堂，难得哪天隔壁人家做一顿红烧肉，一旦锅盖缝里飘出些肉香气，总引来端着饭碗的孩童，这时候主人家便慷慨地搛一块肉在孩子们的碗上。时至今日，祖母仍旧记得儿时乡邻里一块红烧肉带来的富足。

当然，彼时肉价昂贵，真正做一顿红烧肉的情况毕竟是少数。多数时候，拮据的弄里人家擅长要一些彼此心照不宣的小聪明。猪肉、牛肉，一旦烧起来，必定配上青菜白菜土豆等廉价蔬菜，做一锅大杂烩。因为贫困给予人极其敏锐的嗅觉，肉香味毕竟藏不住，于是做起肉来佐以蔬菜，分给邻里时蔬菜可占大头，肉便成了点缀，自家也能多吃些埋在锅底下蘸饱了汁水的肉块。

这便是深深弄堂里的常熟人家，或也是中国数千年小户人家的日常生活。他们珍重"靠近"带来的情谊，热爱群居，热衷分享。寻常生活与感情在忙里偷闲的谈天，在婚丧嫁娶的笑泪担当，也在珍贵食物与美好厨艺的分享之中得以巩固。

（节选自《深深弄堂里的祸福同依》，作者李玮含，1997年生，坐标苏州常熟。）

沿江居住的人，多半都会有洪水记忆，于是防汛也便成了一件不足为奇的事情。夏天里长江涨水，阴雨连绵不断，江水顺着江堤往上爬，于是每个村都要出人来防汛。所谓防汛，在江堤下搭建一个粗陋的彩色的棚子，里面摆一张桌子，几条长凳，出几户人家的成年人，白天夜里轮班守在棚子里，不时带着手电筒爬上江堤看看，江堤的这条柏油公路，这时就成了大埂，人们会说："你上大埂上看看，看水涨到哪里了。"

村子的帐篷成为沿江的一道风景线，每个帐篷外会树一个牌子，上面写着村名，在大埂旁的路上，间或插一些彩色的旗子，驱车行驶在公路上时，会觉得这个地方，真的是很特别呢。

因是沿江居住，长江活鱼便也就司空见惯，尤其是在涨水的时候，菜市场里卖的江鱼便也就不值钱了。在老洲镇，江鱼种类很多，名称也就很多，夹杂着方音，也许根本就不是这些鱼的学名。

渔民捕捉江鱼的方式很简单，摇着小划子就下江，自江岸往江中央撒一片细密的网，再用木桩固定住，清早撒网，傍晚收回，一天的成果十分丰富。但这里的渔民又是虔诚的，太大的鱼放生，太小的鱼也会放生，这样，才有了生生不息的信念和希望。

渔民摊贩们做生意，不仅在岸上做，也在江上做，他们的小划子是带着发动机的，一拉响抽抽嗒嗒的，就能跑得又快又远，那速度，比货船快多了，他们经常会开到江心去，货船上的人们看到了，便会去买菜，满载倒是还好，空船太高了，菜送不上来，于是船上的人们则会用一根绳子吊着桶把钱送下来，小贩们把菜放到桶里，他们再提上去。

（节选自《从今天起，泊回老洲》，作者丁依菁，安徽省铜陵市老洲镇人，安徽大学2016级汉语言文学专业在读。）

穿过老宅残余的小弄堂，拐过一个弯，来到老宅剩下的一个小院子。恰巧，门口坐着一对上了年纪的老爷爷老奶奶，我顺势和他们聊了起来。

老人告诉我，胡亨茂老宅有两百多年的历史，占地一千多平方米。2012年10月19日深夜的一场大火，烧掉了老宅的三百多平方米。幸运的是，烧掉的是老宅西边的部分，古宅防火墙的设计，阻止了火势蔓延，救了四邻乡亲。如果靠大街的东侧也被烧着，损失就大了。

听老人说，以前人造房子，遵循"自己火烧，不殃及他人；他人火烧，进不了宅院"的原理，果然是这样！烧掉之前，老宅里面还是很热闹的。五十多户人家之间都十分熟悉，家里没了米，向邻里借一点，不还也不要紧。物质条件虽说和现在没法比，但乡里乡亲在一起，说说家长里短，互相关照，也很满足啊！

"大火后，搬的搬，走的走，就剩下我们和胡氏一户人家住在这里。生活也还过得去，但总归是没以前那么热闹，那么亲切了。那种大家住在一起，周围都是亲人一样的感受，再也回不来了。"老人落寞的神情至今还能清晰地浮现在我的脑海。

举目四望，烧毁后的老宅不堪入目，残缺的围墙，烧焦的破壁，还有看着实在是不那么安全的楼梯。但是，围墙虽残却依然高大，破壁虽黑却斑驳出了曾经的沧桑，楼梯虽破却让人神往当初的大房大院。历史的痕迹还是那么清晰，残酷的现实中仍能找到古宅曾经的辉煌和壮观。

（节选自《烧毁六年后的胡亨茂大宅》，作者周文，年幼时生活在素有严州府之称的梅城。）

作为一个地道的吃货，家乡是要被铭记于味蕾里的。记忆最深刻的是那条小街，称不上古老，却也是打我记事起，便在那的。

"小街"并非无名街，我们都叫它"步行街"。我并没有问过大人们这是它本来的名字，还是人们约定俗成的。我只知道，那条小街里，有我喜欢的美食，而那些美食是伴我成长的，是别处所寻觅不到的。

小街南北走向，大约有两条车道的宽度，若是行人不多，十五分钟便能从头走到尾。若是人多，像是春节前后，纵是给你半个钟头，你也很难从这小街里"逃脱"出来。

小街好像一本日历，记录着中国的各个传统节日，且年年如此，从不含糊。

春节的时候，小街煞是热闹。小街的北头儿是小街的入口，远比南头儿繁华得多。小商贩们也都选择在北头儿摆摊儿卖货，至于卖的货物，种类繁多，但都与春节有关，对联、灯笼、炮竹……各类年货应有尽有。远远地看去，小街是淹没在一片喜气的红色之中的，红色之中还有对联上的金粉，灯笼的灯光照着，好不热闹。

说到这，更不能不提的便是春节时才有卖的"冻秋梨"。小时候，我以为全中国的美食都一样，每个孩子都能在冬日里吃上爽口的"冻秋梨"。直到上了大学，才知道南方并没有"冻秋梨"。于是我怀着骄傲向他们介绍："这是一种黑色的梨，买来的时候，是冻着的，需要放在凉水里解了冻才能吃。冻秋梨的皮很厚也很硬，咬开了才可以喝到里面的梨汁，清清凉凉的远比商店里勾兑的果汁好喝的多，而梨肉则是眼揪揪的，咬起来很劲道……"

平日里的小街呢？也别有特色。

虽说小街一直都在那儿，但里面的店铺多少有些变化。我记得，在我很小的时候，家里并不富裕。北头儿的一家炸串店是我"解馋"的好去处。

与其说是店铺，更不如说是间小房子，只能容纳两人，一口锅，一些待炸的小串，就这样。门脸儿是一面玻璃，可以让食客看到炸串的卖相和价钱，玻璃上开了小口，用于付钱和找钱。人们买完就走，没有桌椅可以休息，这便是我对于这家店的全部记忆了，如此简单。

（节选自《抚顺，为雷锋和孩子们换红领巾》，作者张佳硕，一个来自辽宁抚顺的女孩儿，目前是渤海大学汉语言师范专业的一名学生。）

乡愁在扁担的两头

家乡藕塘村，因自古多产藕而得名。据说元末明初，元军三洗凤阳，陈氏先祖为躲避祸乱，藏在沟塘里的藕叶下，得以幸存，所以村子有"藕塘存"之名，又因村中陈姓居多，讹传为"藕塘陈"。

传说是否可靠，不得而知，藕塘村的藕却是很好吃的。夏天，地里头回来，又热又渴，撅一段新鲜的藕节，洗洗干净，就直接大嚼起来。生藕吃起来有种又脆又粉的感觉，白嫩的藕肉，充满着水汽，独特的清爽的藕香，顿时驱走了炎夏的燥热。

这个吃生藕的习惯，只有在藕塘我才保持着，后来出了村子到城里，见到菜市场卖的藕，我再也没有勇气去生吃了。

莲子也吃，只是不多，小孩子难得能下到荷塘采莲蓬，偶尔吃一次，都是大人采回来。荷花还没有开败，已经有莲蓬长出来了。长了莲蓬的荷花，下面的藕就不好吃了，力气都用到上面了。

采来莲蓬，细细挑里面的莲子吃，也是一股清香。我一直觉得，荷真是个好东西，开花好看，又香又美，全身又都可以吃，荷叶还可以摘下来玩，整个夏天带给人无数乐趣。

（节选自《宁儿没有我的野趣》，作者汪晓欣，安徽大学文学硕士，安徽颖上人。）

故乡的夏天多雨，在下雨后的两三天里，寻着向阳的山坡，那三五成丛，或是在成片的荆棘树上长满的是一种叫"梅子"的野果。它红里透橙，似滴落在花瓣上的露珠，晶莹鲜润，娇嫩欲滴，它更是把指尖儿大小的身子娇滴滴地藏在刺丛中，似是美人回眸，欲说还羞。

这样姿色的野味早已是令人口舌生津了，可是防着刺儿摘果，却需要带着耐心，不然就会控制不住自己的馋欲，那么吃的也会比摘的快，刺儿也将专扎那猴急性子。但是慢下来，漫山遍野的梅子保准是管够的，提一小篓篓，用上半天时光，把这一粒粒的美味装满了回家，细心地把茎蒂和杂物择掉，拌几勺子砂糖，等几个钟头，鲜亮的梅子和砂糖催生的梅子汁酸酸甜甜，当然也是最招人嫉爱了，一碗梅子也被家里人你一勺、他一口的争食着，一天的"工夫事儿"也在这一家子的欢笑嬉闹声里显得格外的回味悠长！

吃过了山坡上的梅子，约上三五个伙伴下到河谷边，争先恐后进了林子，只见枝头上是黑压压的一片"果牛"。"果牛"像"牛"，大小与形状像极了出壳的蜗牛，并在衰老的阳光下，从里到外都孕育得黑中发紫，傲娇典雅。

大家一颗一颗摘在筐里，可没有人是能抵挡得住这样的野味的，酸而不涩，甜也不腻。从小到大，伙伴们对果牛的"钟情"就是不能忍耐一颗一颗地品尝，而一把一把地往嘴里送才叫过瘾，便也就顾不得汁液把嘴和双手染得铁青，等吃好了、摘够了，也玩累了，伙伴们就躺在了大自然的怀里面面相视，嬉笑打诨着，那纯净笑闹声是那么的会心，那么的可爱！

面对这故乡的味道，我们永远嬉皮笑脸像个小孩，咀嚼、咧嘴、咽口水……这样的天性，这样的真性情，流连在外的游子也许只有在故乡的土地上才得以解锁，尽情地去品尝泥土味清香……

（节选自《我在故乡乐此不疲》，作者祁文亮，1998年出生于甘肃和政，现就读于河西学院文学院2016级汉语言文学专业。）

蝉鸣声惊了午后小憩的孩子，空气里是桃杏的清甜气息，这情景，怎不让人偷得浮生半日闲。

初夏，外婆家的樱桃熟了，不是有名的天水大樱桃。这种乡下最常见的小樱桃，开白色的花，花期很短但果子成熟得慢。响石湾正好在山的阴面，所谓"人间四月芳菲尽，山寺桃花始盛开"，城市里的大樱桃5月初就全面上市，寄往全国各地。外婆家的小樱桃初夏才成熟，核小汁多，颗颗饱满，像极了晶莹剔透的红玛瑙。我常常提个小篮子爬到树上去摘，最后总是吃的比摘的多。

除了樱桃，还有金黄的杏子，外婆家的杏树很高大，结得甚是繁茂，有很多会随风掉落到地上。太姥姥在世的时候，我记得她总是佝偻着身子，弯下腰去捡拾地上的杏子，兜在围兜里捧给我吃，我好像忘了那些杏子的味道。

到我上了小学后，就只能暑假去响石湾了。八九岁那年的暑假，我在与小伙伴玩耍时，不小心被草丛里的玻璃片划伤了脚，缝了针。爸妈都忙，把我送到外婆家"养伤"。我行动不便，坐在门槛上吃外婆摘的杏子，老人们常说"桃饱杏伤"，这话果然不假，吃了太多杏子的我第二天早上就添了"新伤"——拉肚子。这下只好卧床休息了。

我对响石湾的夏天着了最多的笔墨，是因为我许多最美好的记忆都在这个季节。夏日对于我这样的小孩子，便是麦田边上的酸酸甜甜的莓子，山野里长满尖刺、红宝石一样的沙棘果，以及外婆家那段静谧的午后时光。

　　（节选自《我的"外婆家"》，作者唐奕，来自"陇上小江南"——甘肃省天水市。）

　　读小学的时候，我每年都和哥哥、堂姐、堂妹回老家过暑假。那时候派河边上的水田里有数不清的大大小小的螺蛳。奶奶穿着深筒的红胶鞋，挎着竹篮子，脚陷在烂叽叽的泥水里，顺着青色的田埂一路摸到头。到了中午，沉甸甸一篮子螺蛳装回家，拿竹签把肉从壳里挑出来，配上青红辣椒大火爆炒，香味飘得老远，端上桌就被一扫而光。

　　小孩子总有用不完的精力，趁大人们午睡的时候，我哥带我们一群小的溜进老屋后门口的菜地，里面开着不知名的各色野花，肥胖的蜜蜂飞不动了，歇在花丛里，我哥左手用旧塑料袋包住，右手拿个喝完的"雪碧"瓶子，两只手配合着，一打一个准，打到之后把蜜蜂尾部揭开，里面有一个装蜂蜜的口袋，样子看着像橘子的果肉，只不过是白色的，放进嘴里，比糖还甜上几倍，拿出来就被我们抢着吃了。这做法实在有些残忍，就为尝那一口新鲜，伤了一只蜜蜂的性命，若是被奶奶看到，我们少不了是要挨骂的，奶奶信主，心善，从不忍心伤害生灵。

或许是那样吃到的蜜甜得太纯正，才让我记了这么多年不忘。

有时吃完晚饭趁着太阳还没落，爷爷会把小小的我架在肩膀上，到街上溜达串门。街上小店里有外形像香烟的糖，香精和水做的，齁甜齁甜的，买回来并不为吃，只是拿两根手指夹着，学大人抽烟的样子，装模作样吸一口再吐一口气，满脸沉醉，故作深沉。

（节选自《我的爷爷奶奶》，作者杨亚茹，安徽大学2018级中国现当代文学研究生，安徽合肥人。）

家乡有迷人的风景，自然也少不了令人心动的美食。作为热河地区的中心城市，土地辽阔的家乡无疑是诸多美食风物的诞生地。多元文化的交流，各民族的深度融合，造就了今天赤峰独特的饮食习惯和口味。不必说焦香的炭火烤羊腿，咸口的锅包肉，也不必说香脆的蒙古果子，清甜的沙棘汁。

　　最能代表赤峰的风味，是对夹。对夹之于赤峰，如肉夹馍之于陕西，驴火之于河北。简言之，其本质是一种酥油烧饼。侧边切一口，中间裹上熏肉，咬上一口，油而不腻，满口酥香。佐以馄饨汤或羊杂汤，总能令无数出门在外的游子心升明月，抖落满身的疲惫。远在他乡的赤峰故人闲谈，提到对夹，无不会大生思乡之情，感慨万千，而赤峰游子与家乡久别重逢时，必买来对夹品尝回味。

　　对夹与肉夹馍、驴肉火烧外形相似，不过对夹中间夹的是熏肉，分普通与精肉。普通即肥瘦相间，精肉是全瘦。膘子肉切块，码在大锅里，精选十几味配料调味，先开锅大煮，再下酱焖蒸，蒸至肥肉油花尽出，再上锅用松木熏烤，使得熏肉别有一番清香。不过，真正把对夹与肉夹馍、驴火区分开来，使其独具特色的，不是熏肉，而是对夹皮儿。其用一定比例的油水和面，外用小米面或糜子面擦酥，并涂以酥油，食前火烤片刻而成。一出锅，外皮金黄，棱角圆润，能看到里面一层层的绵软面皮儿。咬一口，牙齿破开酥皮，发出咔嚓一声，充斥口鼻的是一股淡淡的烤糊油香。再稍一用力，便破开数十层绵软面皮，继而口腔中便会散发出浓郁的麦香。相比驴火、肉夹馍中间不能没有肉，对夹即使不用熏肉，单吃那对夹皮儿，仍是滋味绝佳。搭配熏肉，更是锦上添花，酥皮软面，麦香碎肉，令人欲罢不能，回味无穷。

赤峰对夹以火车站旁宴宾楼所制为最佳。每次假期去爷爷家吃饭，爷爷都会为我买上一次对夹，佐以奶奶炖的胡萝卜汤，谈天说地，不觉时光飞逝。

（节选自《我的家乡赤峰，是一场失去》，作者门伟奇，来自内蒙古自治区赤峰市红山区，现就读于安徽大学文学院汉语言文学专业。）

老街的日子还是那般稀松平常。伴着清晨的第一缕阳光，豆浆油条葱饼粢饭都暖了起来。小推车阿姨做的"油丁"（只记得方言这样叫）还是熟悉的味道。

我见她先在圆桶状的小铁勺里倒上一层糊好的

面粉，然后放上调制好的韭菜，偶撒上一些特色的配菜，最后放进烧开的油锅里，发出"噼里啪啦"的脆响。出锅的时候，金灿灿的酥皮裹着浓浓的韭菜味，还带着童年时代垂涎的味道。

有时会在街口见到"爆米花爷爷"，用的还是一样的机器、一样的风箱、一样的带子，连装糖精的瓶子都是我所知道的模样。通常，爆米花的原料是自个儿带过去的米粒或者玉米粒。

如果"爆米花爷爷"说爆米花快要好了，大伙儿就得赶紧捂住耳朵，那"轰隆"一声巨响实在有点轰天动地。巨响后，一大袋一大袋的爆米花新鲜出炉，甜甜的米香会飘荡好远好远。这时，边上看戏一般的小孩子就奔过去抓上一大把，爆米花的主人还会让他们多抓点多抓点。

（节选自《老人们还在讲着沥海的传说》，作者李思涵，来自于浙江省绍兴市，现就读于南京信息工程大学。）

烧卖一直是我的心头所好，每到一家早饭店只要有总得来上几个。烧卖是面皮裹着的酱油糯米饭——正像安徽一样，地处南北方之间所以不南不北又既南且北——照顾了南方人的嘴也愉悦了北方人的舌头。烧卖大多相似，但是又不尽相同：扬州烧卖，个头大分量足，但往往因为个头过大，里面的酱油糯米饭不能全部入味，越吃越寡淡；广式早茶里的蟹黄烧卖做得玲珑精致，一口下去哪怕是喝鸡汤都尝不出味来，但是蟹黄太过鲜美颇有点喧宾夺主的味道，个头又太过精致，只能细品，不可果腹；江浙的烧卖堪称是小笼包派出的卧底，面皮里裹着鲜肉，吃起来倒也是另一种滋味。最好吃的烧卖应该是这样的：糯米一定要好些，不能是受了潮或者是放陈了的，这样就没有糯米本身的香味；调味的酱油一定要是老抽，既提鲜又上色；肉要是三分瘦七分肥的五花肉，卤煮了切成适合的大小放进去一起蒸，这样肉油会被蒸出来，沁到糯米里去。

　　早饭店的老板偶尔还会再加上切碎的茶干丁，小豌豆，这样的辅料自然是多多益善。早上通常是找不到座位的，店里店外满满的都是带着孩子来吃早饭的家长，在店外捧着碗蹲着站着的也大有人在。冬天天气寒冷，早起上学、做饭，这对孩子和家长来说都是一种折磨，所以家长也乐得带着孩子在这里解决。门口的蒸笼蒸腾出袅袅白汽而后飘散在冬天的晨光里，煤炉子上的油锅煎得吱吱作响，店里人声鼎沸。"炒饭一碗，加十个锅贴！""来碗面条，加个茶叶蛋，多加葱花，不要香菜末！""哟！你也在啊，老板，这个人的钱算我的！诶诶诶！一顿早饭我请不起啊！"冬天，整个和县也就在类似这样的人声鼎沸中渐渐醒来。只可惜09年拆迁整改，这鼎沸，这香气，便和整齐高大的两排梧桐一起，淹没在瓦砾堆里了。

（节选自《最好吃的烧卖应该是这样的》，作者陈涛。）

说到故乡泸州，肯定绕不开酒这个话题。泸州的酿酒历史有几千年，与整个巴蜀酒文化一脉相承。经过几十年的发展，泸州现在有泸州老窖和郎酒两款知名白酒，也是国内唯一拥有两大知名白酒的城市。

每个生活在城市里的人都带有那个城市的脾性，酒城人的脾性当然与酒有关。

酒城人爱喝酒，每逢红白喜事，都要敞开肚子喝上一通。而且酒城人常年浸润在酒香里，行事多少有点武侠里英雄人物风度。

我虽是酒城人，但酒量却差得不行，属于酒桌上半杯就倒那种德行。但每次回酒城泸州，小酒馆都是我必去的地方。在酒城，我最喜欢去的地方是一家叫"任我行"的小酒馆，复古的风格与陈设，温一壶米酒，配上一碟花生和几盘小菜，随着酒保那一声"客官，你的酒来嘞"，仿佛就进入了《笑傲江湖》里那个豪爽、快意恩仇、天下任我行之的江湖世界。

我舅舅在酒城郊区有一个小作坊式的酒厂，用玉米和高粱酿酒。每次去他的小酒厂，在一公里外就有扑面而来的酒糟香。

大学毕业后，我在机关单位工作，有时随领导外出检查工作时，被下面单位的人灌得七荤八素，有时候坐着车半路上就吐了起来，甚是狼狈。在电话里给舅舅说起这些，他却怪我不懂得欣赏美酒的滋味，最后也叹气，说这也怨他，在酒厂里长大，也没把我培养起来。

我说："要是我很能喝，岂不是把你酒厂的酒都喝光了？"他说："那也比你工作后在酒桌上出洋相来得好。"

说完这些，他便又旧话重提，给我讲很多酒桌上的礼仪与忌讳，讲酒桌就是江湖，讲喝酒的美妙与意义，甚至初中没毕业的他能把泸州博物馆里汉代麒麟温酒器和泸州老窖获"巴拿马太平洋万国博览会"金奖的故事讲述一番。

他酿了一辈子酒，现在随着时代的变迁，他这样的小作坊也要被拆了。他在接到关厂通知前几天，专程去参观了已经是国家重点文物，始建于1573年的泸州老窖明代酿酒池，回来后，喝了一瓶酒，就睡去了。即使是初中文化的他也明白，小作坊酿酒的时代一去不复返了。

（节选自《酒城、江城、英雄之城》，作者曹忠，四川泸州人，西北师范大学戏剧与影视学硕士。）

江口荔枝的外壳鲜红，挂在树上犹如一把把跳动的火焰。但当你剥开外壳，发现内壳的颜色犹如少女羞红的脸颊，粉嫩光滑。

2005年以前，村里还没修水泥路，一条泥泞的小路弯弯曲曲，从村尾到村头，最后通往镇中心。我记得在那些炎热的童年暑假，守荔枝就成了孩子们的一项重大任务。

从七月初始，只要当年荔枝结了较多果实的人家，就会忙碌着将自家荔枝树用篱笆围起来，并寻找一个便于查看的位置搭建守夜的帐子。两条长板凳上架着两张木板就是床，一块彩色胶皮将三面围起来，条件好一点的还会挂上一顶蚊帐。

白天，大人们都要干活，我就会跟着哥哥姐姐们带上暑期作业躲在帐子里。手握一把蒲扇赶走夏日的炎热，远处叽喳吵闹的知了也不能扰乱心中的欢喜。偶尔在树下晃悠捉捉荔枝虫，到河边走走驱赶暑气，数着日头等荔枝一点点被艳阳熬红。夜里便换成大人，有时我也会缠着父母一起守夜，看看夏夜璀璨的星空，听听草丛里的虫鸣蛙叫，吹着凉风，点着蚊香喂蚊子。

但即使有人守着，也不能完全避免被偷。如果是被嘴馋的人偷偷摘掉几颗，大人们都会心疼得直叹气；要是不小心被人偷走了几斤，那内心就会如刀割般滴血。因为在那个年代，每年就靠这么几斤荔枝挣钱了。多几斤和少几斤，家里的境况就会很不一样。

依稀记得有一年，哥哥姐姐们终于坐不住了，便撇下还没上小学的我独自坚守"阵地"。但是也不巧，偏偏他们离开一会儿，就有小偷找上门来了。起初我只是在蝉鸣虫叫声中听见窸窸窣窣的声音，但烈日的炙烤束缚了我的双腿，便没在意。后来，折枝的声音越来越清晰，待我找到罪魁祸首时，他们便抱着"赃物"逃之夭夭了。留下孤独幼小的我挨哥哥狠狠地敲了几下后脑勺，现在想起还隐隐作痛。

（节选自《荔枝，压弯了扁担》，作者陈雯敏，安徽大学文学院汉语国际教育专业本科生。）

六安多丘陵，山地雾气空蒙，季风气候雨润晴和，茌茌新茶苗就能在后山上绘起新绿。后山四十多棵低矮的茶树是我家种的，春日里爷爷奶奶早早就戴帽提篮上山，倒并不指望采茶售卖，而是自制新茶。采茶要掐尖头，最新最软为佳，那些院落里租住的房客们饭后便一同帮忙，我爬上山坡，学着快速捻断叶茎投进嫩绿满眼的筐篮里。白昼的光阴可以换来两大筐新芽，一周之内便能全部采完。我觉得，真正的茶香是在采茶人的茶筐而非泡茶的玻璃杯里，那是活着清脆的茶叶迸发出的壮烈香气。在茶筐丛里兜转，掬捧一把又放下。爷爷说，"脏手，来帮忙，别乱动"。我便跑近炭火旺盛的烘篮边贪婪吸吮炭味儿和茶本真的香气在热火炙烤下的变异。茶叶从舒展的弧度慢慢弯曲扭动，是蜕变前的辗转腾挪。绿意褪色渐变，如同烧瓷的窑变。爷爷干枯起皱的双手铺展茶层，我也请求插手"学习"，抚摸着变硬的茶叶，透过它们观看烘篮缝隙里跳跃的炭火，像览阅茶叶的涅槃。

（节选自《还想再坐一次二八杠》，作者周钒。）

第一次听到大肉面的时候我是没有欲望尝试的，因为妈妈告诉我大肉就是肥肉。这对于爱吃瘦肉的我来说没有任何的吸引力，但是当看到妈妈那碗香味四溢的大肉面时，我还是忍不住尝了一口，从此我再也忘不了那个味道。那是我无数个清晨早起的原因。

最近一次吃大肉面是今年的五一假期。本来没有什么特别想要回家的感觉，但是看到微信群里的同学们都在五一相约大肉面的消息，我想起那个熟悉的味道，毅然决然地踏上了回家的动车。

第二天清晨，我又来到了之前常去的那家店，那家店似乎已经经营很久了，屋里的装修按现在的眼光来说已经落伍了。然而，他家的味道却是更加地道了，较之前香味也更浓了，小菜腌制得也更加够劲了。

说起小菜，这可是当涂大肉面必不可少的加分项，因为当涂人大多口味偏重的缘故，早饭搭配上小菜才能吃得更香。所以，当涂人在小菜的味觉体验方面总是会要求严苛些，然而这大肉面里的小菜从未让当涂人失望过。无论是微辣的萝卜干、还是爽口的青菜梗、亦或是咸咸的小豇豆，都满足了当涂人挑剔的嘴巴，让所有当涂人对大肉面有着非比寻常的执念。

老板说，大肉面里肉的选择是极其重要的，如果肉选择的不好，那么大肉面就失去它的灵魂了。一碗大肉面没有优质的肉来配，即使后期加了多少调料也是于事无补。

老板说，他对于火候的把握可是一流的。只要经过他的手，任何五花肉都会变得肥而不腻。他微笑地看了看我们碗里未吃完的大肉，骄傲地昂起了头。

老板说，他最自豪的就是他家的面。他家的面不是市面上购买的，他家的面是由他老婆擀制而成。

老板说，他老婆每天起得比他还要早，因为

擀制面条可是一项大工程，将细碎的面粉揉捏成团并切成粗细一致的面条会足足耗费两个多小时。而且，这项耗费时间的工程只能当天做，因为隔天的面条会失去劲道，索然无味。

老板说，手工擀制的面条不仅下起来具有浓浓的香味，并且烧熟速度快，通常下锅一分钟多一点就可以捞出来了。

（节选自《当涂大肉面》，作者石倩，目前就读于安徽大学文学院汉语国际教育专业。"我的家乡是马鞍山市当涂县，一个被当地老人称为'太平城'的地方。"）

它的"爽"则来自于面汤和大块的牛肉片以及配套饮品。牛肉面的面汤不是色泽澄透的清汤，而是加入了牛油、豆瓣、辣椒面混合而成的红汤。牛油也是提前"炼"好的，用的时候直接丢进熬好的骨头汤中，清汤就变成了红汤。这种汤虽然很红，但并不很麻辣，更多的是香辣味道。襄阳牛肉面的"料"通常很足，一碗面上来，铺满了牛肉，大概七八片。而它的价格也确实实在，记得初中的时候，牛肉面八九块钱一碗，如今上了大学，物价也上涨了不少，然而牛肉面还是很良心地卖12块左右。牛杂面也是同价。牛杂面受欢迎是因为计划经济的时候，牛肉少，因而牛杂就成了代替品登上了餐桌。汤底一样的素面同样配料丰富，豆芽、豆腐、海带加起来不过四元。而我小学初中时更是便宜，一两的两元，二两的两块五。由于襄阳牛肉面的重口味，吃面时人人基本都要点一杯饮品，那就是黄酒或者豆奶了。襄阳的黄酒原料是糯米，色似乳汁，味道酸甜，酒精度因加浆稀释，一般只有2—3度，因此大人小孩都能喝。想起李白在他的《襄阳歌》里写道："傍人借问笑何事，笑杀山公醉似泥。鸬鹚杓，鹦鹉杯，百年三万六千日，一日须倾三百杯。"在《襄阳曲》里又写："山公醉酒时，酩酊襄阳下。头上白接篱，倒著还骑马。"虽说一日三百杯实属夸张，但是襄阳黄酒确实很难喝醉。豆奶也陪伴了许多襄阳人，如今种类从以前的只有原味豆奶（黄豆）变成了绿豆奶、红豆奶、核桃黑豆奶多种样式。牛肉面的香辣配上黄酒或者豆奶的微甜，吃起来既爽口又不是那么刺激。所以《襄阳image》的歌词写道："这里是襄阳，几盏黄酒暖人心肠。这里是襄阳，一碗面里闻到馨香。"简单的歌词写出了襄阳人最日常的生活状态——黄酒牛肉面为伴！

（节选自《古城的物》，作者刘聪赢，现就读于安徽大学文学院汉语言文学专业。）

　　要说最好吃好看的月饼还要算莲花瓣的月饼，做成层层叠叠、错落铺开五颜六色的花瓣，由下及上依次减少形成莲花盛开、花瓣相依的形态。

　　我曾在老家看爷爷奶奶做过一次，在擀好的面张子上涂上油，依次撒上不同的颜色再盖上轻薄的面粉，卷成截面一指长二指宽的长卷，再切成有二指宽的卷，翻个个，一个彩色的花瓣便做成了，也有人家每层各个花瓣都做成一个颜色，这样可能看上去整齐些，但吃上去总觉得少了点滋味。

　　等做好了够多的花瓣便层层累叠做出莲花的形态，盖上如顶大的面张子，在上面用彩色的面捏出各样的花朵，各型的家畜，放进大蒸笼，搭上土灶台，烧上个把小时，莲花千层月饼就可以出笼了。

　　莲花寄托了我们对于美好品德的向往，其实我们甘肃在以前是没有莲花生长的气候的，自然也没有原生的莲花。在食物上去模仿莲花的形态是我们对于美好的向往，我们对于自己缺少的东西总会用另一种方式去弥补，就会给身边的物品加上这种意象，给孩子取名也是。父辈母辈以及再往前，他们名字里都常常会出现莲、桂、海、洋这些字眼，因为我们没有，所以我们把它寄托在对未来的期待中，富、贵、福、禄也是。

（节选自《我们的莲花，我们的向往》，作者邵雯钰，甘肃金昌人，现就读于安徽大学汉语言文学专业。）

蹲在房檐下眯着眼睛，将几支干木条架在火盆上，划一根火柴点燃，待燃的正旺时便将牛粪块围在周围，整个房檐下变得烟熏火燎，看着这样的爷爷有一种腾云驾雾的感觉。

只有这样才能将碳块烧燃，烟小一些时便将火盆搬到炕上。架上一顶三角架，将罐罐放在上面，放半罐水，待罐中的水煮沸时放一撮茶叶使茶水相融，待茶汁充分浸出，再向罐内加水至八分满，直至茶叶又一次煮沸时，才能将一罐茶熬好。

由于茶量大，煮的时间长，我觉得用"熬"再好不过了。《说文》云，"熬，乾煎也"，意思就是文火慢煮。

水是很讲究的，自己家的井水还不行，偏偏跑到村子里的泉跟前去挑水。爷爷总说泉水甘甜清冽，而唐代陆羽在《茶经》中也写道："其水，用山水上，江水中，井水下。"用最甘甜的泉水，配上下等的茶叶，经过炭火的慢慢熬制，一罐气清味苦的罐罐茶就问世了。

冬天农闲，爷爷便有更多的时间熬茶。他住在上房，淡淡的茶香钻过门飘到院子里，整个院子里便是淡淡的茶香，还混杂着树枝和牛粪燃烧时残留的气味。

寒冷干燥的院子也变得湿润起来，直到冬日的暖阳从偏房墙角爬上来才会将那种气息驱散。爷爷盘腿坐在炕上，不急不缓地用钳子将炭火块拢了又拢。每天的茶熏烟燎，爷爷的脸变得油黑油黑的，一个冬天过来和罐罐的颜色差不多了。

将熬好的茶倒在小小的瓷杯中然后再注入水，每一次熬茶时在火盆上烤几个冷馒头。冰冰的馒头经过长时间的烘烤变得皮脆内酥，掐一口馒头呷一口茶，而他每次喝茶都是吸进去的，嘴与茶杯相吸发出一种很舒畅的感觉。

小小的一杯茶，他总要吸几口才能完。熬一罐子茶是相当费时间的，爷爷的茶总是五六杯恰到好处，所以他的早饭总要进行一个多小时。我也不知道他是怎么控制馒头和茶的，吃完喝完刚刚饱。不知是馒头陪伴了茶还是茶陪伴了馒头，反正它们都陪伴了爷爷。

（节选自《炭火罐罐茶》，作者包海燕，现就读于河西学院。）

过年过节之前，二姥姥都会炸一大锅圆子，分给兄弟姐妹家。圆子有两种，一种藕圆子，另一种是糯米圆子。每次二姥姥一说要炸圆子了，我就格外兴奋，围着她转来转去，看她用切丝器刷刷刷地刮藕，再把藕丝切碎、捣成泥，加上一点肉馅，再加面粉和均匀，然后用手一挤一捏，一个圆子就成型了。我跃跃欲试，要求和她一起捏圆子，洗过手去抓那些肉馅，笨拙地又挤又捏，弄出来几个并不圆的圆子。二姥姥嫌我动作太慢，让我捏了几个就打发我洗手去旁边玩。糯米圆子要简单一些，把糯米蒸好，搓成一个个圆子再下锅炸。捏好的圆子放在圆圆的竹晒箕上，再拿出那口直径超50厘米的巨大的铁锅，放煤炉上，倒油，等油热了就倒入圆子，噼噼啪啪滋啦滋啦的声音就响起来了。怕我被热油溅到，这时候二姥姥就把我赶出厨房，我就站在门边，一手扶着门框目不转睛地看。用大漏勺翻动几下，那些在泡泡浴的圆子慢慢就变得金黄，香味也弥漫开来，馋得我直吞口水。等二姥姥觉得差不多了，把圆子捞出来，先盛一碟端到桌子上，我就跑过去毫不迟疑地用手抓起来一个就想往嘴里塞，每次都会被烫到。

刚出锅的圆子外脆里嫩，格外香。剩下的大锅圆子放凉之后，被分成好几份装进袋子里，再放进冰箱，就可以吃很多天。每次煮汤的时候放四五个圆子进去，被汤汁浸泡的圆子胀大了，变得松软，筷子一夹就散，也很好吃。最妙的是冬天烧牛肉火锅的时候，作为配菜放进去，看着圆子在锅里浮沉，心也暖了起来。

（节选自《家乡的味蕾记忆》，作者李雪珺，现就读于安徽大学汉语言文学专业，家在离合肥一百公里外的芜湖的繁昌县。）

凤阳有特色的东西很多，花鼓、凤画、风景、历史遗迹等等。这吃食，和过年有关的，我只能想起攘豆腐（攘是方言读法，本字为酿）了。我是听爸爸这么叫的，上网一查，还叫"朱洪武豆腐""凤阳酿豆腐"。以前上海来的客人还指名要吃这个朱元璋吃过的豆腐。一般平日里，家里是不做的，偶尔过年了才想起来做上一回。记得有一年亲戚在家请客。那时过年多在家里做饭招待亲友，即使平常聚会都是在饭店，也要不嫌麻烦做上一桌菜。从准备时就热热闹闹，虽说是这家请客，但每家做饭好吃的都要露一手，添个菜，不会做饭的也要帮个忙。我爸自然是要露一手的。有一回，爸爸说起这道菜，兴之所至就去了厨房。这道菜说麻烦也麻烦，说简单也简单。将豆腐切成两三个一元硬币厚薄，两指宽的小片，中间夹上肉糊。取四五个鸡蛋清，配上生粉调的芡，放碗里，将四根筷子纂一起，顺着一个方向打。打到筷子能屹立不倒，就算成了。以前没有料理机，纯手打，家里哪里愿意经常做呢？然后再裹着豆腐放油锅里炸，炸出来后再调上汁，那么一浇就成了。不过现在一般用番茄酱做最后的浇汁。新鲜出炉的攘豆腐，总是被一抢而空。说是很容易，但里面要注意的地方可多了。做出来容易，做好吃难。凤阳的饭店也不是每家都有这道菜，至今我也只遇到一家做出来的好吃。外酥内嫩，外甜内鲜。里面的肉要熟，豆腐要入味，外面的皮还不能老，浇汁的话还要挂的均匀。爸爸也不是每次都能做好，纯看能不能碰上运气。

（节选自《往后，再难一年一约》，作者李晓雨，来自安徽凤阳，现就读于安徽大学汉语言文学专业。）

在众多与牛文化相关的艺术品中，一尊名为"牧童骑牛拉碌碡"的展品格外能吸引人眼球。这个高21厘米，通长34厘米的隋朝的青釉牛拉碌碡像，将那个时代人与动物和谐相处的场景显现的淋漓尽致。从展品可以看到，牛虽然拉着碌碡，干着农活，但是嘴微微张开，眼神慈祥，神情轻松自在。在它的背上，是一个调皮的小男孩，一只手抓着绳子，另一只微微举起的手似是要拍打牛背，脸上是淘气的笑容……

在一个展柜里，集中陈放了一批牛展品，大

小不一。我忽然想起大英博物馆馆长的一句话："这个展览中的各个文化有一个共同现象，它们创造物件，这些物件中的大部分如同古代的难民，它们在我们的博物馆里找到了避难所。"或许这个展柜里这些大小不一的牛就是这句话最直接的体现。

康乐人民爱牛，那或许是骨子里就有的一种情怀，不仅仅因为牛的勤劳朴实，更是因为它可以带给我们摸得到的实惠与好处。展厅的墙上挂着的那组"家养几头牛，花钱不用愁；家养十头牛，盖起小洋楼；家养一群牛，奔向小康不用愁"的民间谚语，就是这种情怀的如实反映。

展厅里与牛相关的艺术品多若繁星，墙上是一幅幅赞颂牛的诗歌绘画，如鲁迅先生《自嘲》中"横眉冷对千夫指，俯首甘为孺子牛"，以及郭沫若《水牛歌》中的"你是中国国兽，兽中泰斗"等，无不让人在深厚的文化氛围中感受牛文化的博大精深。

（节选自《博物馆，相约在午后》，作者范永兰，来自甘肃省康乐县，一个飘满花香的地方，现就读于兰州文理学院。）

号称全国土家文化集聚地的女儿城，是恩施文化与旅游相融合的典型代表。女儿城得名于土家族传统习俗女儿会，每年的农历七月，大型的特色民俗相亲活动女儿会都会在女儿城中举办，年轻的土家儿女以对唱山歌的独特形式来倾吐爱意。

女儿城中还有诸如摔碗酒、西兰卡普、茶文化等民俗文化体验，这种优秀土家文化与旅游的融合，让恩施州的旅游有诗意更有温度、有远方更有未来。

我们要让文化牵手旅游，但绝不能以文化为噱头来宣传地方旅游，也不能让传统文化脱离大众。

在恩施，当地土家人是很少参加类似女儿会等众多民俗文化活动的，并且官方为了宣传旅游，吸引游客，将这些民俗文化活动办成极具表演性质的大型活动，我认为这种做法是有待商榷的。

此外，对于像我一样的年轻一代土家人，大部分对土家民俗文化只是有耳闻却并无亲身体验，它就像空中阁楼一样可望而不可即。我认为，土家文化是土家族人的"根"，这种"根"应该是根植于大众的，让土家文化牵手旅游的同时也要让土家文化牵手大众，这样土家文化才有更广阔的天地和更精彩的未来。

仙居恩施，巴土柔情。优美的自然环境造就了善良美丽的土家人，而灿烂的土家文化造就了底蕴深厚的恩施。绵绵的清江水，柔柔的土家情。愿土家文化能在浩瀚的文化长河中，像清江河水一样，源远流长。

（节选自《哼着民歌，我的土家乡愁》，作者杨琦钜，湖北恩施人，现就读于东北师范大学文学院新闻系，是重庆大学新闻学院的准研究生。）

进了庙门，先不用着急地去礼佛，而是要从侧门进入到大后方的大雄宝殿，这里有一张大供桌。摆好贡品后，先要在大雄宝殿参拜磕头。村里面的人磕头也有讲究，不是随随便便地跪下去磕几下就可以了，那样是不符合佛教礼仪的。

维磨庄村的村民统一，一律都是要磕三个响头。首先要双掌合十，高举过头顶并且跪下去磕头。等跪下去的时候，双掌分开平放在地，手心向下，手背朝上。然后再把手掌翻过来，此时是手心朝上，手背朝下，这寓意着要接受佛的教诲。接着再是手握拳，寓意已经接受到了佛的教诲与祝福。在起身的时候，仍然自然地将双掌合十，高举头顶，这时已经完成了第一次跪拜，这样的跪拜要重复三次。在佛光寺里面，每个佛塑像前方都放有蒲团，每个佛都要参拜。

中午的时候，要在寺庙里面用过斋饭才算圆满。到了中午，村人们走进寺里面的吃斋堂用斋。吃斋堂是僧人居士们平日里吃斋的地方。此时摆上大桌，不管这一桌上的人相互认识还是不认识，村民们不会感到拘谨，因为他们知道他们有着共同的信仰。斋饭是寺院菜，这是难得的好饭。

寺院里的规矩，吃斋的时候要保持安静，一是表示对佛的尊敬；二是要感谢现在的幸福生活，感谢劳动让我们有了美味的饭菜；三是对这个世界上那些尚吃不饱饭的难民表示同情。

地地道道的维磨庄村人，地地道道的佛教徒，地地道道的好心肠！

（节选自《佛教影响下的维磨庄》，作者王慧聪，山西太原人，现就读于太原师范学院汉语言文学专业。）

阿嫲是听祖爷爷（即阿嫲的父）讲佛像的故事

长大的，这些口耳相传的故事就像一缕轻烟，从村民们不断张合的唇溢出，飘散在空中，再消融在那个时代村里的老老少少的灵与肉中，要他们骨连着骨，血连着血。

祖爷爷摇着破旧的蒲扇，腿一摆一摆，惯例是这样的开头："章公——六全——祖师……"一顿一顿地念，很郑重的样子。"他可不是普通菩公！"摆摆手，凑近一点，好像怕谁听见，可是又抬高音量，语气是隐隐骄傲："肉身坐佛，可晓得？佛像里面都是人的血肉，和你一模一样的！"祖爷爷顺势指了指阿嫲的手臂，她不经意间手臂一凉，吃了一吓，赶紧摸摸自己。还好，自己的肉身还在，血是血，肉是肉的。

村子有一处树林，叫"佛插记"。祖爷爷一撸袖子一拍腿："章公把竹枝洒在地上，竹枝'蹭'的长成了大树，祖师爷落下话说，'此后再不经过此处'……后来有个歹心人用轿子抬着佛像，不听祖师爷的话，硬要过那处树，结果……你猜？"

得到小孩诚实又渴望的摇头后，祖爷爷声音马上像张锣一样亮起来："轿子断咯！哼……我们的章公摔到地上那可不得了！那歹心人赶紧跪下来道歉，说自己不存好心，也要存好死！……祖师爷是不是法力无边？"阿嫲早听得入迷，此刻愤愤点头，头上小辫子一甩一甩。

"阿崽啊，你记住，这是上天派来保佑我们村的菩公。"每个故事的最后，祖爷爷执着地重复。

于是年复一年，阿嫲童年中数不清的夏夜，纵然被岁月冲撞得零落，也能拆分成一张黑布星空、红线缝补的大蒲扇、两块柳木矮脚凳、草丛里的虫族弦乐和祖爷爷缓慢低哑的讲述声。

我的阿嫲长大了，村里的佛像在老去。

那是个买卖童养媳习以为常的年代，阿嫲终不例外。某一天她扎着大辫子在秧地里挥汗如雨的时候，玩伴远远喊她，"就是那个人"，她抬头看去，对面瓦房里走出一个戴斗笠的男子，不知是不是听见了那位玩伴的喊声，张望几下又低下头匆匆走进屋内。

夏风狂乱，禾苗翻腾，想必那几秒内，也只能看见鼓动的白布衫，却瞬间完成了一场相恋。那时候年轻人结婚，一定和乡里乡亲要一起到祠堂里，对着那座慈眉善目的佛像"拜拜（第四声）"，祈求菩萨保佑，生活顺顺利利，瓜瓞绵绵，而佛像总是笑眯眯，十分应承的样子。

（节选自《阿嫲问：祖师为什么会去荷兰啊》，作者陈斯婕，就读于福建师范大学文学院，家乡在闽中的吴山镇，青竹环绕的阳春村里。）

在绵延不绝的文化史脉中，在刀光剑影的武侠小说里，崆峒从来都是极尽风流。

崆峒武术，以繁杂见称，刀枪剑棍拳腿等皆有习练，冷门及奇门兵器亦格外多，钩、铲、鞭、刺、铁扇、飞爪、风火轮、判官笔等都收入，其目的是要到随时手拿一物皆可为武器，一招一式进可攻，退可守。

崆峒武术的举手投足间浸饱了质朴深沉的忠厚气质，而这样的气质，则是崆峒山才能够滋养出来。

近年来，在旅游局的大力支持推动下，每年都会举办"崆峒养生文化旅游节"，除了崆峒武术的隆重登台，更有极富地方特色的陇剧、社火、歌舞等文艺表演，吸引各地的爱好者慕名而来。

特别是到了正月十五，曾经因种种原因中断了几年的"社火"表演又进入大家的视野，舞龙舞狮的队伍一路敲锣打鼓，就像安塞腰鼓那样激情澎湃，这样的喧嚣，怕是只有黄土高原的厚重才足以衬托起的。

社火是最热闹的，以前的社火会从清晨开始走街过巷，社火的精彩之处在于最前面花车上坐着的"春官"，春官称得上是社火的核心人物，头上戴一顶黑色礼帽，身披一条红缎面，每到一个单位，就能用对仗工整，妙趣横生的七字语句表达对该单位一年作为的赞美或打趣，再配上锣鼓之声，实在有趣。

到了晚上，热闹不过崆峒古镇。那里的每一个小巷都会挂满红灯笼，每一个灯笼下带一张灯谜，来来往往的行人自行把玩，猜中后的纪念品纪念的是至今的心思澄明和对传统佳节的守望。

花市灯如昼的玉壶光转，也算是对如今崆峒"年味"淡却的些许补偿了。在这样情意绵绵的氛围里，在某个灯火阑珊的小巷，红男绿女蓦然一回首，说不定就邂逅了一段浪漫呢！

（节选自《崆峒，我说给你听》，作者何文钦，兰州文理学院汉语言文学专业学生。"我的家乡在甘肃省平凉市，崆峒区隶属平凉。"）

十三晚上的祠堂一改往日的冷清，前堂的阶梯和楼上的围栏处都被人群挤得密不透风。

正拿着花灯在路边等待，瞟到一旁尚在小学的两个表弟满脸兴奋地翘首眺望，忽然间好像看到了小时候同玩伴一起挑花灯的自己。

小时候，晚饭总是吃到一半就兴奋得坐不住，吵着要出来等花灯。齐齐地坐在门前的长板凳上，听着震天响的八字炮，看着远处一点点向前推进着绽放的烟花，我们总能准确地了解游行队伍的方位。

感觉队伍快接近了，揣着满兜的零食，提前片刻点好灯里的蜡烛，我们赶着跑着冲在队伍的最前面，成为这条黄澄澄灯龙里的一份子。

手里的花灯可得握好，要是和人家灯上的竹叶勾住了，免不得要停下来解开竹枝结，还得时时防着蜡烛灭了或是烧着了灯笼纸。

先是大道，再是田间小路。帽子可一定要带好了，身边炸起的鞭炮碎片，天上掉落的烟花末子，头顶滴落的蜡烛油都得防着。路边用柴草燃起的火堆腾腾向上，热气滚滚。村里人称之为"燂红"，烧得越旺，则象征着来年越红火。一路上拉着帽子，捂着耳朵，躲着四处纷飞的灰烬，还得护好花灯，真是手忙脚乱。

那时候田间的路还没铺上水泥，要是正巧是雨后，田埂和石子路更是泥泞不堪。不过这么多年来，十三的晚上就没下过雨，村里因此总传着一句"周岙挑灯笑嘻嘻"。过田埂的时候，旁边有条小溪，我们喜欢把灯笼稍稍放下去一些，借着蜡烛的光亮，看看在黑压压的晚上这流水的模样。回头一看，一条小溪都成了金黄的颜色。

（节选自《周岙，被十三唤醒》，作者周梦真，浙江温州人，山东大学（威海）新闻系2015级学生。）

最令观众目不暇接的就是社火游演了，最先调动起观众视觉听觉的通常是机动车载着的锣鼓队和解说员，他们音声起伏、唱和相随。

后面井然有序跟着醒目耀眼的社火会旗、迎风飘动的彩旗队、灵动活泼的舞狮队、青春靓丽的秧歌队、悬空临危的挺子队和惊险神秘的高跷队。有时甚至还会出现两只打扮俏丽的旱船，在白胡子老翁的吃力驱动下徐徐穿梭于人群，甚是生动，惹得老人小孩欢闹、喧嚷一片。

这些社火样式里最具特色的表演当然首推踩高跷了，乡民们习惯称它为"走撅把"，亦称"拐子"，因为演员踩的木跷差不多长达两米，踩上去即使谨慎地走一走，也极有摔跤的危险，所以旁边还必须配备一个给他们撑拐杖的人。

但是这其中总有一些厉害人物，无论是表演技术，还是扮演角色。他们踩着高跷不光独自能走，能跑，能跳，有时甚至还会和边上的群众互动打闹，其娴熟惊险的表演技术叫观众震惊不已。

（节选自《我的大寺坳村春节》，作者罗丽莉，女，甘肃泾川人，现就读于兰州文理学院汉语言文学专业。）

每年到头小孩儿们最高兴的也就在这个时候，我也一样，因为奶奶家有很多小时候一起玩的好朋友，聚在一起本来就很开心，再加上年前的气氛，尤其显得热闹。过年第一件事就是置办年货，这件事一般小孩儿们都不参与，无非是等到大人买回好吃的来了再一拥而上看个新鲜劲儿，但我喜欢热闹，哪里热闹爱往哪里钻，所以爸妈或是爷爷奶奶上市场上买东西的时候我总是要跟着去，看着奶奶挑拣东西，和商家讨价还价有时候比在家里看电视上网来的更有意思。我奶奶是个精明强干的女人，但是我妈妈却不是，所以每当她们同时买回来东西，奶奶总要笑话妈妈几句，说她傻的很。

我最喜欢吃猪头肉，但是记得小时候有一年过年为了找好吃的，钻到家里放杂物的小房里，被赫然几个惨白的泡在盆里的大猪头给吓了一跳，好半天都没缓过劲儿，后来才知道家里过年摆在桌上的猪头肉不是现成的，是从市场上买的生猪头，或者找专门会挤猪头的人来挤，或者在家里挤。每年到了过年奶奶家总要支上一口大锅，为了炸带鱼，炸肉丸子，煮猪肉，蒸馒头和年糕用。带鱼就不用说了，一般家里是不吃的，妈妈总是嫌做起来麻烦，平时从来不买。所以我也只有在年节上才能尝尝鲜，过年以后顿顿都有带鱼，真正算是把一年的馋劲儿都给吃够了。

（节选自《石门》，作者谷雨薇。）

腊月二十九，年味已经越来越浓。吃过晚饭，家中的大人们便开始准备年三十的年夜饭。蒸菜、炖菜、炒菜、凉菜一样都不能少。蒸菜中一般会有龙眼、烧白、香碗。五花肉裹上玉米粉后卷入蜜枣，然后整齐地码在蒸碗里，由于最后从外形看上去有一个个的窟窿眼，所以叫龙眼。烧白的五花肉在汆水后下油锅，然后切片码在蒸碗内，在其上面放上家中自制的干菜，最后倒入酱汁调味。香碗是将粉条、海带、干豇豆调味混合后放在碗底，然后在上方摆上切条的蛋皮和用食用色素染红的一小坨瘦肉做成的。关于这道菜，有一些约定俗成的规定。女孩子不能夹第一筷子，也不能吃那块肉。如果同桌有孕妇，大家都会把这块肉让给她，因为据说吃了能生男孩。现在，虽然大家都知道这两者之间并无关系，但都还是遵循这个习俗。这些蒸菜在第二天上笼屉蒸数小时后方可食用，即使是家中牙口不好的老人都能随意食用，备受欢迎。年饭中还必须有鸡和鱼，鸡代表吉祥如意，鱼代表年年有余。年饭不能吃苦瓜，寓意不好。还必须在灶里烧辣椒杆，希望新的一年能红红火火。

　　年三十这天，大家都早早地起床。大人们继续准备年夜饭，因为在我们家乡，最隆重的一餐是年三十中午一顿。大人们会反复叮嘱小孩子们在吃午餐之前不能去别人家玩，不能"踏年"。如果到别人家碰巧遇到别人吃饭，不能拒绝主人的好意，所以最好不要在午餐前去玩。

（节选自《年味依旧》，作者樊斯羽，四川人，现就读于安徽大学汉语言文学专业。）

俗话说，"过年起五更"，这大年三十晚上是要熬一宿，包初一早上吃的饺子的，这饺子也便叫"五更饺子"。饺子里要包两个钢镚，初一早上谁若是吃到了包在饺子里的镚子，这一年的好运便让他抢了彩头。五更饺子万万不能煮破。吃到了镚子，便象征着已得到了神灵的保佑，所以要把镚子放在给神烧香的香炉下，给神磕三个头，算是还愿。当然，神也少不了沾沾这人间的喜气：第一锅煮熟的饺子要先上供。上过供拿下来的有香火气息的饺子，长辈总是会给晚辈吃，吃了便能沾神灵的福气。

红涛媳妇儿包着包着就有些怕："今年和面和得软了，也没放太久就要开始包了，俺真是怕今年饺子煮的时候会破。"

红卫说："不会的不会的，俺煮的时候看着点，多搅和着点。"

红涛打趣地说："咱娘还在忙神的事儿呢，你不如赶紧去神前边儿磕个头，赶紧和神说今年这饺子可别破。"

大家伙儿都笑了，红涛媳妇儿也笑了："说的有理，俺可赶紧去。"

红涛娘看见红涛媳妇儿急急忙忙进西屋，以为是什么锅碗瓢盆没有拿，走近一听，却是要过来拜神的。她这几个儿女都是毛主席时代长大的，到现在家里还得挂着毛主席的像，怎么会突然来拜神？再说，女人若不是一家之主也是不兴拜神的。红涛媳妇儿嘻嘻笑了："俺怕饺子下锅时破了，能不能和神说说，保佑保佑明早的饺子，也算是俺过年的小念想。"红涛娘也笑了，忙说："快拜，快拜，香火还没烧尽呢，神还吃花窝头呢。"

红涛媳妇儿赶忙跪下，双手合十地嘟囔。拜完了，红涛娘还笑着说："明早起五更，饺子要没破，可得来还愿呀！"红涛媳妇笑着答应，一边走一边说，"那是一定的"。

（节选自《过年》，作者王禄可，来自河北省衡水市深州市，安徽大学2016级汉语言文学专业在读。）

十道菜意味着来年十全十美，鱼、青菜、肉圆、油豆腐都是过年的固定花样，图个年年有余、幸福安康的吉利。既然是年年有余，这一顿的鱼自然是不能被吃完的，一人象征性地动一筷子之后，鱼就会被阿婆飞快地撤下桌去。

我们家吃鱼的规矩比平常人家又要再多一条——不能将鱼翻面儿，阿公年轻时是海军，家里人总觉得翻鱼就会翻船，不是好兆头，到如今便养成了习惯。

待到饭吃了一半，阿婆就会变魔术似的从口袋里掏出一沓事先准备好的红包，挨个儿发给她放在心尖儿上的外孙外孙女，以及女儿女婿。于是新一轮的热闹又开始了，"祝阿婆阿公身体健康，长命百岁！""囡囡要每天都开开心心的！"中国人向来含蓄，可是这一时却不一样，一句句最真挚的祝福从各自的心底涌出，只希望生活能永远这般和美。

再便是守岁。晚上一家人边看春晚，边包饺子，等那十二点的钟声一敲，就着漫天的烟火在家门口放一圈长鞭炮，噼里啪啦地来场满地红，求个来年平安。

一溜儿嘴地说下来，家乡过年的流程便也就完了。可是这一年又一年地过下来，里头的道道不一样，那些个年味也就跟着不同了。

（节选自《从前的年味儿》，作者王菊，浙江省开化县富户村人，现就读于安徽大学文学院汉语国际教育专业。）

我最期待的就是炸圆子这天了。年夜饭的桌上要摆一道炸圆子，象征着团团圆圆。

老家是用土灶的，我家的土灶上有两口锅。前一天就要把糯米泡好，这天早起就要蒸着了。准备两口锅就可以一口锅放糯米，一口锅正常做饭两不耽误。

连藕是炸圆子的灵魂。把藕搓成泥，跟蒸熟的糯米搅拌在一起，再加入一定的肉和生姜末。这就是一锅完美的炸圆子的原料了。

如果还缺了点什么，那就是我奶奶的一双巧手，这双手可以画龙点睛。糯米一经奶奶的手就变成了一颗颗肥嘟嘟圆滚滚的糯米圆子。该轮到爷爷出场了，爷爷适时地准备好了一锅热油。他们俩一个捏圆子一个炸圆子配合默契，我们小的就眼巴巴在一旁等着圆子出锅。

刚出锅的圆子还冒着热气，散发着糯米还有香油的香气，让人忍不住想咬下去。"等一下！等冷一点再吃！"奶奶怕我们烫着，殊不知第一个圆子已经下肚了。前几锅圆子一般是逃不过立马被吃掉的命运的。贪吃的我们吃得饱饱的，抹抹嘴上的油就出去玩了。

（节选自《过年，积攒满满的福气》，作者陈安琪，就读于安徽大学汉语国际教育专业。"我来自安徽宣城，徽州边上的一个不怎么知名的小城。"）

我和母亲吃好午饭在家里就开始准备包饺子了，母亲负责和面擀面皮，而我的任务就是负责把饺子馅剁好。饺子一定要包够量了，因为不仅仅除夕晚上吃，初一的早上我们那里也是要吃饺子，甚至于中午还要吃，对于我这种并不太爱吃饺子的人来说算得上是一种折磨。

八九岁那年好像就因为连续吃了好几顿饺子，初一晚上母亲喊我吃饭的时候我竟然坐在床上装病，告诉他们我胃不舒服不想吃了，然后等他们吃好后自己偷偷起来下了面条。最尴尬的是当时堂哥堂嫂都在我们家聊天，被大家取笑的我恨不得找个地洞钻下去，后来一时成为我的"美谈"。

吃过除夕晚上的饺子就是守岁时间，村子里的人晚饭都吃得比较早，所以吃好饭后，大家都会走出家门聚在一起聊天。父亲是不允许我们吃好饭到别人家去找小伙伴的，父亲说年三十晚上的饺子是团圆饭，别人的团圆去了是不合适、不懂礼貌的。突然感觉这么多年虽然父亲从没有给我们兄妹明确地定过什么规矩，但是在潜移默化中教会了我们很多。

大人会在路边聊天，小孩子就拿着各种小烟花放着，如果谁的小烟花漂亮那他身边就会围一大群人看，心里美滋滋的不言而喻。

姑姑说过父亲的一次放花，他们那个时候家里条件不好，再加上孩子比较多，所以爷爷是不会给他们钱买烟花的，两个姑姑小又特别想玩，所以父亲把劈柴放进锅洞里烧，烧到那种没有明火但是都通红通红的状态。门口就是条小河，河边都是那种相对挺粗的树，父亲就把刚才烧的柴往树干上扔，碰撞出的火花落下来就像是开放的烟花。

听到这个故事时不得不说还是有点感动的，一是感叹父亲的小聪明，再就是那种温馨，这是他们那个时代所固有的条件带给他们的幸福。如果说让哥哥现在给我做这个肯定是不可能的，并不是他不爱我，而是不同的条件下有不一样的幸福。

（节选自《过年，他们都莫名地温情》，作者姜红影，来自安徽省亳州蒙城，现就读于安徽大学文学院汉语国际教育专业。）

因为腊月二十三临近年三十，这一天又被称为"小年"。当天晚上，芜湖家家户户都在做送灶粑粑，还顺带做一些年货。芜湖人对灶看的很重，灶台必定要认真堆砌。旧时候，乡下人家用的都是柴火灶台，燃气灶并未普及开来，想做饭就得劈柴，然后塞进灶肚里燃烧得噼里啪啦作响，大部分人家会把灶神的画像贴在灶台墙上，讲究一点的还会贴上对联。要知道芜湖是江南鱼米之乡，芜湖人对粮食有着不一般的情感，"吃"这件事也格外地讲究。在乡土中国里，农业占据主要地位，人们祈求一年里风调雨顺，吃得饱穿得暖就足够了。而灶王爷掌管灶火，他在芜湖人的心中有着不一般的分量，像送灶这样的习俗容不得马虎。

正因为是柴火灶，它才能做出来不一样的美

味。如今家里用的是电饭煲、燃气灶，难免少了那种特殊的香味。芜湖人用的柴火灶规格较大，蒸饭可以蒸一大锅，一家人肯定够吃。吃完了饭，锅里还有一层焦香的厚度均匀的锅巴，芜湖人喜欢将它放在盒子里储存着，饿了的时候再拿出来吃。柴火灶当真是个好东西，灶肚子里的草木灰既可以施肥也可以当中药用，我小时候在田里经常能看到土地表面铺的一层草木灰。对于养花和种植果木，草木灰都有独特的功效。小孩子们最喜欢的是冬天的时候，在灶肚里放个红薯，坐在边上烤火等待着，感觉不到一点寒冷。等饭菜做好了，红薯也烤好了，用手颤巍巍地撕开滚烫的外皮，露出里面香喷喷的黄心，那叫一个幸福。皮一点的小孩子喜欢用火钳在灶肚里捅来捅去，看火苗摇摆的确十分有趣，然后就会被长辈们无情地赶走。

（节选自《送灶粑粑》，作者许飞，安徽芜湖人，现就读于安徽大学。）

我在邢村度过了两年的幼儿园生活，在七岁的时候，我上了小学一年级。在那个时候，正好赶上村里的"白露会"。所谓的"白露会"，就是在二十四节气白露的前后几天里，村里会请一个戏班子来戏台上唱戏，这剧目好像是要戏班子来定。

他们是每天下午两点开始表演，中间休息一个小时，然后继续表演，一直要演到晚上九点才结束。此外，还有一些从外地来的小摊贩也会过来邢村这里摆摊，有卖布料的，也有卖瓜子花生的，还有卖烤羊肉串的人。那几天村里很热闹的，大人小孩们都很开心。

大人们可以拿个折叠的小板凳，坐在戏台下面看戏。小孩子则是带着大人们给的钱，去买那五花八门的零食小吃。白露会是我们那里的传统，在我的记忆里，是每年都会办的。现在已经过去有十几年了，我不知道村里是不是还在沿用这种传统。

但是现在想起来，眼前还会浮现出斑驳的戏台墙，浓妆艳抹的戏子，以及那一串串诱人的羊肉串。

白露会过后，家里人决定要搬家。我们就举家从邢村搬到了县城。

（节选自《八里，邢村》，作者曹源远，来自山西一个偏远的北方小城和顺。）

记忆里觉得最有意思的便是庙会了。

以前总由庙里的神婆向各家各户收集大米、青菜、猪肉、鸡鸭、金钱等，到庙会的那天，村里的男女老少都可以去庙里吃饭。

令我印象最深刻的便是庙会那天，神婆们会搭起花桥，挑着花篮，用本地的方言唱着送神和迎神的歌曲，在花桥中来回穿行，想要祈福的人需走到神婆面前，由她领着，穿行花桥三次，再让她对着你唱歌。当然，红包是不能少的。

我小学的时候成绩很差，迷信而又淳朴的祖母便曾拉着我到神婆面前，让我穿花桥，听神婆唱歌。

那时，年幼的我只是睁着大眼睛，饶有兴致地看着、听着，神婆唱的大概是些保佑我读书聪明伶俐之类的话语。让我觉得更有意思的是，那些神婆每唱一段时间，喉咙里便会发出一种类似打嗝的声音，而村民们总会觉得很惊奇，以为是神灵的作用。后来，班上换了老师，经过一番努力，我成绩优秀，奶奶便以为那是她多次的努力感动了神灵，我却也不说破。

逢着家里祈福或是庙会，听着巫师和神婆唱着那祈祷的颂歌，也不似小时候那般觉得充满了神秘和趣味了，脑子里似乎有种念头：我们要相信科学、理性，这些不过是迷信。

（节选自《半截赤水》，作者欧兆艺，生于广西藤县，福建师范大学2015级汉语言文学专业学生。）

庙堂那几天肯定是非常热闹的。

庙堂里供奉着一块碑，妈妈告诉我在碑的最里面是千年的树根，是很有灵气的。碑前是石桌，桌上都是大人们早就杀好的鸡，和满满当当的一桌子贡品。底下隔出一块小洞，人们不断的香火纸就在里面燃烧，亮堂堂的火光前是人们虔诚地祝愿，寓意着好兆头。

在庙堂里都要扯着嗓子说话，外面噼里啪啦放着鞭炮，里面熙熙攘攘，见人都要大声问好，还得抽出精力去看着我们供奉的酒杯和香火，要及时添上，不然人越来越多，贡品散了是不吉利的。

关于贡品啊，那可有讲究了。每日贡品得翻新，两荤两素加上各种糕点啊酒水啊，那是满满当当一大桌。

大年初一的贡品是除夕那天就准备好了的。早上10点左右杀鸡，村头那边就会放鞭炮，这一年一定会红红火火。大家没有厌烦这样的准备过程，都是乐乐呼呼地杀鸡宰牛。毕竟大家一起合作干一件大事，是联络感情的好方法。好久不见的生疏啊，就在互相帮忙准备贡品中消散了。

伴随着贡品翻新的还有垫在贡品下的红纸。你不论什么时候看见它，都会是崭新干净的。庙堂那几日就像一个过新年的孩子，穿上了新衣服，门口两根大柱子贴上的是我们村长亲手写的对联。

那几日大家互相打招呼都是问："有没有去庙堂啊？准备了什么贡品啊？"那可是句句不离开庙堂。

我记得庙堂于我们的意义，是我们全部精神的象征，是我们新的一年开始的地方。我记得每一次外公外婆在碑前虔诚地为我们家人祈福，我记得家里有小孩在读书的话，每个人都要说一句："祝愿读书进步。"

这样的记忆是鲜活的，我都还能看到那热热闹闹的人群，那锣鼓喧天的场景。

（节选自《庙堂，好久不见》，作者赵晖，现就读于安徽大学文学院2017级汉语国际教育专业。"我想要介绍且无比怀念的是我家乡广西玉林市的过年习俗。"）

各路说书台子在头天晚上就已搭好，东路大鼓、西河大鼓、渤海大鼓、板书、评书、快书、琴书、渔鼓书，一书一摊，曲子是传了几百年的，说书人是唱了一辈子的，无论在哪方台子底下，都能让人站上一天，包你不白来。可是一律白听白瞧，要说报酬，那就请来人听舒坦了，大声地叫个好儿。

山东的书，不似江南的丝竹评弹，轻拢慢捻抹复挑，绵软清越。不管哪种书，讲究的都是腔子脆、嗓门亮，一天听下来，就像喝了一整坛高粱老酒，劲儿大，过瘾。

大师父们的唱门过了，上来的是一帮娃娃徒弟，高的矮的胖的瘦的都有。大的孩子能有十几岁，小孩子也就五六岁，一律穿上专为书会定做的大红罩衫，腮帮子冻得红红的，唱得好孬两说着，架势可是足的：胳膊架开崩直；月牙片踩上鼓点；脸上一本正经的"小大人儿"模样。对着这群惹人疼的小学徒们，即便是唱错了，台下也还是一片好儿。不满意的只有师父，"学书跟学戏一样，都是童子功，都得打小看苗儿"，台侧歇着喝茶的师父说。

来看戏的人不单为听戏，也为了见见久违的朋友们，拉拉闲呱儿。平日里各自在天南地北奔忙，过年了才都得空，相约着聚到一个热热闹闹的小地方。一人买把瓜子磕着，拿着递过来的烟卷，听听曲儿聊聊天儿，吹吹牛也无妨，反正谁也不在意聊天的内容，过年就是闲玩儿。

（节选自《胡集书会，少了一些热闹》，作者董迪。"我的故乡叫作滨州。"）

　　真到了入宴的那一天，各自选定位置坐下来。假如是舅舅辈的亲戚自有自己的一桌，俗称"舅舅席"。在"舅舅席"上要压着一张红纸，用来提醒宾客这一桌的重要性，但凡看到红纸，一般的客人也便不会往这里凑。可是每一场酒席，总有几个"舅舅"跑到别的桌子坐着去了。此时，发现少了人的主人就会在茫茫人海中找到"舅舅"，嘴上责怪着他，拉着他到主桌上去，他也要婉言推拒，"坐这里就可以了"，"那可不行，听我的，坐到前面去"。客人总要客气几番才入座，其他的人则是在旁边瞧着，见怪不怪。亲戚之间拉拉扯扯，到底是客气，还是本来就有这习俗，现在就难以知晓了。但总有一番这样的拉扯要上演，在拉扯中，主人要显示出自己的身份来，决不能让"舅舅"坐到后头去，如此便让"舅舅席"形同虚设，叫人看了笑话。"舅舅"要客气，要显示自己的身份不那么重要，即使被拉着坐到了主桌上，也要坐立不安，生怕自己占了辈分比自己大的人的位置，这是"本分"。

亲戚关系不够硬的人是不可以擅自坐在主桌上的，但凡上一点年纪的人都知道这规矩。坐之前若是没有看到压着红纸的桌子，要与那工作帮厨的人打听一阵，确定了才安心坐下，顺便再同新来的客人说一说哪里是"舅舅席"，以免人家闹了笑话，主人家也不好挑明。说起此事，我也曾一不小心坐到了这位子上，酒席进行到一半，新郎带着自己新娘来给宾客认识，第一桌便是"舅舅席"，等到大家问起我是谁的时候，只说我是谁的女儿。我才恍然明白我坐错了地方，当时真的是臊得慌，只恨当时没有人拉我一把。

（节选自《"舅舅席"和那些人事》，作者欧玲艳，浙江温州人，目前就读于温州大学。）

我看过一次祈雨，壮观而震撼。

姥爷是这个村辈分最大的长者，在他的带领下，全村人有秩序地折柳条，织成套在头上的树冠，还要找来较细的嫩榆枝，扎成小环戴在手脚上，所有的准备完成，赵家的子孙按着族谱"国、文、学、士、勇、猛、刚、强"的辈分排好。姥爷在最前面，手里拿着松树枝，带领着大家走向沟里的大山。姥爷要先开嗓，对着天空吼几声，然后开始呐喊："山神呦，求雨喽！"所有人也跟着大喊"山神呦！求雨喽！……"声音连绵不断，此起彼伏。人群弯曲地走向大山，停在山脚。

姥爷吩咐几位长者点燃一挂鞭和几只炮仗，由此来唤醒大山。接着便是几位长者拿着柳条舞动，嘴里唱着祈词。这时姥爷会大喊一声："跪！"所有人拥挤地跪在山前，等候舞蹈的完毕。"起！"队伍开始涌涌地甩过来。还没开始往回走，我就累得不行，旁边的弟也是，开始没精神地打颤，然而那些老者多以唱腔返还……唐薛用弱《集异记·赵叔牙》中记载："通状祈雨，则三日雨足。"可能乡亲们的真诚感动了天神，几天后，竟然真的下雨了。

姥爷含着泪跑到屋外，家家户户的人都出来了，一片欢腾后，有的拿出盆，有的拿桶，一排排的摆满在屋檐下。

（节选自《人们都说，那里盛开了华夏第一枝花》，作者崔开远，辽宁朝阳人，渤海大学文学院现当代文学专业研究生。）

家乡那儿，凡是邻人或是熟人过世，那一天总是比任何时候都要更加热闹。许多许久未曾露面的人都会出现，大家都会主动去厨房转转看看有什么可以"帮忙"的，或只是倒杯水和端个盘子，每个人都总想着要做点什么才行。孩子也是成伙的，从前陆续搬走的小玩伴又聚在了一起，拿着小板凳坐成一排，听吹得呜呜呀呀的二胡，看穿着奇怪大袍手里拿着铃铛的奇怪叔叔表演"仙法"。

作为孩子的我虽弄不明白这些仪式，却能隐约感觉到这盛大与以往的热闹又是不同的，众志成城里藏着一股飞蛾扑火的拼命。

调皮如我们，也晓得在那个黑色的大匣子前放轻脚步，这行为似是被一种潜在的力量规训和指引。那力量是隐蔽的，但它几乎让人无法拒绝，我们意识到它的存在，又因为内心的回避或者否认而想忽视它，这也就使它始终和我们隔着一层面纱。

在《看见》中，柴静写道："知道和感觉到，是两回事。"那时，我已经开始知晓死亡是一件悲伤的事情，虽也能理解那份痛苦，但是我发现，如果悲伤的主体在我的联系之外，坦白说，我自身的悲痛情绪并不强烈。

（节选自《丧事，一次盛大典礼》，作者王睿，苏州昆山石牌联民村人，南京师范大学中文系学生。）

本地的乡民们不忌讳生死，他们将"棺材"这一带有阴森死气的东西视为财力的一部分。

家家户户都会在年轻的时候便为自己打好一口棺材，更有本地的大户在嫁女时，会花重金为女儿打造一口豪华寿材，作为女儿的陪嫁，为十里红妆添上重重的压财礼。这些提前打好的棺材，都妥善地安置在自己的家中，好待百年之后可以有个安息之所。

一口好的寿材，必然要请专门的木匠或棺材匠用上好的木料制作。棺身完成后，还要来回上几遍桐油，以保证棺材不腐，肉身长存。这些寿材价格从几百到几千不等，依据主人的财力而定。像棺材铺里的待价而沽的那些棺材，都是为横死或客死异乡，来不及为自己打棺材的人准备的。

总之，一旦到了永眠之乡，是一定要有棺材傍身的。否则，这个人便"不体面"，子孙也会被同族的其他人所看不起。身死道消之后，棺材不会立刻下葬，而是会在家中厝棺几日，以供亲族凭吊。

道士则会在这几天挑选时间下葬，算出相冲的生肖，好让这些属相的人在下葬时规避。最后，棺材要在早就算好的地方和时间，由抬棺人放下，由一抔黄土静静埋葬。按当地的民间说法，如果不能回归到乡土之中，他的灵魂就会终日在人间漂泊，无法往生。

所以，殡葬改革对这个小地方带来的冲击，无异于一场剧烈的风暴。每个老人都被裹挟在这场风暴中，动弹不得，有的人因此"殉节"了；有的人因此远离故土；还有些人，只能默默地承受，我的爷爷就是其中的一个。

（节选自《大劈棺》，作者王哲，安徽省枞阳县人，上海大学文学院学生。）

席上人说方言，男朋友只能听个囫囵，说不上话，也下了桌，到厨房看我吃饭。男朋友调侃道："我今天算是见识到了，你们当地人重男轻女思想这么重。"我说："你不懂。农村家里办婚丧嫁娶的大事，都是流水宴，请来帮忙的都是家窝人（有血缘的同村人，一般都是亲兄弟关系）。外人一看你席菜办得好不好，二看你帮忙的人多不多，哪一个不好都要受人背后戳脊梁骨。再一个，我们当地老人，同村年轻人怎么待他完全是看自家后辈的为人，没有儿子在跟前，老人没地儿靠。农村人老了，种田还是主业，身边儿子多，人贴（方言，齐心的意思），庄稼地里常有人帮忙，生病有人送医，出个啥事，有主事儿的人。老了人了，儿子是要发送的，棺材讲究放在儿子的堂屋里，然后由儿子抬出去，磕磕绊绊或半路落棺都关系到逝者的安息和后辈的时运，这个都要有儿子掌眼。"

男朋友不以为然，跟我说："你是接受过高等教育的人，应该有自己的思想。再说，为了生儿子，孩子那么多，怎么养得起？还有教育问题，家庭教育谁负责？教育资源条件好的幼儿园一年学费那么贵怎么读得起？"男朋友的顾虑自有他的道理，但是这片土地上生活的人们，世世代代自有他生活的智慧，哪能那么简单就移风易俗了。

（节选自《带男朋友回老家》，作者王梅，安徽阜阳人，安徽大学2017级中国现当代文学专业研究生。）

老家的概念中，"坟"可以说是立家之本，好的话可以荫庇子孙，人丁兴旺，差则鸡犬不宁也绝非危言耸听。家中承蒙祖上积德，家中虽非大富大贵却也是顺顺利利。但是，天有不测风云，后来由于当地政策的变化，爷爷墓地的左侧和前面各开了一条路，车来车往喧闹不已，说是破坏了风水，这种玄幻莫测的说法我不知道真假，但是家中运道确实由此有所欠缺。

所以，父亲与二叔商议之后决定迁坟，这是12年的事，已经离爷爷离世近三十年了，虽不宜打扰老人家平静，后辈们却又是无可奈何。最终，动用家中的力量，请来了一位世交的风水大师，为爷爷重新勾选了一块墓地，就当是给老爷子找了个"新家"，少了以前的车水马龙的喧闹，让他老人家安生一点。

父亲领着大师去翻山越岭找墓地，在老家方言中叫做"看坟"，时隔近三十年，父亲由一个弱冠的少年变成了知天命的中年，走在同一片土地，为同一个人挑选墓地，我不知道父亲会有什么感受，我也不会去问，我理解不了，这是每个男人都会经历，却不会向别人讲述的事。

爷爷的"新家"找到了。据大师说，比以前的风水要好，而且是自家的地，不用大费周章和别人低三下四地"说好话"买地，既不用花费大量钱财，也不用求人，这对于一把年纪的父亲算是个好消息。

说迁就迁，西北人的直接、坦率就在这里。大师敲定了吉时之后，召集邻人，迁坟是有难度的，尤其是爷爷这种尽三十年的棺椁，但是胜在邻居们久经白事，手法熟练，配合默契，所以就顺顺利利地给爷爷搬了新家，给爷爷重新安顿了下来。

一座坟，一个人，人的一生就是如此简单，一抔黄土了结余生。从此，爷爷只存在于墙上的照片中和乡人们的故事里。

（节选自《选墓》，作者王渭华，甘肃渭源人，现就读于兰州文理学院2017级汉语言文学专业。"喜欢既可以朝九晚五，也可以浪迹天涯的生活状态。"）

那些或明或暗的面庞

二零一七年腊月底，我碰见了消瘦而健谈的朱建民。

朱建民说："不努力肯定不成功，但是努力了也不一定成功。一个人成不成功，与很多因素有关系，比如说你生长的环境、社会背景、个人阅历、学历，甚至个人性格都有关系。我之所以不成功，与我个人的性格有很大关系，我太耿直了。在我打拼的过程中，在我迷茫的时候，始终没有一个人可以指点我。比如我老婆，她一直陪伴着我，但她还不足够指点我。"

问及朱建民妻子对于老公的看法，她依然只是笑，一言不发。

朱七一说："我老五打工不成功的重要原因还是性格不好，太锋芒毕露了。这与家庭教育的缺失有关，在他几岁的时候，父亲就不在了，十几岁的时候，母亲又过世了。没有人来教导他，一切都得靠自己。"

埫里人说："建民个性不好，从来不说别人的好话。"

对于个体来说，个性原因导致事业不成功，固然有这样的；但是，在世上还有无数个像朱建民一样努力，一样不成功的人，朱建民不过是第一代农民工的一个缩影。

追究根本，恐怕还是在于他们所处的位置，决定了他们只能以低廉的价格将青春献祭给城市，然后等到被时代淘汰，重新回到自己当年出发的地方。如果对比朱建民和朱七一，就会发现，朱建民的心里收藏了很多成功者的故事，他似乎更相信只要通过个人奋斗，就能够发财致富；但是朱七一认为靠打工并不能寻得一条真正的出路，大家必须要抱成团，建设好家乡。

如今，朱建民到底还是认命了。朱建民说，自己过两年就会彻底回家乡，说不定2018年就要回来。"我对我哥的评价，用的是'伟大'——我用'伟大'这个词，你不要计较，在我心目中，他就是伟大的。我哥太不容易，不是一个有钱人，但是这样有号召力。他能把这一帮力量组织起来，把一盘散沙、各自为政的力量拧成一股绳。"面对兄长所做的事，朱建民感到惭愧，因为自己的经济能力不足，给予兄长的支持太少；自己常年在外，对于大家建设家乡的行动，也没法直接参与。他想着等他回来的那一天，能够贡献出自己多年来积累的管理经验和销售经验。

对于第一代农民工来说，家乡才是唯一的退路，唯一的归宿。就如海子所言："祖父死在这里，父亲死在这里，我也将死在这里。"

过了2018年的春节，朱建民又要带着妻儿踏上打工之路。他即将48岁了，留给他在外面拼搏的时间当然不多了。他一定常常记起少年时在大山里放牛，面对薄刀峰许下的豪言壮语。薄刀峰形如薄刀，以奇、险著称，仿佛命运的象征。

（节选自《大别山磕坎的第一代农民工》，作者王磊光，湖北人，现为上海大学文化研究系博士研究生。）

中医老侯和接骨匠老陆（当时人称陆接骨）是甘州城的名人。老侯精医，配的中药和沫药一两副就能把病人看好。陆接骨靠着祖传的接骨手艺，能把各个出问题的骨节接上，出神入化，各地需接骨者慕名而来。

陆接骨是个传奇人物。陆接骨的手艺是祖传

的，从清代就开始了。老陆接骨是位女奇人，穿着清代"格格"的旗袍，裹着小脚。而她的女儿小陆也是接骨匠。小陆接骨总是扎着两个辫子，把头发集于头顶编俩长辫，盘一圆髻，中等个子，和蔼可亲。

四五十岁的小陆接骨清瘦娇小，却依然有着"神力"。给病人接骨时就像哄孩子一样，边拉家常边摸着出问题的骨头，趁你不注意就"咔嚓"一声，骨头就还上了。接骨头的工具除了一双巧手以外，就是鸡蛋和黄毛道纸（相当于今天的烧纸）了。骨头接好后，就把蛋清抹到黄纸上，相当于用石膏固定。这就是陆接骨家的神奇之处了。七十年代物质匮乏，鸡蛋算是奢侈品，蛋黄就被病人带走了。

陆接骨的故事流传于上个世纪的六七十年代。如今陆接骨的儿孙早已不做接骨的行当了，转开火锅店。现在要是有腰疼胳膊疼的时候，还是会念叨念叨陆接骨。类似于这样的民间匠人的故事早已深深刻入有关"故乡"的记忆了。

（节选自《保和丸，山楂丸，在长寿街哈哈大笑》，作者魏文韬，甘肃省张掖市河西学院文学院汉语言文学专业2016级"卓越班"学生。）

恍惚间，一个佝偻的躯体伴着童年的记忆钻入我的脑中，久久不去。

我与她也已近十年未曾谋面，甚至连她的姓名也早已忘却，只依稀记得她有个特殊的绰号——"傻子姐"。

平凡无奇的长相，满脸的雀斑，矮矮的个头，倘若不是她跛着的脚和空洞的眼神，丢入人群，怕即刻便会被吞噬。犹如雨滴坠入海面，却惊扰不到一条鱼的视线。

"你好，你好。"这是她最常说的话。但你若予以回应，她却又没了下文，仿佛这两个字便是她世界的全部。

"这孩子是个痴呆，还患过小儿麻痹。"家长们的话虽没有说全，但我们都懂他们咽回肚中的意思——离她远一点。

也的确，每每见她，我都绕道而行。避之不过，也低下头加快脚步，她是跛足，追不上我。更是省却了无谓的寒暄和"你好，你好"的耳边之扰。

她却从不以为意，下次见到依旧"你好，你好"地叫着。人们对她的讥讽嘲笑，她也置若罔闻，跛着一条腿，终日在院里晃着。春去春来，花谢花开，不变的是"你好，你好"的叫声，变的是嘲讽或躲避她的人群。

十年时间转瞬即逝，我似乎也早已忘记了那曾经熟悉而又陌生的声音。不知现在，她一声声的问候说与谁听，她又目送了哪些人渐行渐远……

（节选自《西安的三重冷》，作者汤雨豪，现就读于安徽大学文学院。）

老周是我们旁边村子一位教师的女儿，但因为老周的母亲一直想生个男孩，就在怀老周的时候吃了不少偏方，导致老周生下来后不会说话，身体也有点不协调，走起路来摇摇晃晃的，活像一只旱鸭子。周围的小伙伴经常嘻嘻哈哈地跟在老周后面学她走路的样子，还好老周并不懂得他们行为和言语中透漏着对她的嘲笑，只是感觉有一群人跟在自己的后面很自豪，久而久之，那些小孩便没了兴致。更让她父母绝望的是，老周虽然年龄和个头都在逐年增长，可智力却一直停留在小孩阶段。在老周没嫁到我们村之前，她天天就跟在她母亲的后面，也没有机会上学。老周的父亲本来就重男轻女，还很爱面子，生下这样的女儿让他很苦恼，自然也就不愿意与老周亲近，还天天埋怨老周母亲乱吃药，老周就在这样的环境下一直生活到出嫁。

嫁到我们村的那一天，老周穿着一身胖胖的红衣服，头上满戴着红花，她的脸上洋溢着幸福，一直在用手玩弄自己身上的装饰品。看着呆呆傻傻的老周，我心中充满疑问："她能理解今天是什么日子吗？"老周嫁的是我们村里一个40岁左右的又矮又瘦的男子，在这之前，我对他都没什么印象，只知道他在附近的镇上找到了一份挣钱的工作，具体是什么工作，很少有人知道，他天天都在外忙碌，村里的人都很少见到他。和老周结婚后，他便时常待在家里了，不久老周便生下了一个男孩，这让他喜出望外，便隔天就去集市上给老周和他儿子买些稀罕的吃食。老周虽然没什么智商，身体也有残缺，但她生下的儿子却十分健康，比同龄的孩子更早地学会了走路和说话。等到孩子稍大些后，老周的丈夫便又开始忙碌起来了，老周就一直呆在家里照顾孩子。说来也奇怪，这个孩子很少出来走动，整天就见到老周到小店里给他买东西，逢人就张大着嘴巴并用手比划着，大致意思就是她家孩子又长高了，她丈夫又给她多少钱了⋯⋯

（节选自《村里的三个女人三个人生》，作者胡玉园，安徽大学学生。）

似乎每个村庄都有这样一个残疾人，古洞村的哑巴女人，正是这样一个存在。

哑巴平时不做事。我奶奶说，这是因为哑巴的脑子坏了。不做事的哑巴，会冷不丁地出现在村子的各个角落。她皮肤很黑，不分春夏地穿着发黑的旧棉袄，在肌肤与棉袄相称的黑色中，浮着一对细长的眼眶，这对眼眶中的眼睛，白极多而黑极少，也正是这一双眼，时时提示着注视哑巴的人："这是个傻子！"

我常看见有孩子向哑巴身上投掷石子，由一个大孩子带领几个小孩子，大孩子出其不意地抛出一个石子，哑巴便回头痴痴地笑，这时小孩子的石子就从四面八方，如雨点般掷落。石子落在棉袄上的声音闷闷的，就像夏季骤雨。

哑巴太傻了，直至石块落地好一阵子，才迟缓地反应过来。她对着孩子们发出带有怒意的叫声，孩子们一哄而散，哑巴却还怔怔站在原地。这种向哑巴投掷石块的场景，我见过许多次，几乎所有孩子——无论是已经长大的、正在成长的、还未长大的，都尝试过、尝试着或是将要尝试将石块掷向哑巴。

或许哑巴应感谢老天爷将她生为女性，据此她拥有了自己在村庄存在的些许价值。哑巴来自古洞村外的一个国家级贫困县，因为身体残疾，她成为农村中"要价"最低的新娘，众多大龄单身汉的觊觎对象。

最终在这场求偶战争中胜出的，是古洞村一个四十多岁的男人——升学。升学和他的名字相反，留级两次，小学还没毕业就草草结束了学业。在同辈人文盲率骤降的情况下，他甚至没能识字，在村里守着几亩田地过活。

升学是个黑黑的、长着龅牙的壮实小个子。他来我家给爷爷拜年时，总是用力地笑着，咧着嘴露出龅牙，说着各种吉祥话。

哑巴十六岁就来到古洞村，刚嫁过来那几晚，邻居能听到哑巴整夜整夜的悲嚎。

（节选自《幸好哑巴是一个迟钝的女人》，作者易英子，山东大学（威海）新闻学专业在读。）

赵婶长得极好，话说"一方水土养一方人"，这话放在赵婶身上不假。天生一张南方水乡姑娘的面孔，很是白净，还透着点儿粉。自然不是每个南方女子都同一个模样，但赵婶的确从骨子里让人相信眼前这是个南方姑娘。不过赵婶有一点是与别人不同的，她有着一头娘胎里带来的自然卷。这卷儿给她这个人增了些俏，更多了些洋味道。

　　听奶奶说，赵婶当初刚嫁过来时，大伙都抢着要去看新娘子，说新娘子长得像个"洋囡囡"，就是洋娃娃的意思。可见赵婶并不只是讨我一个人的欢喜，也可见"以貌取人"这毛病是长在人的基因里了。当然，这道理还有个后话，叫"日久见人心"。

　　好在赵婶这人争气，没让大伙，包括我在内失望。别看赵婶身材玲珑，做事却麻利得很。现如今我与赵婶接触机会并不多，但儿时却常随母亲去她家串门，几次下来，就知道这赵婶做饭很有一套。她蒸的鸦片鱼成了我儿时心心念念的菜色，趁着热把鸦片鱼从锅里端出来，跟着"丝丝"几声淋上热油就能上桌了。好像那时候也不讲什么绿色健康，也不讲做菜少油，女主人就只管变着法地勾住一家人的胃，一不小心也勾住了别家小孩的胃。

几年前，母亲和我说赵婶儿子给她添了个孙女，小女孩长得水灵，一头卷发随了赵婶，这样赵婶家里就又添了个洋囡囡。而我却不自觉有些落寞，赵婶竟也有了孙女。这样一来，改日若是碰上了，这小孩怕是又要喊我一声"姐姐"或是"阿姨"。所谓一代又一代，岁月不饶人，也就这样了吧。

（节选自《虞山镇的有意思》，作者陆星，1996年生，南京师范大学汉语言文学师范专业在读。）

我奶奶嘛，一直对上海人没啥好感，觉得他们油里油气。遇到上海的东西，一律以上海贯之，仿佛没什么别的形容词能比上海更能形容那些奇怪的特质。于是隔壁那个刚刚搬进来的上海的爷爷成了她嘴里的上海爷爷。

最初认识他还是因为他的兔子。之前我对兔子的理解一直是花鸟市场那种娇小可爱的模样，没想到他的兔子极肥极大，宛若小狗，被阔绰地单独养在上海爷爷的车库里，吞吐巨大。就像报纸上那些几百斤的肥胖症患者瘫在床上一样，那只兔子终日瘫坐在地上，懒得动弹，吃食时巨大的红色眼睛几乎不动，耳朵软哒哒地垂下来，颇有养尊处优的架势。我奶奶又大为鄙夷，于是兔子得名上海兔子。

我呆呆地看着这只兔子，然后上海爷爷就出现了。冲锋衣、背包、正常的鞋子和裤子，穿在一个老年人身上，未免太奇怪了。毕竟我爷爷和周围众多老年人夏天赤膊，穿着条蓝色平角短裤，趿拉着拖鞋，顶多穿上一件破了无数个洞的白色汗背心就出门了。到了冬天，破旧的棉外套下面，七七八八裹着各式保暖内衣和背心，棉裤筒厚得能直立，硬生生裹成粽子。

见这身行头，我奶奶又很震惊，我甚至能听见她内心深处的嘲讽，"哼，上海人。"

但我，糟老头见多之后，迅速对这位上海爷爷产生好感。国庆放七天假，他邀我到河边钓鱼，我屁颠颠地去了。那时我看到了故乡早上的河景，在太阳还没变得刺眼的时候，他让我帮他到土里挖蚯蚓，我挖着了，不知怎么弄出来。"用手拿啊""泥巴太脏""泥土不脏，泥土是芬芳的"。接着他向我解释泥土为什么是芬芳的，说得我释怀，殷勤帮他捏出了好几条蚯蚓，接着带着满手泥回家。

奶奶问我手为什么这么脏。"不脏，泥土是芬芳的。""你信他鬼话!"

接着便不能找他去玩了,连看兔子都得小心翼翼,因为我奶奶怕我也跟着"油"起来。但是竖着耳朵,可以听见他爽朗的笑声,听见他主动和别人攀谈的话语声,普通话矫枉过正,又带着点上海口音,在一堆嗡嗡的乡音中极具有穿透力。我听见他曾向我奶奶问起过我,可我永远在学习。

(节选自《铁打金沙》,作者陈盈帆,安徽大学中国语言文学系学生,故乡是位于江苏南部的金坛。)

那位老人的名字里有个"芝"字,她总与我说起从前家中人还有那个他都唤她"阿芝",于是便也撺掇着我唤她"阿芝"。我拗不过她,也觉得既是忘年交,若用些十丈软红里俗了套的敬称,未免有些生冷和见外,便也从善如流地唤她"阿芝"。

阿芝是个为上天所眷顾的女子。她生在一个富裕的家庭,虽今人从商,但祖上到底是做过官的,留下家训,说让后代的子孙不论男女都得读书。这个家，这个家族，既是一介商贾，又算是一个书香世家，倒也是个两相皆有的传奇。

正是这么个原因，再加上家中长辈的开明和宠溺，阿芝人生的前十六年过得很幸福。阿芝是个传统又不传统的女子。传统的是她对琴棋书画的熟习，不传统的是她和那个他，也就是所谓的青梅竹马、两小无猜。不管是私下里单独的两个小人儿，还是明面上的两个家族之间，青梅与竹马的婚事早就给定下来了。

阿芝喜欢那个他，他也喜欢阿芝，房中的畅谈所知，花间的嬉戏玩闹，里头的私语声响，外头的执手不放。这般的所有，着实是令人艳羡。

但是那个年代啊，突如其来的大厦倾覆毁了多少的原定期待，风雨飘摇中的小船该将如何自求稳定，该向何处去，又该将在何处停止。

"他啊，去了南洋，顺着海走了。"

"被逼着的啊，被家里人打晕了带上了船。"

"我啊，留在这里，不走。"

从青梅竹马之谊到相思无解至暮年，从阿芝十六岁那年的分别，她再也没有见过他，也再也没有听到过有关于他的消息，是生，是死，是在艰苦地活着，还是在子孙环绕下安享晚年，一切都不知。

阿芝是个好女子，如果竹马有了"忆梅"，她有的会是祝福。如果会再见面，她会如同少时那般，暖暖地与他相视一笑。

（节选自《月河老街，流连青梅竹马》，作者岳羽佳，表字胤萧，现就读于浙江工业大学。）

外婆在相当长一段时间里特别羡慕我爷爷奶奶，说他们这对老夫妻过得又潇洒又年轻。但很快，不幸的阴影也笼罩到了他们身上。就在他们俩准备外出旅游的前个晚上，爷爷突发脑梗，被送去了医院。其后的几天里，病危通知书像雪片一样下。医生都说没救了，差不多准备后事吧，但爷爷却奇迹般地挺过危险期，活了下来。活着，固然令我们欢欣鼓舞，但活着并不代表完整，并不能体现生命的质量。爷爷左半脑的损伤毕竟是不可逆的。这意味着什么呢？这就意味着他在往后的日子里不得不承受右半身偏瘫，失去语言功能和智力下降的后果；这就意味着他再也不能和奶奶拌嘴，再也不能站在讲台上侃侃而谈，再也不能偷偷溜出门买回来一大堆"破烂玩意儿"了。

这对老夫妻身边原先总是剑拔弩张的气氛一夕之间松弛了下来，变得前所未有的和谐，也变得前所未有的陌生。奶奶应该是感到很寂寞吧，我想。自从爷爷出事以来，奶奶没在我面前掉下过一滴眼泪，还是像以前一样笑眯眯的。但她老得很快，头发顷刻间全白了，富态的脸庞也爬上了皱纹，跟我说话时总像心不在焉的样子——她一门心思都系在了爷爷身上：操心爷爷的健康问题，奔波着给爷爷找合适的疗养院，给护工塞小礼物希望能更尽心尽力一点……这个她嘴里的"老不死"、"老东西"归根到底还是相濡以沫了大半辈子的老伴，是她"最爱"的，也是"最合适"的人。有时候怯于言语表达，并不代表不在乎。

（节选自《马鞍山有什么可说的呢》，作者范榕，安徽马鞍山人，安徽大学2016级汉语言文学专业学生。）

我还能记起在那间小草房简陋的厨房里，奶奶在锅台前面忙活的身影。这边的大铁锅里倒好油，用那根已经有了年头、被烟熏得发黑的烧火棍扒拉着灶坑里的柴火，等油热到了时候，把已经擀好的酥饼往锅里一拍，瞬间就能听到饼皮发出滋滋啦啦的响声，油香混合着面香飘满整个屋子。刚烙好的酥饼表皮酥脆得一碰就掉，捻起一片面皮可以尝到一股焦香，饼里边却是松软的，一层叠着一层，有的夹着椒盐，有的是烫嘴的白糖馅儿，这是奶奶为了照顾我们口味不一致而费的周章。

那边的灶上架着一口小锅，锅里是泛着金黄的小米粥，用小火慢慢熬着，隔着锅盖，可以看到粥在不断地冒着"咕嘟咕嘟"的小泡，每"咕嘟"一下，小米粥就会多一分粘稠与香甜。人们都说粥冷却后最上面凝结那层"粥油"是一锅粥的精华，但我那时却偏偏喜欢去搜刮粥底，就是粥熬好后黏在锅底的那一部分。奶奶知道我喜欢，会在把粥倒进小盆里之后，用勺子仔细地刮下那一点点黏糊糊的粥底，盛到我拿手捧着的小碗里。爸爸会在旁边笑我："什么好东西呀，跟个宝贝似的。"我那时太小，还不知道怎么反驳他，只是撅嘴瞪着他。奶奶也从不帮我还嘴，只是一边做饭一边在嘴里念叨着："好吃不如得意，好吃不如得意。"直到现在，当别人不解地问我"你怎么吃这个呀"的时候，我还会下意识地冒出一句："好吃不如得意。"

（节选自《奶奶，你有没有为自己活过?》，作者韩昕颖，安徽大学学生。"家乡在内蒙古呼伦贝尔市鄂伦春自治旗的一个小镇上。"）

她是孤儿，唯一的弟弟在三年自然灾害时因为捡稻草被生产队的女队长打死，没有什么温饱的童年。熬到了有儿有孙的59岁被查出来癌症，频繁地在各大医院里化疗。我也就在那时候知道了癌细胞是什么，也比同龄人更早地习惯了肿瘤病房里药水的味道。

六个疗程结束，奶奶回归了以前的生活，开始信奉基督教。她不识字，买了两本《圣经》让我背完了文言文就给她读。我那时上初中，并不懂宗教能带给这些老人们什么，我问奶奶这是不是迷信，奶奶一本正经地说上帝并不强迫你去信他，但他一定希望你开心。回到乡下的时候，每天早晨都可以听到奶奶一边唱圣歌一边下面。现在想想依旧宁静。

我很想念她，一个用信念与博爱和病魔抗争长达五年之久的癌症患者在最后一年反而愈发乐观冷静，白发脱落后竟然开始长出新的青丝。这让我一度认为死亡还很遥远，只要过了这五年危险期，医生口中活不过三个月的人就可以和我一起继续活下去。

时间也仿佛真的过去了好久。13年夏，奶奶摔倒，把瘤给磕破了。去了上海挂专家号，专家先是不停地夸赞奶奶，之后是什么意思所有人都懂，毕竟曾经的那些病友里只有奶奶活到了现在。爸爸每周末驱车往返于老房子和家之间，每次带回来的情况都比上次更糟糕。扩散到了腿，就不能下床了；脑壳疼了，饭就咽不下了；真的疼到绝望了，拿剪刀刺开肚子的想法也有了。

忙碌着月考的我终于在冬至前一天见到了奶奶，却快认不出她了。站在门口远远地看着这个仿佛已身在阴间的脱了相的老人，我说不清是什么感觉，只是被震的难过，眼泪在一瞬间被逼出来却不敢流出眼眶。床边围着她的教友，一边抽泣一边拿着书哼着圣歌，歌词很熟，"主啊你牵着我的手，让我永远跟你走。"奶奶招呼了我一声，让人扶她下来吐掉刚才吃的饭。我没多看，转身走了出去，这便是最后一眼。我没有想过我的反应预示着什么，但我憋住眼泪离开的决定就足以让我后悔一辈子。

（节选自《受不起的祖辈》，作者王引，安徽大学文学院汉语国际教育专业学生。）

　　小时候，为了便于区别，我们姊妹们总是把这几个外婆分别称为：亲外婆、麻田外婆、驼子外婆和广州外婆。简化来说，就是外公两兄弟分别娶了两个老婆。我妈的亲妈（即亲外婆）很早就过世了，刚刚过世的这个外婆（麻田外婆）是亲外公娶的第二个老婆。亲外公的弟弟则娶了背有些驼的驼子外婆和一直住在广州的广州外婆。因为外公两兄弟感情非常好，无论是在湖南老家寺门村，还是在广州居住，都一直没有分家，所以我们只能"这个外婆""那个外婆"地区别她们。

　　广州外婆聪敏过人，记忆力超强，一切曾发生过的事在她心里都仿如昨日（到她88岁去世前两个月，她还能清晰地记得各位亲戚的生日）。她跟自己的母亲学会了做衣服，手艺出众，给人做旗袍盘扣，整个羊城无人能比。虽然泼辣能干，但广州外婆也是结婚后才知道自己只是个二房。

麻田外婆则生性平和，虽然长得白白净净，做事不紧不慢，却身世坎坷。她从小就被拐卖到了广州，长大后遇上了我的亲外公。几十年后，在广州外婆家的麻将桌上，一个顺德人见到麻田外婆，说像极了他的邻居，而他邻居一直在寻找自己丢失的女儿。于是，麻田外婆就这么碰巧地顺利找到了自己的家。这次外婆过世，顺德那边的侄媳妇也带着女婿过来参加了葬礼。

不得不说，两个外公都是福气爆棚的人，虽然我的亲外公只活到1966年，小外公也只活到上世纪70年代末；虽然他们因家庭成分不好而受了不少罪，但不管是泼辣还是平和，两个广东外婆都跟两个湖南外婆相处和谐，几十口人和和睦睦地过了几十年。

（节选自《最后一个外婆走了》，作者刘忠娥，湖南郴州人，现生活于广东省河源市。"拿过粉笔，做过编辑记者。爱旅游，爱文字。"）

她是第一个从外乡嫁进村里的媳妇。在她进村之前，村里大都是找的县城人来搭姻缘。原因大抵有两点，一是这在村里很有面子，大家凑一起闲聊的时候可以攀亲攀故；二来进城也有个落脚的地方，亲戚之间也可以互相走走。

她具体从哪里来的，大家都已经记不清了。按辈分排下来她算是我姑姑辈的，从面相判断大概是江西一带的人，肤色有些白，颧骨很高，下巴尖尖的，与家乡人扁平而油腻的脸庞截然不同，不同的脸部形态造成了某种天然的距离感。

家乡人对于这种外乡来的人，一般按地域来叫，于是应该称她"江西婆"，但大家叫得最习惯的却是"广西婆"。我猜大约是她丈夫平时在广西做事，大家顺理成章地叫了下去。

她进村结婚办酒那天是正月初七。婚礼来的人不少，熙熙攘攘，原本不宽的院子里都排到了屋前，大约摆了十几桌。

大概是十多年前的一天，她的丈夫在广西的集市上不知为何与人发生争执，被人捅了七刀，有一刀直接捅到了要害。这种横死的人的尸体是不能被葬在家族墓地的，只能摆在人流众多的路边，希望横死冲天的怨气能被过路的人带走。而摆在村口的路是不合适的，村里的人集体将她赶到五里之外的另一个村路口，企图让这种煞气离村上远一点，免得沾了晦气。

上天并不会眷顾苦难的人。失去经济支柱的她面对两个孩子上学，无可奈何地只好选择学校食堂的一些工作。学校食堂往往有一些剩菜可以被她带回去给孩子吃。

学校往往剩得最多的是血鸭，是我家乡的一道比较出名的荤菜。在炒鸭肉的时候，将鸭血浇在上面，风味倒是不错。她的两个孩子平时很喜欢她带回来的这道菜，每次都吃得很香。

有一次，小儿子放学比较早，肚子不免觉得饿了，发现桌上有妈妈昨天带回来的血鸭肉，抄起筷子便吃了起来。不一会却发现自己肚子疼了起来，在地上翻滚。等大儿子回来的时候，发现弟弟早已是脸色乌青，没了气息，急忙找附近的邻居来看，赶紧送医院，后来还是没抢救来。

医生说是有蛇毒在体内，推测是小儿子那碗血鸭被蛇吃过，留下了毒素。这使得整个村都人心惶惶，家里人当时就教育了我，要吸取教训，管住自己的嘴，血鸭什么的得热了才能吃。

自从她失掉了小儿子，家里的双亲也赶紧搬到小女儿的家里去住，家门前瞬间冷清了很多。

（节选自《巨蛇栅栏，外乡媳妇》，作者冯子航，湖南永州宁远人，福建师范大学文学院学生。）

老伯去年生了一场大病没能回家，而奶奶在去年离开人世。

老伯的大儿子在上海工作，也为他在上海找了最好的医院做肾脏手术。三年没有回故乡，比起物是人非，老伯更在意的是那几年母亲的安康。在上海短暂停留几天后，我便和老伯一起踏上了归乡的路途。

"还是老样子啊。"老伯说，语调显得舒坦又兴奋。

"妈走后把鱼塘重新打理了一下，还不是那几个骗钱的道士，把这里搞的乌烟瘴气！"之前一直与奶奶生活的四伯生气地说道。

"还是请了道士来做法？"老伯问。

我父亲把老伯牵到阳光下，让他坐在藤椅上，说："老人家信，图个热闹。只不过太吵闹，妈一直又爱安静，不知道能不能习惯。"这让我又想起了去年在敲锣打鼓的场坝里听着道士们唱着那些不知所云的歌，而父亲在角落低着头耸动肩膀默默抽泣的夜晚。

"那妈去年走之前下床走动过没？"

"没有，身体各个功能都退化了，都是四哥和四嫂在照顾，也没法子上厕所，只有垫尿不湿。"

我父亲回答。

"平时一定都没人跟她老人家聊聊天吧?"

"我们每周末都回来,妈又怕我们忙,还催我们走,其实我们都知道她一点都不想让儿孙离开。"

"好,我过会儿就去看她老人家。"

父亲和其他几位伯伯对他说,奶奶那两年懒在床上放空一切,像是与整个世界暂时断绝关系一样,很少翻身,痛了也不会叫喊,就把自己的安全感建立在周围窸窸窣窣的声响上。

老伯走进奶奶的房间,墙壁已经不再像最初那样光滑了,被椅背擦出许多条白色的斑纹,像是奶奶脸上那块已经被岁月磨旧的皮肤。老伯没有说话,我猜他开始回忆起以前生活中琐碎的细节,即使这些细节已被实实在在的时光封锁,但它依然存在。

老伯见我望着他,就对我说:"你奶奶这一生都没有抱怨过什么,她说不抱怨的生活,引来的平安喜乐要比活在怨念中多得多。"

"奶奶说的话都这么有哲理啊!"

"是啊,你奶奶还没读过小学,自己名字都不会写呢。"

老伯忍着膝盖的疼痛，慢慢跪在奶奶坟前，低声说："妈，我回来了。"这一瞬间，比人世间所有的奔波劳碌还要美丽。

老伯今年73岁，奶奶去世时93岁。我想，老伯离开家乡，不就是为了回到家乡吗？

（节选自《我和老伯返乡》，作者越明瑞，四川宜宾人，重庆大学新闻学院研究生。）

82岁的老太太李秀珍，是甘肃省静宁县威戎镇李沟村人氏。幼年丧父，曾先后嫁给两任丈夫，膝下育有两儿两女，她自己肚皮里出来的就仅一个儿子。

十年前的一场车祸夺走了她亲生儿子的性命，她几乎跟着去了，因惦念着远方上学的孙子，她吊着一口气挣扎着活到了现在。但从此她的心房上就插了一把钝刀，时隔越久那痛感越清晰。

现在她住在前娘生的大儿子家里。大儿子在镇上开饭馆，平时店里生意忙，两口子经常不在家，平天白日里只有老太太一个人。大儿子每天下半响会提饭菜给老母亲，有时是几个包子，有时是粥，更多是面条，鲜少有肉菜。妈妈说完这些不禁叹息了一声，将家里做好的饺子盛了一碗，让我给老太太端过去。

这是我第一次去老太太家。门半掩着，我径自走了进去。"奶奶，奶奶。"我喊，好半天才发现她坐在葡萄架下的一把小凳子上，猫着腰喂猫，嘴里还嘟嘟囔囔地说着什么。"奶奶，我们家做了饺子，给您尝尝。"老太太家许是很久都没来过人了，抑或是在太阳下蹲坐久了，她抬起头来的时候有一瞬间的恍惚，好半天才语无伦次地说："你吃，你吃……""奶奶，这是给你的，我都吃过了，而且我们家做了很多。""好，好，真是个好孩子。"

看着她摸着凳子准备站起来，我忙过去扶住了她。她捏着筷子颤巍巍地夹了个饺子，瘪着快没牙齿的嘴嚼了好久，点点泪花悄然漫上她的眼眶。那天临走时，老太太愣是让我剪了两串葡萄带走才罢休。

自那以后，我觉得老太太待我比之前亲近了许多。我上学时她会笑眯眯地喊我："丫头，上学去啊。"放学时她看到我会说："放学回来了啊。"有好几次还硬塞给我几颗水果糖。

她也不再只在自家门口枯坐着晒太阳，偶尔会到别家去串门。

直至有一天，一个陌生的男子敲响了我家的门，把老太太叫走了。老太太颠着小脚走在前面，男人的声音传得很远，似是说给我们听的，"这么大年纪，不在家好好待着，胡乱转个啥，出个啥闪失谁担着！"

再见老太太的次数少了，她很少再倚着门晒太阳，也不再出去串门。有一次我透过她半开的门看到她：发髻有些乱，衣服也不如过去穿得那样齐整。她拿着个鸡毛掸子在拍打晾晒着的床单，喘吁吁地，隔着老远给我一个虚弱的微笑。夕阳下她的影子淡淡的，再也不是从前我所见到的那个笑容满面的老太太了。

（节选自《老人走了，那棵树还在》，作者温静，甘肃省静宁县威戎镇人，文学爱好者，现就读于河西学院汉语言文学专业。）

外公是个养蜂人，至少我小时候单纯地认为他只是个养蜂人，退休之后依旧养着蜂。院前摆着十几个木质大蜂箱，蜜蜂们嗡嗡地，在那个小小的蜂洞门口排着队进进出出，黄澄澄的煞是好看。

小时候，我时常觉得杨朔的那篇《荔枝蜜》写得一点也不生动，《还珠格格》里小燕子学香妃引蝴蝶反倒引来蜜蜂被蛰得满头包也很是可笑。蜜蜂绝对是世界上最可爱最好看的小动物。

某一年的夏天，我穿了一件花裙子，两三只小蜜蜂停在我的裙子上。外公笑着说："蜜蜂是把你裙子上的花当成是真的花了。"于是我就看着那两三只蠢蠢的小蜜蜂在我的裙子上飞飞停停，外公看着我被小蜜蜂吸引目光，哼起我从未听过的歌。

等到了大好春光的时节，外公背起蜂箱便往油菜花田里走。到了田间，外公打开蜂箱，拿出蜂板。蜂板上挤着无数的小蜜蜂，一时间都飞了出来。黄色的油菜花，黄色的蜜蜂，田间戴着油菜花做成的花环，满田野跑的小姑娘，以及那个戴着顶小帽子的老头儿。

老头儿对小姑娘说着蜜蜂的小故事，蜜蜂不会轻易蛰人，因为蛰了人自己也就会死。蜜蜂最勤劳，"采得百花成蜜后，为谁辛苦为谁甜"。蜜蜂最是无私奉献，它们的任务是保护好蜂后，蜂王浆就是蜂后吃的东西……后来，外公没有了，再后来，老家没有了，后来的后来，连油菜花田也没有了。

每年的春天我和母亲去祭拜外公时，山上开着满地的映山红，山下开着大片大片灿烂的油菜花。我就会想，虽然故乡不复从前的面貌，但小老头还是能继续养蜂的，也算弥补了小老头生前最后的时光，在我家时带着蜂箱，却因为城镇没有多少鲜花而不能养蜂的遗憾。

（节选自《小老头才不是简简单单》，作者骆江瑜，浙江金华横店人，浙江工业大学中国语言文学专业在读。）

父亲出生的时候，家从安定门搬到酒泉路，三个伯伯插队的插队、当兵的当兵，只剩下父亲和四叔在奶奶身边。家务活轻松了不少，奶奶因工作优异被调去了"大菜市"，在鲜肉部度过自己大半的职业生涯。

之后，奶奶常被住在附近的人叫"一刀准"，"一刀准"在单位里是劳动模范，但在街道邻里间并不是什么讨喜的人。物资贫乏的时代，两指宽的红布都是值得计较的，更何况是家家盘算的荤腥。

那时候来买肉，一刀下去与肉票上的不一致，多切少补的时候总是会多出一些，唯独碰上奶奶的时候，占不到半分便宜，说好的斤两，一刀下去就是多少。哪怕你跟她好话说尽，她只像落刀时一样干脆："不买走人。"即使街坊再嫌奶奶的刀太准，也并不妨碍奶奶成为先进模范。

奶奶的职业生涯中最骄傲、最尴尬的时刻应该是在西北民族大学的礼堂评选劳模的时候了。每当问起这件事的时候，奶奶噗嗤便笑出了声，之后又叹口气，感慨自己"关键时刻掉链子"。谁能想到年年少不了的优秀员工站在台上连刀都拿不稳，比赛刀功的时候，对手看着她感觉自己没底气，她拿着刀更觉得自己没底气，干干脆脆的一刀偏偏耗了一分钟左右。

用奶奶自己的话说，平日里若是这样，排在后面的顾客早就嚷起来了。可是平日那个一刀下去干净利落上称、收票、装肉的"一刀准"，在争夺自己的荣誉时扎扎实实地昏了头，考评计算能力时更是一头雾水。

这一天的挫折在一生好强的老人心中留下了深深的印记，只安慰自己"命"里没有的东西便不要强求了，既然正式的劳模没有评上，那坊间的"一刀准"外号便更不能丢了，之后这次失败成为了奶奶之后工作的又一动力。

（节选自《奶奶在1958年的兰州》，作者刘晨熙，兰州文理学院2016级汉语言文学专业学生。）

爷爷确实是好吃懒做，奶奶曾经好言好语地和他讲道理，只要两个人肯努力，日子一定会慢慢好起来的。我认为，爷爷也知道这个道理，但是每次干活的时候总是会朝奶奶发脾气，各种挑奶奶的毛病，借机打骂奶奶。干完活回到家之后，爷爷总是自己往床上一躺开始睡觉，奶奶要自己做饭带孩子。

当年的情景我看不到，但是我在家的那段时间确实是这样，一到农忙的时候，爷爷会在干活的时候乱发脾气，主要针对的就是奶奶。干完活回家就往床上一躺，喂猪做饭都是奶奶的事情。我和哥哥如果讲他懒，他就会讲我们两个偏心。

对呀，本来爷爷奶奶已经把儿子女儿养大成人，并且他们有自己的家庭孙子孙女也都上了大学，他们只需要在家看着二亩三分地，每年过年享受天伦之乐。等到老年干不动活的时候，我们的爸爸妈妈会照顾他们，我们三个也时常回去看望他们，晚年生活肯定会非常温馨幸福的了。

但是有句话怎么说来着，世事无常。爷爷可能自己都没有想到自己会白发人送黑发人，就想我和哥哥都没有想到我们会面临子欲养而亲不待的遗憾。

记得自己当时从得到那个消息的时候，直到父亲下葬，一直处于哭得脑子不清醒的状态，同时还要在妈妈面前小心翼翼地假装坚强，去安慰妈妈，奶奶也哭得肝肠寸断。

我直到爸爸下葬之后的第二天才注意到爷爷，那是我第一次见到爷爷哭，之前连眼泪都没见爷爷掉过。爸爸是爷爷奶奶唯一的儿子，是爷爷奶奶的依靠，也是他们的心头肉，但是突然之间发生了这样的事情，对他们来说，无疑是晴天霹雳。

后来，日子还是要过的，爷爷奶奶继续在农村种着地，养着猪，妈妈和弟弟在外地，哥哥开始工作，我继续上学。爸爸不在的第一个年，我们的年过的很平淡，年前上坟的时候我又看到了爷爷哭。所以我和哥哥都不会主动在爷爷奶奶和妈妈面前提起爸爸。

过完年后，哥哥先回去工作，家人都很无奈不舍，但又没办法。然后就是我要回学校，走之前，我和爷爷讲，你可不要再和奶奶生气了，我可是会经常打电话的。爷爷又开启了"争宠模式"，"哎呀，你天天就知道偏心你奶奶，都不疼爷爷"，我就知道我的爷爷还是那个固执可爱的老头。

（节选自《争宠的爷爷》，作者姜广侠，来自安徽省阜阳市阜南县的一个小村庄，安徽大学2015级汉语国际教育专业学生。）

外婆说自己运气好，这一辈子都没干过什么农活，在娘家的时候，因为第一次去田里干活就把玉米苗子给锄成了两半，被外太公嫌弃笨手笨脚，就没再继续弄了。这让我也想起了小时候把菜苗当成野草"煮饭"的糗事。

我没想到外婆当年竟然也是这样糊涂的，不过也对，以前田里种菜的农活都是外公在操持，要是我们回乡下来没在房里看到外公，那他准是又到田里干活去了！

虽然舅舅、阿姨和妈妈都几次三番地劝他别再种菜了，可是外公就是不肯休息下来，"要是我不种了，你们上哪里去拿这么好的蔬菜！"种毛豆，种青菜，种空心菜，种萝卜……不过是为了儿女能多一个理由回家来，等菜成熟了，回家来吃一顿，再带点菜回城里，老人家哪一次不是怀着这样的期盼呐？

这之后的故事，在那个冬日，并没有讲完，我是后来才渐渐知道的。外婆十四岁的时候，因为曾经读过书，所以被指派为儿童队长。大伯的儿子被安上了"地主"身份，明明是嫡亲的堂哥，却每天都要向她汇报工作。她们家原来住的房子，大部分都被上面的人收走了，只留下了一间小屋，一家六口人从此以后也只能就这么挤在一起住着。

后来，外婆十五六岁的时候，曾经被派到巍山去学习了六个月，当赤脚医生。等她嫁到这边之后，还会有那么几个固定的"老客人"来找外婆治病。

今年过年，我不慎在楼梯上滑了一跤，后腰磕到了台阶，痛得我半天起不来，等这疼劲儿稍缓一些，喷了云南白药之后，外婆就给我用她的独门手法揉了揉，嘴里还振振有词地念着：头戴奎申帽，身穿八卦衣，脚穿云头鞋，手拿尚方剑，神剑、鬼剑、火剑，太上老君急下命令，手到哪里哪里好，

cei cei cei（根据东阳话的发音"翻译"而成）。原先以为会难受一星期，没想到两三天之后就一点感觉也没有了。她也曾夸耀过："只要不是骨折，一般的小痛小伤我揉一揉就好了。"

（节选自《外公外婆的童谣》，作者楼佳桢，出生于浙江省东阳市歌山镇，温州大学人文学院创意中文专业学生。）

爷爷的右派生活开始于一系列无休无止的批斗，整张脸都被斗得浮肿起来，不久被打发到附近一个铅锌矿，算作劳动改造。

那里是一片荒地，只有一座小庙，小庙后墙已经垮了，前后透风。顶上的瓦片也已破碎不堪，爷爷形容"上面下大雨，屋里下小雨"，加上又是江南的梅雨季，地上又潮又湿，都没个干燥的地方休息。没办法，"组织"上指定住在这。爷爷他们只好打报告，得到了领导批准，上山割了些干草来遮雨挡风，再在地上也铺了些，才算是安置了下来。

1960 年 5 月，上头来人，宣布摘掉爷爷的右派帽子。帽子是摘掉了，可右派的标签依旧贴在身上，改叫"摘帽右派"，始终低人一等。

到了1962年，中共中央提出精兵简政，鼓励干部"能上能下，能官能民"。爷爷决定响应号召（当然，也受到右派身份的影响），带着一家四口回到老家务农。

直到1978年，十七年间爷爷都在老家务农。"文革"的狂风巨浪对于老家那个小山村似乎没有产生很剧烈的影响，爷爷这样的右派还因为账目明晰，勤奋劳作被推选为生产队长，倒也还算幸运。

爷爷72岁那年写回忆录，回忆他这由一波又一波的运动串联起来的大半生时，认为自己最主要的问题是，"做事太认真，直得不转弯"。

爷爷在写下这段话的同时，也写道："……共产党是最讲认真的。"

（节选自《我爷爷的前半生》，作者邵汉星，浙江富阳人，山东大学（威海）文化传播学院2015级新闻系本科生。）

祖父家在涪陵县也算是个小有名气的商贾之家，有个不小的宅子，曾祖母是书香门第裹了小脚的大小姐。祖父在兄弟里排行第二，出生时家中虽不及以前兴旺，但家底还在，从小有奶妈带着，家里请着长工短工，兄弟几人还跟着先生学书法。祖父写得一手漂亮的小楷。

不同于祖父，外祖父家中仅有几亩薄田。他比祖父小几岁，1936年5月出生在四川省崇州市怀远乡下。曾外祖父起先是农民，后来做了风水先生，给人算风水贴补家用。外祖父兄弟四人，就他生得最瘦弱，曾外祖父便把他抱到亲戚家养着，直到上了小学才回来。

这是祖父和外祖父各自的出身和童年。

1946年秋天，曾祖父的一船货物要运往下游贩卖，为这船货物曾祖父投上了大部分身家，只等着脱了手赚上一笔。不曾想，途经三峡时，夜里翻了船，一船货物沉入江底。曾祖父气急攻心一病不起，年底便去了。祖父的长兄那时不过18岁，且远在成都求学，家中兄弟俱是年幼，又失了本钱，撑不起家业，从此家道中落。第二年，17岁的祖父失学回家。

祖父放弃学业时，外祖父考上了怀远镇上唯一的一所中学。家中四兄弟唯有外祖父考上初中，虽经济捉襟见肘，几个兄弟都只是读完小学识得几个字，但因外祖父一定要读书，曾外祖父硬是借钱凑钱让他去镇上读完了初中。初中三年，外祖父期末考试多是年级第一，也挣了些助学金给家里减轻一点负担。

1949年下半年，共国共双方正处于最后胶着阶段，西南腹地消息闭塞。涪陵当时依然属于国统区，这年8月经人介绍，祖父加入了国民党交警部队（中华人民共和国成立后称"伪交警部队"），任职少尉司书，12月随军前往成都。

1950年中国共产党解放西南地区，这支部队响应共产党号召在成都起义。起义前夕，部队召开全体会议，表示不想跟着起义的人可以领了补贴回家，愿意留下的人明日便一起起义。祖父选择了离开，拿着补贴连夜回了涪陵。

我与父亲从未听祖父谈论过当年的选择，他总是守口如瓶。后来听大姑说，他那样做只不过是不想再打仗，对那种颠沛流离的生活心生厌恶。但我终究没有机会听他亲口一说。

这边祖父正作出人生的重大选择，那边外祖父正在经历自己打出生以来最为自豪的时刻。

1950年成都解放，外祖父因为成绩优异成为当时第一批加入少先队、共青团的学生，学校派他四处代表少先队和共青团在大会上发言。对一个14岁的农村少年而言，这是永远的骄傲与荣光。即使结婚后，每当与外祖母提起这一段，外祖父都是神采飞扬的。

（节选自《我的祖父与外祖父》，作者胥荑，字无恙，毕业于山东大学（威海）新闻学专业，以色列海法大学国际关系专业研究生在读。）

我能清楚地感受到母亲的衰老，就像我明白自己越来越大，家庭的责任重担终将会压在我的肩上，不可避免，逃也逃不掉。

去年年关，家里是要搭构菜棚育苗，以供来年种菜，笨手笨脚的我免不了被母亲数落一番。她吃力地俯身挖坑的时候，我忽然意识到，母亲真的老了，三九的北方的寒风刮得紧，母亲的短发被凛冽的北风吹动，像枯草一般，瘦弱的身体都有些摇晃，那一刻我有一种对岁月难言的胆怯。

在《我是范雨素》中，作者如此概括自己的人生："我的生命像一本不忍卒读的书，命运把我装订得如此拙劣。"她的人生尚能以文字说于读者，我的母亲却只能把所有的委屈和命运的不公咽进肚子里。她有着典型北方农村妇女的隐忍坚韧，就像她说过："能有啥办法，慢慢熬吧，等把这辈子要吃的苦都熬没了，也就轻松了。"

母亲也曾是村里人口中的"文化人"，毕竟在那个教育匮乏的年代，她和父亲一样，读完了高中。可是没有读大学，没有人情关系，终究还是要回到面朝黄土背朝天的生活，她和其他人一样，组建家庭，生儿育女，围着锅灶和土地打转。

（节选自《母亲大姨各自的坚强》，作者邢海波，河北邯郸人，本科就读于安徽大学新闻学专业，现为重庆大学新闻与传播专业硕士研究生。）

母亲生在那个万事俱新的60年代末，受着老一辈革命热情的余热，她有着铁一样的性情，是天生的实干家。

1985年，母亲16岁，被人们戏称为"傻大个"，由此她也成了全镇唯一一个被特种军事部队准录取的女生。"傻大个"跑着跳着笑着回家去分享这件喜事了，她告诉了她的兄弟姐妹，他们高兴得围着她跳起了舞；她告诉了奶奶，奶奶高兴得抹着泪花烙着馍；她唯独不敢告诉性子刚烈固执的爷爷。她央求了班主任，也是爷爷的同事去帮她做说服工作，当爷爷红着眼赶出班主任时，她知道不存在可能了，她于是哭着上山捡柴火去了。此后大家再不提这件事。

1987年，改革开放的风迎着王杰第一张专辑《一场游戏一场梦》而来。母亲哼着歌出落成了标志的美人，她那笔直的身材和整齐的五官让人们以为爷爷的二女儿是文工团的演员，可她只是仓库的保管。但好歹也是国家单位，吃着铁饭碗，正称了爷爷的心。

日复一日的保管工作熬光了年轻人的性子，母亲愈发坚定了自己也要去西藏闯天下的决心，想象中宏伟的布达拉在无声地召唤她，那声音缠缠绵绵，像羚羊嘶鸣。

"在我踏上长途班车时，我发现我从未认真看过这座小镇，从未认真走过每一片铺石板路，甚至没有认真嗅过草原上的青草香；这座小镇不知何时有了学校，有了读书声；米拉日巴佛阁竟然已翻修到了第九层；小镇的喇叭里还在播着什么，但我什么都看不真切了。"我大概明白母亲所说的不真切是什么感受，正如我出外求学时一般，明明满怀着对新生活的向往，却还是以泪水作别故乡。

1996年，我生在西藏拉萨，随后第48天，便送回了故乡合作，如果我足够早智，一定会有关于那天的记忆节点，可我什么都不记得了。

故事后来总归是落了俗套，我们一家从此过上了幸福快乐的生活。母亲当然是回到了合作，她发挥自己的才能，往返拉萨甘南，操着安多、卫藏、康巴不同的藏语，做着民族商贸。

（节选自《羚羊出没，故事终于落了俗套》，作者才让道吉，甘肃甘南人，藏族小伙，现就读于兰州文理学院新闻系。）

阿太是奶奶的父亲，正好比我大80岁。在我和他重叠的不长的时间线里，阿太似乎从来没有奔跑，也没有兴奋过，好像连夏天也不曾经历。他总是穿一双蓝紫色的毛线拖鞋，在院子的侧边站立着。偶尔走动，也是一只脚拖着一只脚，厚厚的轮胎鞋底在地上磨得沙沙响。

虽有隔阂，阿太却仍然很相信奶奶。他一生节俭，到92岁，存下了一万六千多块钱的积蓄和好几个老粗的金戒指。钱是全部有零有整，分门别类，连带着银行票全都一捆捆拴在自己的裤腰带上，随身带着走，金器则压在箱底。

临终前，阿太住进医院，在换上病号服之前，他把奶奶叫到床边，嘱托说，等他过世了，要记得把钱和金器平均分给两个儿子。

"他也知道你是个很正直的人吧。"我笑嘻嘻地恭维奶奶。

奶奶没有一起跟着笑，"我是不想他的钱的。"

对于儿子及由之而来的所有沈家后辈，阿太都极为热切。但这并不使他相较其他老人能受到晚辈们更为特殊的照顾。

他像村里其他的老人一样，被舅公他们安排住在楼房底层的最侧面，吃喝拉撒睡全在不足10平米的地方解决，最多在过年的时候一起吃顿饭，平日里连大门都不跟晚辈们用同一个。

阿太也是厉害，90多岁了，仍然能自己煮饭。端着一口边角都发了黑，变形到坑坑洼洼的小铝锅，颤颤巍巍地走到屋外吃饭。

30多年前，阿太的妻子便已经去世了，我自然从来没有见过。从大家的叙述里，我模模糊糊地知道，她是个"那个年代都这样"的女人，从小就会抽烟，一身力气都放在土地上，并不怎么关心子女，和阿太的感情也是，"就这样咯"。

我问奶奶，在女阿太去世后有没有人提起，要为阿太再找个伴儿呢？

"当然没有啦！那时候我们又没有医保，大家条件都不好，哪里会想到这些事。"

"那他后来的二十多年，会不会很孤独？"

"这我不知道，可大家都是这样的呀。"

尽管如此，我还是觉得把阿太归成一个"就这样"的人，有点不妥。

（节选自《我突然想起最后相见》，作者单超君，复旦大学中文系创意写作专业研究生。）

不知道大家会不会有这种感觉，对于女孩子来说，一般会跟姥姥姥爷更亲，我是这样的。爷爷奶奶去世得早，我没有什么印象，但是跟姥姥姥爷相处的点滴都还记得清楚。

每年一到寒暑假，姥爷就会骑着他的三轮车到我家里把我接走，假期结束再给我送回来。坐在他的三轮车后面，吱吱呀呀的轮子转动声中，姥爷会用特别慈爱的声音问我晚上想吃什么，让姥姥给我做。

他们很疼爱我，只疼爱我。弟弟每次去他们家，姥姥都不让他过夜就要把他送回去，但是他们会主动把我接到他们家里住几个月，会给我存几个月的零食，让我每次去都能吃到好吃的，夏天的夜晚很热，姥爷会抱着我在门前吹风，我们一起数天上的星星，晚上睡觉姥姥会给我扇一个晚上的扇子。我们一起去集市赶集，他们会给我买喜欢的东西……

这次姥姥住院，其实我没有意识到是很大的问题，只以为是为了输液。到了医院，发现姥姥竟然已经不能自己站起来走路了，上厕所都是妈妈掺着她。我这时候才后知后觉地害怕起来，怎么突然就这么虚弱了？明明昨天晚上还是好好的啊。后来便开始了度日如年的日子，姥姥的病情每一天都在恶化……

我见过婴儿从出生到蹒跚学步再到长大懂事，也听过周围的人因为车祸或者突发疾病而意外离世，当我终于感受到一个生命是怎么慢慢逝去的时候，我不得不感叹生命的神奇与无常，昨天我们还笑着聊天的人今天就不知道还能不能再见到了。

明天的一切依然无法预知，我们能做的，只有在今天，在现在，尽可能地珍惜眼前人罢了。

妈妈告诉我，姥姥临走前的回光返照，喊的最多的就是我的名字，我很遗憾当时没在她身边，不知道那个时候的姥姥，是不是也想起了我小时候我们在一起的种种。

（节选自《挥手告别，姥姥的最后一站》，作者陈心茹，河南省驻马店市西平县吕店乡人，重庆大学新闻学院2018级硕士研究生。）

故乡在彼岸

出省念书以后回家的机会越来越少，更别说回老家了。却没想到大半年未归，那承载着我本就不多的回忆的老屋也没了。心下有点失落。

我站在曾经的小水沟上，想象着爸爸的童年和少年时光，脑海里搜索着我和老屋共同的记忆。我想起来，在我还很小的时候，住隔壁的大娘抱着我，把指甲花捣烂了敷在我的指甲上，又拿叶子把手指头一个一个裹好，像包粽子一样，到了第二天，把叶子摘了，手指甲染成了浅浅的粉色，小小的我欢喜得不行；想起来小弟弟刚会跑的时候，我跟着爸妈回家，弟弟身上穿着我小时候穿过的小鸭子的毛衣，躲在二婶儿身后怯生生地喊我"姐姐"，当惯了老小的我突然觉得自己高大了许多，当下抱着弟弟呼哧呼哧跑到小商店里，给他买泡泡糖和薯片；想起来老家中饭都吃得晚，有一次回去后，到了中午饿得前胸贴后背，只能蹲在里屋扒着窗户嗑瓜子，突然看到外面树上有个很大的鸟窝，老鸟在给小鸟喂食，于是又一个人开心了很久……

我边想着，边走回了新屋。调皮的孩子凑成一堆玩儿着摔炮，炮声一响，惊起了四面八方的鸡鸣狗叫。

我给爸爸说，老屋已经被拆了，小河沟也没了。爸爸垂着头，很久没说话。那一刻，我觉得爸爸一定和我一样，也觉得"故乡"越来越抽离一个实实在在的处所，而变成了聊以慰藉一颗乡心的迦南地。

（节选自《陈洼村，我已失掉了你》，作者陈婧然，来自江苏徐州，现就读于安徽大学汉语国际教育专业。）

街道的一旁每隔一小段路程就有一个石梯口，顺着楼梯向下就是一条窄窄的巷子，两边是低矮的房屋。曾经我的家也是在一条这样的巷子里。

我走到最近的一个阶梯边，一层一层向下延伸的阶梯已经蔓上了绿绿的青苔，然而青苔边也散落着橘红的落叶，春天的金色阳光将它们浸染。

我看见前方巷子里很多户人家的门都已经是关紧着的，没准很多窗台上都长出了青苔。房子墙上石灰脱落和雨水侵蚀的痕迹，奇妙地构成了一幅水墨画。

从前孩童的喧闹声，锅碗瓢盆的碰撞声，还有邻居们聚在一块打牌时的大笑声都蒸发了。我知道现在小镇上剩下的最多的就是老人了，伴着那些老房子一起度过一个又一个的天黑天亮。转过身上楼的时候我在想，也许没什么太值得感叹的，这种状态对于这里来说也不坏，至少她现在抱着满怀的嘈杂的岁月回归到了温柔的海洋。

（节选自《铜山，心头的一根刺》，作者魏雨馨，生于1997年，安徽大学文学院2015级汉语国际教育专业学生。）

走过打麦场便到了奶奶家，先前时候，家门口是一块空地，爷爷便挑水锄土开辟了一个菜园子，种上辣椒、西红柿、玉米、茄子……

小时候和妹妹最喜欢的事便是在奶奶做饭的时候，围在她身边听她指挥。比如奶奶说："去菜园子里摘几个辣椒回来。"我们两个人便像赛跑一样，飞奔到菜地里摘下来献宝似的放在案板上给奶奶看，顺带等来一句夸奖。奶奶喜欢侍弄花花草草，便在空地留了一角种花：月季、薄荷草、蝎蛰草、凤仙花。其中凤仙花种得尤其多：红的、白的、紫的，在夏季开得葳葳蕤蕤，引来蜜蜂蝴蝶，也自成一派风景。

凤仙花又名指甲草，顾名思义是可以涂在手指上的，就像如今商场里化妆品柜台前琳琅满目、"乒铃乒铃"闪耀的指甲油一样。等白白的指甲盖变成了橙的、红的，我和妹妹总是臭美地把两只手放在太阳底下自我欣赏，然后跟小朋友们分享，引得她们一阵艳羡。

前两年小舅子结婚，便把菜园子推倒，打上了地基，垒起了院墙，角落里先前用来搭篱笆的竹子东倒西歪，前仆后继状地躺在余雪里，给西红柿搭架子的棍子也倒在了荒草里。记忆里的菜地如今像是一个垃圾场。

北风不知道从哪里刮来红色的塑料袋，被篱笆的杆子拦住在风里猎猎地响着。盖房子用过的石灰袋擦在一边堆在了西红柿架下，剩下的碎砖烂瓦压在枯黄的南瓜藤蔓上，来年怕是种不成南瓜了，我这样想着。

（节选自《那以为熟悉入骨的村庄》，作者乔亚洁，晋南运城人，太原师范学院汉语言文学专业在读学生。）

很快我上了初中，五十中东区，还是老地方三里庵，只不过这一次修的路不是长江路，是爷爷家门口的合作化南路。可以说这条路和长江路，根据现在的样子都完全想不到以前是什么样，十年前真的可以用"秃秃的"来形容这些现在繁华的主干道。

　　我从小在这成长，对路两边的矮房子和矮房子里的每一家商店都熟悉得不行。爷爷每次去紧挨着小区门口的小卖部买打火机，小卖部的年轻叔叔都认识我们了；小卖部边上是修车铺，修车铺的爷爷自行车电动车都会修，爸爸妈妈以前骑电动车上班，有什么故障直接把车放那里修很放心；修车铺的隔壁是理发店，和清溪路大润发边上的理发店是连锁的，我都去剪过头发；理发店隔壁是冷饮批发，这家店有一个冰库，老板娘每次进去拿冰棒出来都要套个军大衣；冷饮批发隔壁是彩票店，每天傍晚都会聚集好些人站在那里观察着前几期开奖号码；彩票店隔壁是个小诊所，这家小诊所不行，我小的时候不舒服，他们都看不出来是什么原因就要给我打针，妈妈赶紧带我走了再也不敢来；小诊所隔壁是便利超市，爸爸带我出门就会来这里买泡泡糖。别说这些店早就没了，现在也很难找到像这种职能的社区小店。

合作化南路最大的特色就是路灯立在马路中间的花坛上，路灯顶是一朵花开放的形状，花托处很像篮筐。在公交车上睡着了猛然醒来，透过窗户看见这样的路灯，就知道到家了。

（节选自《一直在修的路》，作者张子滢，来自安徽合肥，就读于安徽大学。）

小时候，姥姥的院子里种了许多树，有苹果树、葡萄树、石榴树，不过比起这些果树，我最喜欢的还是香椿树。除了爱它的味道外，还怀念每次大人摘香椿的情景。

由于香椿树很高，每次去摘香椿叶时，大人们都需要爬到房顶上去，每当这时我都很羡慕这些"上天入地"的大人，从高处看到的世界一定特别有趣。

他们也绝不忽略我的价值，会把摘好的香椿叶扔下来，让我去捡，放在篮子里面，每当这时我都蹦跳着乐此不疲地去捡叶子，感觉自己的价值得到了极大的提升。然后，我会开心地把装好的香椿叶拿给妈妈，妈妈洗干净后，就把香椿叶和鸡蛋炒在一起，蛋香味儿加上香椿的浓郁，那种味道还真是叫人怀念。

如今老房子没了，香椿树也必然不在了。那种打椿叶，吃椿菜的幸福也只能靠回忆了。现在都搬到了楼房里，我也终于圆了儿时"上天入地"的梦，可从楼上望下去的世界只有一排排的车辆，再也没有抬头仰望香椿树的神奇感，也少了低头寻找椿叶的欢乐。椿叶随房屋倒塌了，那笑声淹没在泥土里，等着新的发芽……

（节选自《梦里的家乡》，作者王雅迪，河北衡水人，重庆大学新闻学院研究生。）

沿着石阶一路往下，慢慢的，右边全是石壁，偶尔垂下几条树藤，风吹起时，仿佛旗帜般随风飘扬，鼓励着你继续前行。左边则是一个接着一个垂直排列的田地，后来我知道，垂直排列的田地，名为梯田。当下山的石阶终于走完，走上了中间有凸起的小石头尖，两边是大石头相接的土路后，就能听到越来越响亮的水流叮咚声。再往前时，终于看见了那条河流。河水依旧清澈，连石块上不同颜色的青苔也清晰可见。自然的，架于河上的那座桥也映入眼帘。那是座木桥，顶上是黑色瓦片，底座用木板叠成，两边是齐腰高的护栏。那座木桥在四根柱子的支撑下仁立，走在上面会发出"吱嘎吱嘎"的响声。所以每走一步，每听到一次"吱嘎"声，都让人心惊胆战。但那是唯一的路，原本那条土路的尽头是那条河，所以能怎么办呢？再看看河水里石头上灰黑色的青苔，石块下黑洞洞的，偶有水虫浮过，想了想，还是走桥来的妥当。直到终于走过了脚下的木板会上下晃动的桥，踏上固定木桥的石头块的那一刻，仿佛自然而然地呼出了"劫后余生"的一口气。

走过木桥后不消走多久，右边青翠欲滴的玉米植株便映入眼帘，各色蜻蜓飞舞其间，为这蓝天白云下并不单调的场面锦上添花。左边依旧是梯田，所以走在田坎下，看到的只有长在土墙上矮矮的杂草。于是视线再次右转，看到了玉米地更远处河水边的垂柳，以及山坡上青黄相接的杂草。眼力更好一点，还能看到杂草顶端柔柔垂下的白色绒花。

（节选自《金色记忆》，作者吴旭菲，安徽大学文学院汉语言文学专业学生。）

棉花要拾过三次才能算是干干净净了，棉花一拾过便是深秋了，要把还没有开放的棉花骨朵摘下来放在院子里晒，晒一两个月就开了。到了冬天乡里乡亲就会坐在各家门前聊着天，一边拨这半开不开的棉花骨朵。棉花骨朵也摘过以后，父亲就要开着拖拉机把地里的棉花杆子用耙刮下来，然后装到拖拉机的兜子里，再拉到家里后院里堆起来，这个时候我就可以坐在拖拉机副座上尽显威风了。这棉花桔梗可有很大的功用，冬天，还柔嫩一点的可以用来喂羊，晒干的可以用来烧火做饭，还可以烧炕。

秸秆也从地里全部拉回来了以后，就用锯齿状的钉耙把地全部松一遍，这时候就会有奇怪的小玩意出现，叫做"东南西北"。那大概是一种眠虫吧。有的在硬硬的外壳里，把壳打开就能看到棕色的胖虫子在里面摇头晃脑的，小时候父亲就告诉我这种虫子能听懂人话，你让它往东它的头就往东摆动，你让它往西它就往西，它也由此得名"东南西北"了。

等到地全部都松动了以后村里各家各户都闲散下来了，天气越来越冷，冬天也即将到来了。

（节选自《春夏秋冬又一春》，作者朱婧，家乡是甘肃敦煌。）

记忆里的汤坑多半是冬天，可似乎有个夏天耀眼得很鲜明。它似乎是一个夏天，又似乎是很多个，总之光线充足得令人睁不开眼。母亲是湖南人，和父亲在深圳相识。

婚前父亲带着她回汤坑，那时五岁的大姐姐说："我二舅找了个北妹。"和大多数广东人一样，大姐姐认为广东以北都是北方。这句话在我成长过程中一次又一次听到，当然是出自母亲之口。母亲和我一样，是汤坑的局外人，我们都是被带来这儿的。

那个夏天，我们没有那么多的亲戚要走，汤坑于我终于有了些游玩性质。如今想来，这种游玩感多半是母亲带给我的。路过雪糕批发的商店，她总会买上一大袋我爱吃的雪糕，冻在姑姑家的冰箱里，那是在深圳不会发生的。雪糕让汤坑的时光成了游戏，游戏里小孩有吃不完的雪糕。我最爱的脆皮雪糕在那个夏天被我一次次从塑料纸里抽出来，巧克力壳被阳光晒出细密的汗，不一会儿就软了，脆皮和奶油雪糕化在嘴里，湿淋淋的。

（节选自《汤坑，它的名字实在不大好听》，作者江姗姗。"家乡是汤坑这座小镇。"）

从我上学那天起，周围的同学几乎都是独生子女。我们优秀的父母们在我们身上倾注了全部的爱和关注，尽力给我们东川区范围内能找到的最好的教育资源。于是，顺理成章的，我们都走出去了，离开了东川区，去了昆明市，去了北上广，去了更远更繁华的地方。

初中毕业后，像开闸泄洪一般，我和我的同学们齐刷刷地离开了这座父母们奋斗了一辈子的小城。说来倒像个笑话，他们给我们的越好，也就把我们推得越远。

在外地读大学后，我们每年只回家两次——寒假和暑假。大抵是距离把分离的时间轴拉得太长的缘故，父母们开始以肉眼可见的速度变老。

从前巴望着我给她生个漂亮的混血儿的妈妈，不再提什么出国留学。

妈妈的话题变成了："等你毕业还是回昆明找工作吧，我还可以一个月来一次，给你带东川的酸菜，给你炒你最爱吃的酸菜沫肉，不错吧？"

"到时候我才五十多岁，还可以帮你带几年孩子，怎么样？便宜你了！"妈妈狡黠一笑。

"其他地方的空气真的不好，我看新闻经常有雾霾，还是云南环境好！"

"北上广生活压力太大了，拼命工作几年还不够买个卫生间，昆明的房价便宜好多呢！"

妈妈换着花样地诱惑我。

从前马不停蹄的父母们，近年来，不知不觉开始往生活里加大了亲情的比重和分量。更加享受亲朋好友之间的聚会，尽孝的心情也更加急切了。

（节选自《我混合了三个地方的黏土》，作者王力力，云南省昆明市东川区人，现就读于安徽大学文学院。）

河流蜿蜒而过，一条废置的小船被铁链拴在岸边最粗壮的树上。铁链深嵌进树干，好像悬崖上的枷锁束缚着普罗米修斯。

日升月落，斗转星移，铁链早已锈迹斑斑，树却依旧枝繁叶茂。

妈妈从不让我单独去到屋后的河边，"精卫填海"的故事让水在母亲的眼里成为了危险。似乎不仅仅是大海，小河也成了溺死女娃的帮凶。

而我是在偶然的机遇下找到这条船的，那天的监护人自然不是妈妈。男人比女人总归粗心点，父亲在东面房看书，顺便打开后门通风。

趁他不留神，我溜到屋后探险。

屋后，对我来说，是一片从未到过的处女地。

长短不一的香樟树，长得得意忘形。阳光渗过厚厚的枝叶，新发的叶子在风中起伏，乍一看去像极了银箔。

河里竟然有条船，正对着我家的屋子。是我家的船吗？以前坐这条船打渔？

船是木头做的，坚固而厚实的木头，打磨得十分平整，没有一根倒刺。船身大部分变了灰白，少数几处顽固的褐色，也浓淡不一，很有一番年代感，却并不丑陋。

我跳上布满灰尘和蛛网的小船，任凭里面的枯枝败叶抗议我无情的踩踏。

出乎我意料的一幕发生了——船竟然离开岸边，往河中央去了！

我的心噗噗直跳，喊叫的话肯定要被臭骂一顿，可这船除了恐怖的青苔和无助的枝叶啥也看不见。屋后没有人，安静的不行，只有一只隔岸观火的水鸟，发出几下诡谲而沙哑的笑声。

我的脸像纸巾般扭曲起来，骂就骂吧，保命要紧。刚张开嘴准备喊爸爸，神奇的铁链就在反作用力的推动下开始把船拉回去。风在很高的空中打着唿哨。

惊魂甫定，回到岸上，温柔的阳光原谅了一切。

（节选自《许村一梦，薤上露，何易晞……》，作者尤林杞，来自海宁许村，一个并不大的江南小镇，安徽大学文学院2016级汉语言文学专业学生。）

儿时我与旧物为伍。漫长的夏日和冬天，在爷爷奶奶家幽暗阴凉的大屋，散发着淡淡霉味和铁锈味的高低柜、五斗橱之间，我常常一个人寻寻觅觅，消磨时间。

无数个柜门后面藏着无数零零碎碎的小东西，那些东西大多是不完整的：形状奇怪的零件、线路板，坏掉的计算器、缺了角的三角尺，锈掉的发条青蛙，缺了腿的木马……这些是我理解范围内的东西，我把它们归入不值得深入揣摩的那类。

也有美丽的东西：一枚剑鞘形状的铁镇纸，上面盘着一条龙。爷爷告诉我，这镇纸原本是一对，剑鞘里原本还有一把小剑。爷爷还没来得及告诉我它的来历，厨房里烧的水开了，爷爷走开去，我捧着纸镇琢磨着，这枚纸镇就开始默然讲述自己的故事。

我看见素未谋面的爷爷的父亲，我的曾祖父，从往日之渊的白光中走进门来，把纸镇交给还是个小男孩的爷爷。我看见爷爷在学堂练字，先生一走开，他就抽出小剑跟同学比划打闹，后来两把小剑都被玩丢了，只剩下剑鞘。

只要看看爷爷平时煮饭前是怎样仔仔细细地挑出有瘢痕的米粒，再把那一小把米粒洒在院子里倒扣着的酸菜缸底上，看鸟雀下来啄食，就可以知道他是一个怎样惜物的人。这个纸镇跟着爷爷从求学到工作，搬了无数次家。我看见他收拾办公桌，把图纸和文件夹放进纸箱，顺手把两只纸镇揣进口袋里。一只剑鞘在他蹬着自行车颠过一个坎时从他口袋里跳了出来，于是另一只也成了无用之物，躺进黑暗中许多年。

（节选自《读给往日之渊》，作者贾梦琦，来自安徽淮南市，现为安徽大学汉语言文学专业学生。）

在我们当地，黑奶奶是极灵的。每年农历三月十五,四面八方的人都会赶到令狐塔下祭拜黑奶奶。近的十几分钟就可以到山下，远的两三个小时才能到的也有，大概还有些许外地来的。

我们到的时候正是傍晚，从山脚下往山上走去，沿途熙熙攘攘全都是人。记得幼时人虽然也很多，但绝没有似这般的恐怖。

"好多人呀，不是说老家都没人了吗?"我问爸妈。

"嗯，家里都没人喽! 一个村子里都没几个人了，就剩几个年纪大的还在了。"母亲一边向前走一边回答我，"现在来的这些人多数都是从别的地方过来玩的，都不是我们老家人。"

"那还有糖果和红鸡蛋可以吃吗?"来的时候我就在想，今年又可以吃到糖果和用洋红染得通红的红鸡蛋了，但是来了这里，走了一路，却连一个分发糖果和红鸡蛋的人都没遇到。

"现在哪里还有，那都是以前了，早就都没有了。"

（节选自《锥子山脚修起大铁门》，作者章盈盈，现就读于安徽大学文学院。"我的家乡是安徽定远的一个小小村落。"）

一个老掉的，已经褪色好多年的木板凳，一扇乌漆嘛黑的，被熏黑的草垫子半遮的天窗，还有一个年岁尚浅的，泛着黄晕的脸颊的我。端一碗已经炒得焦黑的皮豆，可劲地往嘴巴里塞，双鼓的腮帮子已经忘记了头顶从天窗缝里跳进来的几颗星子。这就是我在我的老厨房里的童年的记忆，细细想来，却只有两个字，一个是黑，另一个便是香了。

　　初入我的老厨房，第一感觉便是黑。两眼一蒙，黑的没有底线。黑乌乌的黄土墙，黑漆漆的土灶台，都不会带来什么新鲜感。这时你渐渐看清了他们，视距却还是受限的。褪了色的圆木桌，已经掉漆的合盖瓷杯，还有一个已经泛黑又可能是米黄色的铁缸子，这些都是爷爷奶奶辈的用具，我也偶尔会蹭个乐呵，戏耍几下。

　　不能忘记的当然还有我心系的榆木板凳，这个家伙自我会走路时就被拎着耳朵到处流浪，陪我长大，转眼也已支上了拐杖，叹坐在圆桌下面，在这间老厨里颐养天年。屋子里陈列着的还有其他一些黑咕隆咚的物件，都是上了年纪的长辈。

　　这些排列还算是整齐的老东西都要归功于我的奶奶了——一位有着黝黑的手指的老婆子，满头的白发也许是老厨里唯一的亮点吧。每逢假期，我都要跟着这个人游历老厨。

那是我的老厨，坐落在小院的西南角，一个极不起眼，又让我们赖以生存的地方。那黑的看不见形状的泥砖地，周遭挂着油吊吊的黑皮子墙和让人分不清白天黑夜的房梁屋顶，都是我最真实的记忆啊。只有正墙上还有一个小的可怜的高挂的窗子，由着外面的月光挤进来，摸不到那个黑的灶床，也摸不到奶奶的肩膀。奶奶的手还在拉着黑匣子"呼哧呼哧"地作响，那是什么东西，每响一次，灶洞里就会有俏皮的小火苗跳出头来，挑逗着我，挑逗着老厨以及我早已消逝的——童年。

（节选自《黑皮子墙的老厨房》，作者高海文，甘肃金昌人，喜欢音乐，也喜欢写作，现就读于河西学院文学院。）

我总是想起蒙氏家族所在那个村子的黄昏。

我的大铁门上的旋转呀，我的不够采的草莓呀，我的亲手埋葬的小燕子呀，我那在暮色中拼尽全力的奔跑呀……

自然，还有我在黄昏中喝的生牛奶。

大舅刚从牛肚子底下挤出一茶缸奶，姥姥把它递给我。茶缸是温热的，雪白的牛奶上还浮着泡，那膻味特别重。我一仰脖子一口气就全喝下去了。小舅妈在我旁边龇牙咧嘴地说："埋不埋汰呀！就这么喝！"姥姥站在那儿笑着说："这没事，刚挤出来的奶更有营养呢。"我的肚子已经饱胀了，听姥姥这么说，又大叫："我还想喝一缸！"一时，我知道全家人都在对我笑了。

我母亲姓蒙，我的舅舅们也姓蒙，村子里两个姥爷家、老陈头家，和我们都是亲戚，都属于蒙氏家族。

我的家就在黑龙江北部的一个小县城里，它的地位是一个县级市。你若在这个地方打出租车，无论到哪里，都是固定的五块钱，这地方小的连起步价都谈不上。我姥姥家是这个小城市下属的一个村，或者说——一个屯儿。每年寒暑假，我母亲都带着我坐客车回去。母亲待不了几天就走了，我就留在那儿，一直玩到开学。

去屯子，是我每年最盼望的。没有学校、没有父母的训斥，要是能永远生活在这儿就好了。不过，美好的生活开启前我总要付出晕客车的代价。从我家坐客车得四十多分钟，其中有一段路不是柏油路，客车在乡间的土磕楞道上行进时，车就像是一艘船遇到了巨浪。没过几分钟，我准会晕头晕脑地吐一地。

这辆客车每天只来回一次，时间都是固定的。所以每次到姥姥家的时候都是黄昏，下了车，大舅或者小舅总会站在路旁接我们，妈妈总会买很多东西回去。有时候我吐的实在没力气了，舅舅还得把我抱到屋里。不过不消半个小时，我准就又欢实起来了。

我总是记得那个黄昏我刚下客车到姥姥家时，姥姥那挑着一个大桶边喂牛边冲我笑的身影。

（节选自《遥远的村庄》，作者郭思佳，出生成长在黑龙江北部的一个小城市里。）

村小学就在超市斜对面，听说教学楼早就翻新了，操场也越建越大，三百米的跑道上布满了橡胶带，体育设施一个个昂头挺胸，挤在小道两旁。我看着校门口，里面静悄悄的。今天礼拜日。

进去看看吧。我告诉自己，脚步已经控制不住地被牵进去了。

门口还是那两幅字，我上学的时候就在了。

"好好学习争做有用之才，奋发向上争当国家栋梁！"红字是新刷的。

往里走，道路两旁都是花坛，月季开得正旺，纷纷扬扬的色彩撒在校园里，夹在冬青叶子里像娇羞的美人儿，杨树身姿挺拔，枝叶层层叠叠，交相辉映，地面铺满了它们的倒影。

右边空地是破旧的办公楼，风餐露宿了十几年，如今露出斑斑点点的"黄皮肤"来，韵味十足。旁边大概是新建的图书馆，瓷片墙泛着光，书籍堆摞整齐，书香四溢。

站在这里，仿佛回到了十几年前，就在图书馆的位置，里面摆满了木桌椅。老师拿着书立在讲台上，目光温柔恬静，红衣服的女孩站得挺直，脸蛋红扑扑地躲在书本背后，摇头晃脑地读着："床前明月光，疑是地上霜。举头望明月，低头思故乡。"

故乡？我笑着，我站的地方正是我的故乡。

（节选自《你的家在尉氏》，作者吴一鸣，河南平顶山学院汉语言文学专业学生。"家乡在河南省开封市的一座小县城内。"）

广德中学作为一个百年老校，如一部相册，定格着我最珍贵的画面。

1946年重建在广德县横山南麓的广德中学在经过抗日战争的洗礼后昂起了头，战乱中的教育需要梦想家和诗人来经营；需要信徒和殉道者来朝圣；需要肉体的投入，灵魂的参与，精神生命的支撑。生在那个年代，不幸又幸运，在那个动荡不安的艰苦岁月，却有那么一个精神富饶的地方，让他们吸收营养，受用一辈子。

广中高一新生入门的第一节课就是音乐课，而第一节音乐课便是教唱校歌，音乐老师是个阅历丰富的"老男孩"，以前隶属于广德县花鼓戏班，后来到了广中，一个人带着一代又一代的广中学子，我们都称呼他为"活老丝"。（广德话里"何"读作"活"，这里的"活老丝"不仅是同学们这么喊，也是何老师自己的称呼。）

每周一早上十点，广德县横山上会响起广德中学学子吟唱校歌的洪亮声音，这歌声传承了一代又一代教育者的心声，并且将继续绵延下去。

提到广德中学，就必须要提起这位德高望重，仅仅教授一年音乐课就可以盖过所有老师风头的何老师！他有浑厚的男中音，讲话的气势与他的年龄不相符合，每次风风火火地进班都用他那富有磁性的声音说一句"今天我教大家一首流行歌曲——天路"。

何老师每节课会带着不同的乐器来上课，笛子、箫、手风琴、小提琴等等，甚至还会安排我们到学校的演播室弹钢琴给我们听，带我们领略音乐的魅力；他还经常傍晚时分在高三教学楼后面的朴树下弹奏乐器，那时的时光就静静地流走。当时班上正流行动漫《海贼王》，里面的主角一心想要一个音乐家做伙伴，这种心理在我们享受了"活老丝"一年的课后就理解了——如果我们能一直有音乐课那该多好。

（节选自《从后山翻进广中》，作者卢书曼，安徽广德人，安徽大学2016级汉语言文学专业本科生。）

我的童年是院子赐予的。

我很喜欢这个院子，我在春天里追着蜜蜂蝴蝶，背着"一年之计在于春"；在夏天的夜晚和大家一起在院子里乘凉，看着萤火虫飞来飞去，也会拜托姥爷将白天放在院子里那口老井里冰镇的西瓜拿出来，大家一起吃；秋天的傍晚，隔壁的叔叔在两颗大树间为我做了一个简易的秋千，我喜欢抱着大树，喜欢在秋千上荡呀荡；冬天，我和表哥一起用棍子支起簸箕，撒上一把米，等着麻雀的到来，也曾经爬到姥姥菜园里的桃树上，慵懒地晒太阳……

院子里最热闹的时候当属春节了，尤其是年三十这一天。院子住的有三家老人——我的姥姥姥爷、张爷爷和刘奶奶，于是到了春节，老人们的子女都会带着自己的孩子来陪老人一起过年、一起吃年夜饭。

每到那一天，院子里各家门前都会停着很多摩托车、电动车，一辆车上载着的就是一家三口的幸福。老人们在这一天不被自己的儿女允许做家务，只要陪着儿子女婿聊聊工作的事、逗逗小孩，是难得的满足感。至于做菜、做家务自然会有女儿和儿媳妇做。

也是每到这个时候，我最能感受到男女分工的不同。厨房里女人们的聊天嬉笑声、客厅里男人们的烟味、院子里穿着五颜六色新衣服的小孩子们……这些就组成了这个院子的春节。

可是，所有的一切在那个夏天都随同挖掘机和拆迁队的噪音灰飞烟灭了。如今的我，再踏上那片土地，看到的是鳞次栉比的高楼大厦，楼盘的广告漫天飞舞着。当我奢侈地想再在那个院子的土地上走一走时，发现身边高楼林立，如同迷宫，让我已经找不到方向了。

（节选自《我又回到了那个院子》，作者柴俊，故乡六安，目前就读于安徽大学文学院汉语国际教育专业。）

小的时候，收麦子都是要靠镰刀的，记忆最深刻的是麦季儿正好赶上端午节，早上被父母叫醒，桌子上放着满芨子煮好的咸鸭蛋咸鸡蛋，还有煮熟的蒜瓣儿，当时很讨厌吃煮熟的蒜瓣儿，现在感觉蛮好吃的。吃过饭，戴着草帽，抄起剪头，拎着泡的十多斤重的甘草栀子茶壶尾随着父母进地收麦子。刚开始干挺起劲儿，慢慢地就变得不耐烦了，父亲就教我怎么割麦子才能提高效率，他说首先把一垄麦子撩在小腿上，左手把着麦子，右手携着镰刀猛的一搂就是一大把。笨拙的我照着他这么做，难免会被镰刀伤到手，但也不会哭。

割完麦子还要装车拉到场里面，刹车的时候，父亲咬着牙撸着绳头，猛的一拽，绳子下去老长，车上的麦子摇摇欲坠，好像在跳舞。装完车还不算完，还要伏收地里掉的麦穗，那时不懂什么叫伏收，就问父亲啥是伏收，他说就是弯下腰拾麦穗儿，弯腰拾就拾嘛，还讲的那么洋气。回到家后还查了查字典，伏的意思就是趴，伏收就是趴在地上拾麦头儿，当晚还和父亲争论得面红耳赤。

麦子拉到场里面，接下来就是碾，碾完后，还要拢起来用木掀扬场（非官方语言），扬场的时候没有风还不行，要待到傍晚，我最喜欢傍晚太阳欲要落山的这个时候，微风轻抚被麦穗瘙痒已久的身子，有种很爽很惬意的感觉。父亲忙碌一整天已疲倦不堪，到代销点掂几瓶啤酒坐在地上和其他邻居们饮一气，饮的舒服了，就抡起木掀扬几番，这时母亲则和姐姐一块儿回家做饭，我留下来给父亲抻口袋装麦子。

（节选自《拾麦换瓜吃》，作者王祎。"老家在河南省泌阳县，地地道道的农村人出身。"）

老家出门右拐十步的位置上是村里的总电线杆。午休完毕后，不用约定，村里的各色人都会拿着自家的草垫子悠悠走来，随便在电线杆下找个地方一扔一坐。大叔大伯会折些树枝捡些石头在地上画个棋盘，下着一种我不知道怎么用普通话表达的棋；大妈大婶们臂膀里夹着麦秆吃着瓜子儿，一边说笑一边编草编；而我们这些孩子的乐趣就有些不可理解，拿着用泥巴做成的巴掌大的"小泥炉"，在预先留好的小洞里塞上些二大爷家牛圈里捡来的牛粪，点着之后排个队围着人群跑转。牛粪因为潮湿不会出明火，只是冒出些与本身体积不符的浓烟，臭得没法形容。接着听到的就是大叔大伯大妈大婶各种不夹杂恶意的骂声，而他们越是骂得起劲，我们跑得越是开心。

一下午的时光里，那个村子里回荡的是我们的欢笑声，别是一般风味。

村里的人上田，都会脱了鞋子直接扎进地里，仿佛脚下的土地就是他们内心最赤忱的地方。六月天，七分地，爷爷同村里其他大爷大伯一样，尽情赤脚挥洒在土地上，热了便直接拔去上衣，露出结实的臂膀，在艳阳下舞动着。久而久之，那臂膀被阳光锤炼得愈加可靠，足以挑担一家人的希望。而我们这群不大的孩子也会装模作样的，脱了鞋子褪去上衣，在太阳炙烤的发烫大地上奔跑，那是夸父逐日传下来的血与汗，承着希望承着光。

（节选自《归去来，温柔乡》，作者魏永波，出生于甘肃省天水市甘谷县，现就读于兰州文理学院2017级汉语言文学专业。）

筒子楼到江边的路弯弯曲曲、上上下下，这在山城里是随处可见的。这条路上有几栋杂草丛生的废弃小屋，这对小孩子来说既恐怖又充满挑战性。探险是小孩的天性，于是某一次毛毛和小伙伴一起拜访了其中一栋废弃的小屋，结果大失所望，屋子里只有些废弃的沙发和衣柜，它们和毛毛家里的家具长得差不多，同样的陈旧和勉强。在小屋的二楼打开一扇木门时，毛毛以为会走进另一片天地，没想到差点走进了天堂——木门外是空荡荡的天地，只踏出一只脚的毛毛及时把这只差点让自己掉到楼下和大地融为一体的脚收了回来。

除了和小伙伴偶尔瞒着大人跑去江边玩，毛毛也经常和大人们一起去江边玩。江边的巨石上有着每天潮涨潮落形成的大大小小的水坑，水坑里的蝌蚪无疑是小孩子最喜爱的玩意儿。

夏天的江边有两项活动，和大人一起游泳和抓蝌蚪。水坑里的蝌蚪有黑色和灰色两种，黑色的游得十分快，比较难抓；而灰色的就比较容易得手，大部分的时候毛毛都把灰色的蝌蚪抓回了家。这些蝌蚪有些已经长出了两只小脚，毛毛把它们放在阳台上的水缸里，某一天它们就会变成青蛙或者蛤蟆逃走，于是毛毛又去抓新的，循环往复，直到毛毛离开了这里。

（节选自《我是毛毛，我是山城寄居蟹》，作者杜长虹，"小名毛毛，一个出生于四川的重庆人"，现就读于安徽大学汉语言文学专业。）

人真的好奇怪，归属感往往不是由同类带来的，最亲的人也不行，一定得寄托在物的身上，包括古代流行的借物传情，都有一种恋物癖的成分在内。

外公老家石边村有一条后门江，东与闽江相通，西与乌龙江相连，是闽江与乌龙江的中间水道。后门江的新坞口有一座古桥，是用三块巨大的石板架设而成，长约六米，宽约四米。桥的两头各有一段石板路，旧时人们经常在新坞口泊船装卸货物，是个天然的小码头。桥头边上一座老厝就是外公的出生地。据说外公一族是陕西扶风县人，衣冠南渡时先迁至江西，又迁至福建长乐岭前，后有先辈到石边村经商就在这儿定居下来。

外公的老厝院墙由黄灰土夯成，粗糙古朴。院门漆皮龟裂、木质斑驳。门上贴着褪色泛白的门神画，是头戴兜鍪、身披铠甲、护心镜双挂的秦琼和敬德，只见他俩一个手举一柄四楞宝锏，一个手持一把钢鞭，膀大腰圆怒目圆睁，威风凛凛气势逼人。走进门厅，大堂正中是一张古旧的高脚桌，桌上有香炉和一对大烛台，香炉内还有一些香灰。老厝已无人居住，只有在年节时众人来做些祭祖的仪式。左右的厢房空空荡荡，后堂里堆放着犁耙、蓑衣、犀斗、打谷桶等农具。出了后堂，左手边是叔公盖的二层小砖楼。小楼周围种着几棵枇杷，几棵龙眼树和一棵芒果树，远处则是高大的玉兰树和芭蕉树。婶婆是嫁接枇杷的好手，经她嫁接的枇杷色泽金黄，果大肉厚，汁多味甜。枇杷成熟时，她总是非常自豪地招呼大家来品尝："诸娘囝（福州话：

女孩儿），多食点，润肺呀好哦。"

（节选自《不见了三十六宅，不见了一田茉莉花》，作者魏璟芸，现就读于安徽大学。"从东南一隅来。"）

老房对我来说就是这样的所在。

2015年年底的时候，梅林推行乡镇建设，政府补贴一点钱，农户再自己掏一些，于是低矮宽阔的平房一片片推倒，取而代之的是一幢幢独门小别墅，三四层楼、雪墙朱瓦，好不气派。

阿公和阿婆商量着，村里人都盖房子了，我们也盖个新房呗。阿婆起初是不同意的，住了大半生的房，也没破也没坏，哪能说拆就拆。

"你个不清头的，老房又没有多余的房间，以后孩子们回家他们住哪儿？还不如趁早盖了新房，他们回来也有地方住。"

阿婆一想也对，再问过子女们的意思，都觉得盖新房是件好事儿，也便大张旗鼓地张罗起来。

我一听也很高兴，好歹也有小别墅住了，时不时跑过来监工，眼看着老房被拆了一半，小别墅也一点点成形，一种莫名的空洞与唏嘘如影随形。

后来不知道出于什么原因，做完了一半新房以后，项目工程竟就结项了，留着一半的老房，可怜兮兮地贴在新房的旁边，愈发像个风烛残年的老人。

新房有热水器、有冰箱、有微波炉、有空调，但阿公阿婆依旧住在老房那边。"一辈子了，都习惯了。"

好说歹说，他们才放弃了柴火灶，用上了电饭锅。

新房依旧空着，儿女们也少有回来住的。

前一阵儿回去，邻居在家门口砍柴。

"好树啊，都二三十年了，怎么给砍了？拿来打个家具也好啊。"

"这年头，哪还有人做木工啊，趁早砍了烧柴火吧。"邻居摆了摆手，又低下头摇了摇，继续手上的活计。

"爸妈，我跟你们说，你们还是听我的，看看合适的人，商量商量就把地卖了，田也卖了。这一大把年纪了，哪还下田啊。把地卖了，来屯溪城里买个小平房，我们住得近也方便照顾……"

妈妈刻意压低的声音有些依稀了。

在老房的日子，也有些依稀了。

（节选自《老房的四季》，作者郑孙彦，家乡黄山市，目前就读于安徽大学文学院汉语言文学专业。）

推开小院的老木门，我们进入了小院，房子老旧的模样透出沧桑感。我站在原地环视四周，亲切与感动。久违的家呀，在这里生活过的痕迹早已抵不过风吹日晒，变得模糊。小院的低洼处和排水口处都长出了地衣，绿一块儿，黑一块儿。

锁头多年没开过，锁芯早已生锈，父亲拿着钥匙找秋叔沾上机油才艰难打开。屋里常年不见光，门一打开，一阵陈年潮味儿扑鼻而来。

我开始在客厅及各个房间转悠。第一个房间门口的墙上，还残留有我们当时贴的动画和颜色笔涂鸦的痕迹；房间的门边上，还标着我的名字以及我1到6岁的身高，挨着旁边写着堂哥的名字及他的身高。童年与哥哥姐姐弟弟妹妹玩耍的日子历历在目，最深刻的仍是堂哥。他比我大两岁，陪伴了我整个童年。

在客厅回味了一遍童年的时光后。接下来，我还是鼓起了勇气，攀附着扶手上了二楼。二楼楼口第一间是杂物房，里面放着所有未带走的"老古董"。

我进去打开父母结婚时的嫁妆柜，里面都是些大大小小的衣服、帽子、袜子等等。在柜子的底部，我翻出来一条褪色的蓝色牛仔喇叭裤，叠在里面显出了折痕，倒是个意外的惊喜。

喇叭裤是父亲有一年春节带回来的，我记得当时流行裤脚肥大的裤子，我收到后欢呼雀跃。父亲在我穿出来显摆的那一刻，淡淡地笑了，这样的笑容在那艰难的日子里，是连母亲都很少见到的。

从那天起，这个淡淡的笑，就扎根在我的脑海里。我频繁地穿着它，特别是父亲在家的日子，那时，我觉得这条喇叭裤是让父亲开心的法宝。在搬离家乡的时候，我还因为找不到裤子而不肯走。我看着裤子，竟也被当年的自己逗笑。我把裤子重新叠好，放进了我的书包，像是装着我曾经的天真。

（节选自《打理老祖房》，作者严小清，河南平顶山学院文学院戏剧影视文学专业2016级本科生。）

每回过年，父亲都会带着我们回到湛江，住上一两周。以前每次回去，我们都在市区的宾馆落脚。即使春节期间我们入住的宾馆要价三四百一天，我们也没有在老宅住下过。十多年来一直如此，直到两年前"五层楼"的建成。今年过年，是我第二次住在"五层楼"了。

　　三年前，在"五层楼"的框架建好后，父亲带着我登上了楼顶。上去后，父亲先是绕着屋沿看了一圈，然后走近东侧的栏杆，面向村子里的其他房子，说："我们家建的五层楼是村子里最高的楼。你看看周围，厉害吧？"我看到东面、南面、北面，三面都是鳞次栉比的两三层小楼，西面是一块包心菜田，不大，再往西又是一排排小楼。

　　可在我小时候的记忆里，这里的房子都只有一两层，有一眼看不到头的田地，有番茄田、碗豆田，还有农夫拖着牛在田地上走。

　　在村子里，许多新建起来的房子，远远地望过去是一栋栋十分漂亮的小楼，但走近窗边往里一看，大多根本就没有装修。别说家具了，连组成墙壁的砖头都裸露在外，仅仅只是外墙贴了瓷砖而已，里面的墙就连粉刷都省了。更有甚者，拔地而起的只是由钢筋水泥砌成的一个轮廓。

我家"五层楼"的隔壁就有一个这样的"轮廓"，这个轮廓从两年前开始就没有再变过样。

"轮廓"是村里的杨叔叔向亲戚朋友借钱修建的。杨叔叔的"轮廓"和我家的"五层楼"差不多同一时间开始修建，可建到一半杨叔叔资金就不足了，所以"轮廓"一直都只是个轮廓。

（节选自《父亲神气的小楼》，作者杨德智，广东湛江人，山东大学新闻系学生。）

小时候我就常喜欢约三五好友一起到溪边玩耍，戏水，摸鱼，一待就是一个下午。后来手机、电视、网络开始占据我们的生活。唯一不变的可能就是沿着溪边散步，晚风贴着我的脸吹过，夹杂着各种各样的味道，有不知从谁家飘出的饭菜香；混合着不远处啤酒厂传来的丝丝酒香；有时还夹杂些溪里的腥气，不是那么好闻却又让人安心。

妈妈常说"饭后百步走，活到九十九"。活多久我并不在意，就是喜欢在散步的时候妈妈问我学习生活上的情况；或同我讲我不在家那段时间发生的有趣的事；或者什么都不说，两个人就这么并排走着，静静享受这晚风微凉，夕阳西下的时光。

和我一样喜欢在溪边散步的还有很多老人，他们大多手里或腰上会挂着一个收音机，里面咿咿呀呀地放着不知什么曲目，他们嘴里也跟着哼，手上比划着各种动作。

溪边是缙云最热闹的地方。小时候溪边有很多的小摊小贩，他们的食物中也都带着溪水的味道，三块钱一个的缙云烧饼、甜到掉牙的麦芽糖、永远都吃不腻的黑鸭子。以前上学路过的时候我都会纠结好久要吃什么，好久没吃刘阿婆家的饼了，又对桥头那碗酸辣粉念念不忘。我纠结的毛病大概就是从那时候留下来的。

时至今日，每当我回到缙云，都要去把记忆里的那些美食去吃个遍的，它们不仅停留在我的味蕾上，也烙在了我内心的深处。

（节选自《寻恶溪去》，作者孙精贝，目前就读于南京信息工程大学海洋技术专业。）

家乡的夏日并不太热，却也少不了些总爱应着节气过日子的人。甭管怎样的天气，只要日历告诉你这是夏天，便总得在南河边上的滩涂里捉条鱼摸尾虾，累了便扒去衣裳，三五男孩一同跃进河里，还有个把不知臊的女娃娃也混迹其中，我便是那个百里挑一"不知耻"的女孩子。五六岁的孩子们穿着条裤衩便扑腾了去，这便是那些年的童年。

平日里母亲也常带着我到南河边上，用簸箕铲几尾鱼，笼几只虾。运气好捞得多些，拿回家过一道山泉水便直接扔进烧热的铁锅里，撒上蒜苔焯一下，享福的是自个儿的胃。若是捞得少了，便把这些小家伙放回河里，倒也自在。

那日，母亲说天气不错，得把家里的脏衣服洗一洗。再过几日就是火把节，是村子里极其重要的节日，马虎不得。

我屁颠屁颠地跟在母亲身后，像极了缩小的影子，不紧不慢，却又蹦蹦跶跶，始终对不上号。

"你就给妈蹲这，帮自个儿的袜子搓了，懂不?"

母亲选了个位置便停了下来，放下手中沉甸甸的大盆，把衣服一件件地掏了出来堆在岸边的大石头上，开始埋头苦干，想要趁早解决眼前这堆大麻烦。

"妈，我咋搓不起白泡泡嘞?"看着母亲手中越来越多的白沫溢出，自己手中的衣服却和方才没什么变化，衣服还是衣服，皂粉还是皂粉。

"你这瓜娃子，光长头发不长心眼子嘞？不和水你干搓嘛呀？撒点儿皂粉用力搓，领口、袖口、胳肢窝，都用了劲地搓！"

"我用劲了……"

两人你一句我一句，传授着洗衣服的经验，嘴皮子和手上的工夫两不误。那是女人和女人在一起永远少不了的聒噪。

"你这丫头……诶……这啥东西？咋恁眼熟？"

微弱的煤油灯恍惚着绚烂花瓣，晕成一圈圈，飘忽不定。

意识恢复过来时天已经全黑了，细小的火苗被灯罩笼在狭小的方寸里不满地叫嚣着，不吵。眼皮子很沉，身子更沉，像是有什么庞然大物压在身上一般。

后来我才知道那天洗衣服时母亲忽然见到水里漂着个什么东西，样子像极了个孩子，本能地伸手去抓了起来，一看竟是自个儿家娃，方才还在和自己说话，这么会儿工夫就给水里捞起来了，吓得母亲三魂守不住了七魄，衣服都没赶得急收就抱着我去了卫生站，最后当然是经过医生们的努力抢救，我健健康康地活了下来。

（节选自《南河边不知臊的女娃娃》，作者罗宗文，生于云南，学于福建，目前是福建师范大学汉语言文学专业学生。）

也许是记忆的压缩，小时候的村里是很热闹的，鸡鸣后各家陆陆续续地忙起来了，劈柴烧火做饭，这是一天中最具烟火气的时候。大把柴草在灶里升出的浓烟充斥了整个空间，偶尔的睡意也会被这浓烟熏走，各家养的鸡、猪、兔、羊、马、驴、牛、骡子也清醒了，不时叫唤几声。

早饭简单而丰盛，最喜欢吃的还是稠粥，也就是小米饭，再配上用土豆调的凉菜，清爽有味。吃罢早饭，养羊的家户要将羊集中赶去一个地方，然后由羊倌带领着羊群找地方吃草、喝水。

沤好的羊粪是很好的化肥，每次等羊群散去，总会有些老人提着筐，拿两根树枝捡羊粪。小孩子上课的时间要比羊群集合的时间晚，等羊群离去，要去上学的孩子开始在路上奔闹，一路打打闹闹到了学校，依旧闲不住。校门外土丘上野生的酸溜溜是孩子的最爱，一个人爬上去撇一枝下来，几个人抓一下，原来的枝上就光了，黄黄圆圆小小的在嘴里一咬，一股酸劲直冲全身，几个人龇牙咧嘴也还是挡不住酸溜溜那酸甜的诱惑。

学校很小，一排平房，一个年级一个班。学校里有些人很少被人叫名字，都是绰号，就连老师也很少在意学名，也没人追究绰号怎么来的，好像天生这个绰号就跟了下来。

绰号起的也很有规律，一般都是三个字，像什么癞蛤蟆、五葫芦、三笨蛋、二狗子等等；绰号也不是绝对的，如果这个人进了城，或在村里有点权，绰号就会逐渐被学名取代。若是一辈子没点什么作为，绰号就会跟随一生。

至于上过什么课早就遗忘在当时的教室里了，印象最深的还是下课之后的游戏：拍洋号，一毛钱一大张，十几个图案，用剪刀剪成小片小片的，玩的时候每人出一张，放在地上用手扇，谁把这张扇得翻了过去这张洋号就归谁，有时在土地上扇得尘土飞扬；打弹珠，在地上挖一个小洞，用自己的玻璃珠去打别人的玻璃珠，看谁先打进洞；还有拉树筋、狗尾巴草过河等等。

这些游戏现在不知道还有没有孩子愿意玩，村里有年轻人的家基本上都有了电脑，有无线信号的地方也是蛮多的，小孩子也更愿意抱着手机，或对着电脑。小孩子奔闹的身影现在不多见了。

（节选自《山西大同羊坊村的智慧》，作者幸鑫。"我的故乡是山西大同边上的一个小村子——羊坊。"）

这里是包头市青山区二〇二厂，坐落于莽莽苍苍、绵延千里的阴山南麓，是我国核工业最早创建的"五厂三矿"之一。1958年初建厂时，爷爷跟随第一批拓荒工人来到这里，为了对外封锁机密，厂区附近的村庄都被迁走了，工人们只能每天来回走十几里路上下班。

我记事前住在南门外，虽然带个门字，实则只是一个地名。

南门外是奶奶的家，当时爸爸和妈妈已经在离这儿不远的地方有了自己的房子，可我对它没有任何印象。它在哪儿？什么样？我一概不知。

我开始记事后家就搬到了西门外的一套三进的平房，有宽敞的院子，屋后有一块菜地，不大，我们一家吃完还能剩一点拿到市场卖。

我没有想到这时候爸爸已经从对外经贸大学毕业，在北京找到工作、站稳脚跟，正准备接我和妈妈过去住。在记忆中我第一次与他们长时间生活在同一个屋檐下是2006年，我二年级时我们搬到北京，在一列普通的嘈杂、拥挤、沉闷的火车里。

那时我懵懵懂懂，没有意识到这就是所谓的离乡，我甚至不明白什么叫家乡。我开始了在水泥钢筋、车水马龙的大都市的生活。我的童年并没有结束，但大自然春风化雨的教育已经不复存在了。

在北京上了小学、初中后，因为高考户口的问题，我又回到了内蒙，不过是在呼和浩特，姥姥姥爷和舅舅一家住的地方。这十一年间每年寒暑假我几乎都回奶奶家，但初中的时候奶奶家原来的平房就要拆了，预备举家搬到新建的两室一厅的五楼楼房。拆迁工作迟迟没有开始，奶奶搬走后房子又租给了一家卖麻辣烫的人家住了一年多。

我和姐姐跟着奶奶回去看过一次，院子比我印象里凌乱、拥挤了很多，停了一辆破旧的卖麻辣烫的三轮车似乎就没剩多大地方了，菜地高高的围墙也只到肩膀而已。我们当时在院子里吃杏，核吐在地上，后来竟然长起一颗细细小小的树苗，我去看的时候已经长到碗口粗了。

我知道这里在不久之后会被夷为平地，但当时的我虽有些难过也并不十分在意。

去年秋天，我们在西门外的房子在大多数老住户搬走两三年后终于要开始拆了，我大一的寒假过年回家，它已经远远地被高大的围墙森严地围起来了。

小院儿没了，我第一次有了永远失去的感觉。

（节选自《内蒙古，我的二〇二厂》，作者扈嘉翼，安徽大学文典学院人文科学试验班2016级本科生。）

在大堤紧挨河道的地方，每隔十几米就会有一堆石头方阵，整整齐齐地砌着，腰间还画着红线，这些石头十分的大，有些比我的个头都长些。这方阵自然也大，有十几米宽，足有我姐那么高，所以每次都要爷爷托着，我才能爬上去。在这上面看黄河真是痛快极了，那河水似乎就在脚下淌过，轻轻拍打着你脚下的岸。夏天里的黄河水多些，冬天就会少得多了，而且到了深冬，河面全结了冰，活像一位枯瘦的老人。

我就这么坐在石阵上，捡小碎石投到大石头的缝隙里，听着它"嚓嚓"下落的声音，一直到天边的云彩烧起来，染成一片火红。那颜色明亮、浓郁，衬着浑黄的大地和河面。那时的我还不晓得什么"长河落日圆"的名句，更不懂什么是辽阔苍凉的美感，只是觉得这颜色温热鲜艳，映得脸膛暖融融的。我知道，是该回家的时候了。

在东张那几年的夏天常常就是这样一天天地过，没什么新鲜的，但又好像每天都不同。也是奇怪，我的记忆里总是夏天多，冬天只能记起零散的几个片段，春秋就更不记得什么了。

（节选自《黄河上的日落，东张的童年》，作者张月停，山东省淄博市高青县东张旺村人，现就读于安徽大学。）

我对于那个小城的全部记忆，是在那个叫做青春的牢笼里。

一天天变小的数字本挂在黑板的一侧，老师脸上的笑容也渐渐消失。那个时候的我怎么也想不明白，我们一批又一批的人，这样机械活着的意义。

那个时候的我，常常站在乌江的桥头静静看着来来往往的行人，企图窥视他们行色匆忙的表象下，是否有一颗火热跳动的心。平静、疲惫、亦或嬉笑怒骂的面部下，我终究没有找到过答案，连自己的心，为谁跳动着，也未曾真的弄懂过。

校园里的树开始泛黄，风一吹，就在窗前轻轻地抖动，昏暗的教室里，窸窸窣窣翻书的声音，我们永远低着的头，拼命计算和书写的练习题。

从窗外看出去，金黄色的阳光打在开始泛黄的叶子上，一闪一闪的晃着眼。教学楼下的自行车，歪歪倒倒立在树荫下；老师不满的声音从讲台轻轻传来，收回目光，扶正眼镜，便开始用力地抄写黑板上满满的答案。在最美好的青春年华里，我们困在书本、考试和题目里，顺从老师和父母的期望，无人质疑。

十字街是彭水这个小县城里最热闹的街。十字街的拐角下，酒足饭饱的一群人在河边放起了烟花，他们唱："我就是我，不一样的烟火。"他们哭哭笑笑，癫癫狂狂，仿佛人生已到绝路，仿佛从此再不复相见。直到夜色渐沉，他们说："再见了，这憋屈的青春……"

（节选自《停在十字街烟火的少年》，作者冉玲琳，重庆彭水人，现就读于中南民族大学新闻专业，重庆大学新闻学院2018级研究生。）

至今我还记得小时候跟在爸妈屁股后面参加麦收、打场的场景。

那时的田地是东一块西一块的，自家的地走个两三趟也就混熟了。谁能想到，以后干啥都是机械化、规模化。六月里，麦子已经沉不住气了，麦粒撒得到处都是。才三岁多，我就学着大人一样把自己蒙得严严实实跟着上地。一个个佝着腰拿一把镰刀，抓住麦秆就咔哧咔哧割。我拿个空化肥袋铺在地上，一会瞅瞅他们，一会捧一把土又撒开手，看累了，索性睡在袋子上。刚睁开眼，揉吧几下眼睛。刚一抬头，就看到一个皮肤黝黑的大高个扔下镰刀坐在地上。许是受不了太阳的暴晒，转眼就扬长而去。看着远去的背影，人们也只是嘲弄几句。有的女人直起腰说："一个男人比女人还受不得热，咋这么滑！"一旁的女人连声附和说，就是的。说着又卯下腰，割起麦子来。汗水淌进眼睛里，蛰得生疼也不擦一下。

不到半晌，麦子就割得差不多了。远远望去，满地的麦茬。远处就能看到驴子套着车晃悠悠走来，吁！车子稳了下来。一些很快就将麦子打成了捆，放到车上整好，拉到场上去晒。有的还在打捆，眼睛直勾勾看着麦子。家里种了四五亩麦子的人，急得打电话找人割。怕花钱，就让亲戚帮忙。帮的时间长了，再打电话，人也都不来了。有时邻里碍于面子，不得不帮衬一把。日头快下山了，人们抓紧拾掇起来。

第二天起个大早，把场上的小麦摊开照一照，晒晒水气。割得慢的人家还在赶着割，有的已经把地里扒的整整齐齐，又准备种茬别的作物。像是胡麻之类的，来榨胡麻油吃，倒也省了买油钱。

（节选自《高台不事闲》，作者张娜，兰州文理学院学生。）

每到秋收的时节，村子里的水磨坊就热闹了。磨坊主老远就能听到毛驴驮小麦时的大口喘气声，甫说，肯定是附近村子没水磨的那些老主顾来磨面了。果不其然，转过巷口，故人相见，老主顾远远地招手，加快了脚步，来见磨坊的主人。老朋友拱手相迎，迎进家中，泡杯清茶，端上一些吃食。闲谈间，了解老主顾今早是几时动身下的山，家中可都安好，今年的年成如何，说话间问问要磨的面有多少，急不急着要，要是赶明儿就要的话，那就当下就上磨，下午磨完，晚上在磨坊主家里歇一晚，明早儿就拉回村上，省得家里惦记。老主顾喜笑颜开，给老朋友帮帮忙，捭捭口袋装面粉，愉快的时光总是过得很快，一个下午，小麦都变成了面粉，不用说，晚上在磨坊主家是佳肴满桌，小酌一番。第二天一早便是好友挥手告别的场景，或许，下一次的再会，依旧是磨坊的缘故，只是，彼此都老了一岁。

时光荏苒，而今，随着工业的发展，毛驴驮着小麦来磨面的场景没有了，而那因磨面生成的深厚情谊，在彼此的相聚中，变得更加深厚。如今那些老磨坊主加工粮食的磨坊也已经找不到了，能找到的，便是这被遗弃在荒草中的磨盘了。

自从有了电力装置后，水磨悠久的历史便隐没在时间的长河之中了。

一代人与磨坊的情谊，终究也是抵不过岁月的车轮。从此，有的磨坊被拆除，而后不知所踪；有的像它们一样，废弃了，闲置了，埋没在草丛中，被人忽视，而后被人遗忘，或许在将来的某一天，途经这里的年轻一代的路人，看着这形单影只的圆圆大石盘，好奇地自问——这是？

即使时间过得再快，人们的记忆遗忘的速度更加快速，这几方磨盘也将永远定格在那荒草丛中，被肆意生长的野草蔓盖，被时间的沙漏埋没在岁月的尘土中。

（节选自《曾经，水磨它们日夜不停》，作者李斌强，兰州文理学院文学院汉语言文学专业在读学生，"土生土长的兰州人"。）

农村里的孩子基本上都会有几个要好的玩伴，我也不例外。我的玩伴小名阿才，从我记事起我们就在一起玩了。他住在我家隔壁，毫不夸张的说，小时候他的院子就是我的院子，我的玩具就是他的玩具。我们春天一起抓蜻蜓、捉蝴蝶，夏天一起在田野里像疯子一样奔跑，直到他奶奶在门口放大嗓门喊他回家我们才罢休。当时年少不经事，觉得他和我一样，爸爸妈妈都外出打工，爷爷奶奶在家陪伴我们。可是后来渐渐长大了，我才意识到，原来人与人之间是不同的，身边的一切可能都不是我想象中的模样。当我第一次从家人口中听到他没有妈妈时，我还懵懵懂懂地问了一句："怎么会有人没有妈妈？"

后来在我读三年级时妈妈把我带离了那个小村庄，让我去镇上接受更好的教育，在那期间我认识了更多的人，也懂了更多的事。我开始懂了为什么过年的时候他仍然见不到他的妈妈，为什么他永远都吃不到生日蛋糕，为什么他的奶奶每天都在家向观音菩萨祈福，祈求他的孙子平平安安，万事顺利。

在此之后我回去的次数越来越少了，和阿才之间的关系也变得不像以前那么亲近了。我常常无数次幻想，连我都懂了的道理那个外人眼中调皮捣蛋的小男孩是否也早已懂得。

（节选自《故乡冷了，阿才没了颜色》，作者朱爱玲，目前就读于安徽大学。"我来自安徽省芜湖市无为县里的一个小村庄。"）

饭桌上，奶奶顾不上吃，眉飞色舞从东街口讲到西大院，搜罗了一圈的段子，憋不住滔滔涌出，笑声一串接着一串，奶奶讲得入戏，大家吃得开心。

后来，我和弟弟妹妹们纷纷长大，我们迫不及待要踏出那一个圈，像电视里每个泣涕涟涟的送别场景一样，新一代的青年们在父母灼灼的目光下摇摆着手，被送向远方。

我们的生命线性地增长着，从A地到B地，再到C地D地，步履不停，存钱一样在生命帐户里写下一公里，又一公里，我们想走所有未曾有过的路，想把宇宙星辰、大海高山揽入怀中，急着触摸世界的无限。

正当我们为这伟大地图陶醉不已时，奶奶可能刚从前廊走到后阳台，跟随日光的移动，她会及时将苕粉、豇豆、豆豉转移到光热充足的地带，她会缓缓弓下腰来，细心地抚摸每一把豆角，感受它们的体温，软硬度，干湿情况，为它们适当调节受热位置，有时候会送到鼻子前嗅嗅，嘴里尝尝，仿佛身体能够提供最精准的测量尺度。她那一刻的心情，和每一位匠人、园丁、艺术家对待自己作品时所感到的亲密、兴奋一样，幸福而满足。

（节选自《年轮小镇》，作者邓雯婕，来自重庆，安徽大学学生。）

　　家门口的破院里有方大石台，我已记不清它原本的用处，如今猜测可能是晾晒食物或者研磨东西所制。在那个电子设备尚未普及的年代，我和表兄最大的乐趣就是在台上拍打着卡片，把弄着小车，有时母亲不容我们玩得太过尽兴，我俩便只能放下玩物，坐或者躺在石台上聊天。瓦房的二楼也是一个好去处，外婆将其中一个小房间用作储藏室，储藏室对面是一个露天的平台，平台略高，不远处便可攀上一楼瓦房的顶部。这片人家的房子多数都是一层，所以一旦攀上这个屋顶，便可以欣赏到很远的风景。这种好地方自然不会被我们遗漏。我和表兄常趁着大人们不注意偷偷溜上去，丝毫不对脚下瓦片的质量有所担忧，也未曾想过万一脚底打滑会是个什么样的结局，相比于如今严重的恐高倾向，儿时的我和现在简直判若两人。

　　外婆养了很久的狗，品种昵称这些早已忘得

一干二净，只记得大狗后来生下了一窝小崽，大概有十几只之多，白花花的甚是可爱。为了防止小狗们乱跑，外婆把它们安置在了二楼平台上。平台高约七八十公分，对于小狗来说未尝不是天堑。它们常常聚集在一起，坐在台边看着我和表兄。我俩常常吓唬它们，假装要朝他们扑过去。这群懵懂的小狗往往会惊得乱了阵脚，一窝蜂地钻进平台最深处的笼中。但没过多久，便又会出来聚成一排，天真地望着我们，我们则会再一次地重复之前的恶作剧。以此反复的恶趣，为我俩带来了童年最原始的快乐。后来，小狗们陆陆续续都被送了旁人，我俩也失了上平台玩耍的乐趣。曾听闻小狗的寿命约莫在10—15年左右，而距那段时间也已经过去了十余载，这些活泼的小生命可能已不在这个世上了。

（节选自《世纪初十年，两处老屋与燃灯表佛》，作者李家琳。）

淮北的夏天，就像是一块巨大的果冻，沉重的热气混在里面，几乎找不到一个口子可以透透风。偏偏太阳不遗余力地照，满地都是辣辣的光，然而即便这样我们也不会放弃在院子里闹的机会，那时姥爷顶楼养了两间房的鸽子，日日飞来飞去，会大摇大摆地踩到你的腿上啄玉米粒。

当你面前一堆灰色白色的鸟儿专心致志地啄食，你只需要猛地一冲，就能扑啦啦惊起一阵阵气浪。这听起来有一种田园牧歌般的自在，但我如今回想起来，记忆最深刻的还是多重奏的咕咕声以及扑腾下来乱飘的羽毛。虽然灰扑扑的，但是这些健壮的鸽子颈子上闪着蓝紫色的光，很美。今年暑假特意去了相山公园，买了一包饲料喂鸽子，它们一个个长得白白净净，温和地凑到我身边，倒叫我不好意思淘气。

最难以入眠的是夏夜，淮河的支流经过这里，两岸郁郁葱葱。白天阳光烤得知了乱叫，晚上它也不消停，于是姥爷常带我们拿着手电筒，往河岸摸树上的知了。在淮北，有一道菜就是油炸知了，口感弹牙，肉质香嫩，我们这边土话叫作"炒蝶喇猴"。这样的美味，家家户户都不会错过，循着知了的声音，一束束手电筒的光在树林里扫射。偶尔碰到了就聊几句，又再投入战斗，一两个小时就能收获一塑料瓶的知了。新鲜的知了，大粒的盐，拿油煎了，这是一道我如今回家妈妈一定会做的菜。

可是原材料也涨价了，五毛一只知了，我就笑着说不如去抓一麻袋发家致富。

（节选自《张集子一横一纵，我的城堡》，作者吕敬亭，安徽大学学生。）

车缓缓地停在村边的小路旁，我和姐夫从车上下来，想着许久未归，所以决定先回家看看。

每年的农历十月初一，都是老家"送寒衣"的日子。乡民用彩色的纸剪成一件件"衣服"，烧给去世的先人，也算是寄托哀思之情了吧。偶尔有手巧的还会填入一些棉花，使那件衣服看起来更像一件棉衣。

当然这是以前的做法了，现在的人往往不会去手工制作，而是更倾向于买现成的。原本纸衣所代表的含义也慢慢淡化，形式大于情感。

半个小时后，我们终于来到家门口。

忽然感觉大腿被什么东西顶了一下，回头一看，无奈一笑，原来是家中养的大黑狗。家里人离开后，无处安置它，只好给它解下链子，任其自生自灭。听邻居说，家里人走后，它每晚都在院门外嗥叫，像是在哭。我听了心里不是滋味，它是怕我离开才抱着不放的吗？可我终究是要走的呀。

暂别了黑狗后，我才得以进入房中，房里的一切都用塑料布盖着，塑料布上落满了灰，连个坐的地方都没有。墙上也是空荡荡的，原来挂的画都被父亲收了起来，那些画都是祖父的学生给祖父送的。祖父是位画家，年轻时当过兵，当过老师，在我们县小有名气。

匆匆看了两眼，便将房门重新关上，院中杂草也没时间收拾，便和姐夫向着对面山坡的墓地走去，一路上黑狗跟得紧紧的。

来到母亲坟前后，黑狗却不再乱跑，只是定定地盯着坟站着。我看它眼中竟有些湿润，万物皆有灵，或许它也知道这里面埋的是一直喂它的那个人吧。

坟上长满了荒草，坟头招魂幡上面的纸条已经被风吹得一点不剩，只剩下一个竹架在坟头孤独地伫立着，向坟上完香后，便烧了寒衣。姐夫在旁边默默地放着炮仗，炮声吓跑了一直跟在身边的黑狗。

呆呆地盯着坟包看了好久，直到姐夫拍拍我的肩膀才回过神来，向坟头洒了酒和凉浆水，磕了头，和姐夫离开了墓地。一直走到车旁边，黑狗也没有再跟过来，我松了一口气，若它真的跟了过来，我又怎舍得赶它走呢？

汽车缓缓开动，离家越来越远……

（节选自《家殇》，作者何岩柯，来自"书画艺术之乡"通渭，现就读于兰州文理学院汉语言文学专业。）

我只知道姥爷病了，不知道他病得那样重，妹妹也是。大人们在屋里忙他们的，我们在屋外玩我们的。我们在外面搭起小棚子，撕着课本烧纸玩，姥姥好说歹说地让我们别烧了，可是没有用。下午我们在屋里来回乱跑，把地板踩得咚咚响，病重的姥爷痛苦又烦躁，他哭了，说："快把她们送走吧，我太难受了，告诉她们我疼不了她们了。"

之后，我被送到了三舅姥爷家，妹妹被送到了养鸡场。当天晚上，姥爷去世了。

第二天，三舅姥爷一家带我去祖姥姥（姥姥的母亲）家住，我记得祖姥姥笑着跟我说："贝贝，你姥爷死了。"

舅姥爷制止她，说："别跟孩子说这个，还这么小呢懂什么啊。"

夕阳当时快下山了，笼罩着祖姥姥的是一片

暗红的黑影，我不知道她是不是真的在笑，但我在她脸上没看到一丝悲伤。从那之后，我就不喜欢她，一直一直不喜欢，也不喜欢舅姥爷。我当时的确还小，但我也知道，我失去了一个至亲。

第三天，父亲把我接到二姥爷家，二姥爷家在姥爷家的斜对门。晚上，母亲过来看我，她的眼圈是红肿的，她抱着我哭了一会，然后问我想不想哭，我说，不想。我那时候没有悲伤，却至今记得母亲抱着我时我心中的压抑。往后总有一瞬间，我会莫名心中感到极度失落，感到若有所失，那时我再也笑不出来，而那种感觉，唯有我逼迫自己去想开心的事后，才会渐渐消失。

人随着年龄的增长，心中的悲痛，是会加重还是会减轻呢？

（节选自《阿陵城，不甘心遗忘》，作者贺一平，安徽大学学生。）

我随爸妈在外蜻蜓点水般地辗转了5个省份，10多个城市。3月，为梦绕了几十年的爸妈和我自己，突然回到了重庆。

眼前的重庆已经成为国际化大都市，高楼耸立、道路宽阔，极具现代感。家乡的进步本应使我骄傲，但此番景象却让我产生巨大的失落和迷失感。我自不该希望她保持"高山仰止"、绿水环绕的原貌不变，那是阻碍发展的自私想法。

　　这样的情绪，在看到洪崖洞和朝天门时，有了别样变化。

　　重庆虽已现代化，但却并非其他城市的简单复制，而是保留了重庆桀骜的性格，在奇特的地形基础上建立独具特色的城市，是我的渺小阻碍了视野。

　　而真正走进重庆的所见所闻，才让我完全平衡失落。能够驾驭重庆的火锅，才是一个合格重庆人的底线，辣得深沉而毫不讲理，火锅告诉我，要触摸家乡的心，先要有坚强的胃；最令我印象深刻的是的士司机，在普通话甚至英语已经成为中国城市服务业人员标配技能的大潮中，作为国际化大都市的重庆的士司机，仍旧"逆势而为"，客人上车即喊上一句韵味十足的重庆话，"外地人"们的哭笑不得，是重庆人的自信与豁达；还有论两称的重庆小面和红油抄手；时而穿楼，时而钻地，时而绕江而行的轻轨和自来熟的家乡人……

阔别的家乡是用变幻无限续写的曲，可爱的家乡人民是无形而难以抗拒的磁场，我想接过爸妈手里的笔，把上一代人并不规则的圆画下去。

（节选自《我想接过爸妈手里的笔》，作者何林，本科就读于大连外国语大学新闻学专业。"用朋友的话说，是个假重庆人，有幸考入重庆大学新闻学院，成为一名准研究生。"）

这次回家是有任务的：待客。为了庆祝我考上大学。

家乡的宴席我也参加过几次，但头一次是为了我。

负责做饭的厨师被称为"师傅"，在家乡，这个称呼大抵能概括很多职业。他看上去黑瘦黑瘦的，很是无精打采，或许是这个夏天经历过太多这样的宴席了。

大伯家院子很大，几口大锅被支了起来，桌子、厨具一一被清洗后摆放好。已是傍晚，忙碌着的人影子被斜斜地拉长了，夕阳洒在地平线的麦田上，异常温柔。

我看着他们忙碌的背影，显得更加不知所措，仿佛一个局外人，只能抱着小侄子坐在大门旁的石墩上看着人来人往。

早上，宴席正式开始。做饭的师傅来得格外早，锅碗瓢盆的碰撞声杂乱无序，切菜声却错落有致，十几张圆桌有序地摆着。做饭的师傅只有一个，来帮忙的却不少，邻居家婶婶、村里并不熟悉的大妈、还有几位根本不认识，家里人好像对这些事十分钟情，纷纷从"铁皮盒"里走出来。

人渐渐多了起来，很多都是老人带着孩子，他们围坐在圆桌边，占据有利位置，一个桌上就算没有认识的人也能吃得津津有味。

我和大嫂也找位置坐了下来，等着宴席的开始。上菜的小哥端着餐盘穿梭在圆桌中，丝毫没有慌乱，哪怕汤汁飞溅。桌上的菜渐渐丰盛起来，吃过的已经开始骚动，准备回家了，当然这只是第一批，流水席的时间起码要持续好几个小时。

此时，宴席已经接近尾声，爸爸还在和餐桌上的大叔们猜拳喝酒，我躺在门口大树下的吊椅上，听着熟悉又陌生的乡音，却觉得十分安静。

（节选自《考上大学，坐着我的流水席》，作者宋进进，安徽大学文学院2015级汉语国际教育专业学生。）

回乡拜年时，鸡鸭鱼肉已经成为日常佳肴，过年年饭也只是比日常多几道肉食。小时候对过年渴望吃到美味佳肴的情怀渐渐淡去，因为缺少渴望，缺少关注，因而年味也渐渐淡去。

小舅家本以砂石厂为生，但随着新一轮环保高压政策下来，老渭河保护生态环境不再让采砂，一时间小舅家断了经济来源，但之前采砂石日进斗金时，挣了不少钱，转型养殖肉牛。大规模养殖对他们来说人辛苦、风险大、收益低。虽然如此，但也比种田好太多，不过对比之前小舅家开砂石厂时日进斗金，亲朋往来不断的节日氛围，而今小舅家的庭院似乎冷清多了。

小叔家以出租车为生。2015年左右随着滴滴打车等的流行，出租车垄断出行市场的局面被打破，出租车营运证大幅贬值、营运收入也随之减少，日渐而来的压力让小叔头上的白发越来越多。亲戚们八仙过海各显神通，在乡村致富、发展，不缺勤劳，缺的是知识和远见，缺的是把握时代脉搏、跟上时代脚步的眼光。

如若早点明白工业化之后会大规模进行环境治理，小舅家就会早点转型；如果明白互联网下的资源共享是大势所趋，小叔家就会早点在高位卖掉出租车。

随着拆迁款和房子到手，过年时乡民们都往酒店安排，回乡吃饭发现家家小饭店爆满。而据我所了解，乡民们虽然现在过上了城市生活，但本身并没有大城市生活的快节奏，很多乡民们不是在临近厂区务工就是自谋职业，而田地种田也是很多人的职业。这也就意味着事实上乡民们都不忙，是有时间准备年货、饭菜的。

但现在一窝蜂的往小饭店里涌去，唯一的解释是开始铺张浪费、相互攀比了。过去在饭店吃饭是城里人的特色，而今有条件了，乡民们也来尝试下。互相之间都是邻居，走街串门的乡风依然保留，东家说自己在饭店吃饭，西家一听也来尝试。

当然一顿饭大概不过六七百，算上酒水大概只要一千多块，但是乡民们的月收入有三千都算很不错的了，一个春节下来就是几个月工资。量入为出的勤俭节约作风不断消退，而收入跟不上，只能坐吃山空，于是很多乡民便不断卖房子。很多拆迁几套房子的乡民靠卖房子度日，但房子终有定数，卖完了怎么办？

拜完年返程后，坐在车上，回味着返乡所见。乡村是那样的波澜不惊，几十年如一日，年少时父辈过年聚会的情形十几年后仍是一样，如若不是城市化拆迁，伴随着中国经济发展的趋缓，最近几年乡民们的生活应当与之前一样，日复一日没有变化。

（节选自《六安，拆迁后家乡的年夜饭》，作者倪阳，2016年毕业于安徽大学中国现当代文学专业，文学硕士。现就职于安徽省物业管理协会。）

1997年的冬天，漫天大雪笼罩着桐子坡这个偏远的小村落，寒风簌簌不时将堆在桐树枝上的积雪打落一地，在这一声声闷响之中，轻和呱呱坠地。他的到来给这个寒冬添上了一抹暖色，给家族带来活力的同时，其实也暗含了一场悲伤。轻和是家族的长孙，其实也不算真正意义上的长孙。缘由是这样的，爷爷陈老有六个儿子，在那些生活条件极其艰苦的日子里勉强拉扯大了五个，也陆陆续续帮他们完成了终身大事。除了早年就赌气漂泊在外的老三，几个孩子的婚事都由陈老一手操办。老大入赘谭家，并不是因为对方有权有势，只不过因为对方没有男丁而苦苦哀求，再加上对方家恰好与奶奶是同姓，在那个年代，住得近又是同姓的都叫做"家门"。因这两层关系爷爷最终同意了老大的入赘，甚至也答应了老大的长子随对方的姓。故而老四家的轻和也就成了这个家族名义上的长孙。爷爷把轻和抱在怀里心里十分怡然，但轻和瘦瘦的样子让爷爷很是担忧，于是想着为他取个简单的名字护护体。文化程度不高但阅历丰富的爷爷随口就说出来"轻和"的名字，整天一有空闲就在火坑旁边吸旱烟边逗轻和玩。一个孩子独享着一个大家庭的宠溺，虽然也不乏婶婶们的妒恨。但那时的轻和只能感受到爷爷奶奶的笑容是好的，而对那些笑里藏刀、口蜜腹剑还不能理解，这于他而言，是段难言的幸福时光吧。

（节选自《轻和》，作者陈菁霖，安徽大学学生。）

女儿初中毕业考上了县中，其他几个孩子成绩不错的家长商量着要请校长、老师吃一顿，李孝实自然乐呵呵地答应了。

几杯酒下肚，身体开始微微发热，而场子早已热开了。李孝实先感谢了学校对女儿的培养，然后微微有些不好意思地对校长说："其实我该叫您一声老师，以前我在镇中读书的时候您教我数学……都二十多年了，不知道您还记不记得我。"

老校长的眼睛慢慢亮起来："哦，哦，我记得你！你就是那个高考就差一点的！我记得！你的数学很好的。"

一股热气忽然往上涌，他赶紧握了握校长的手，仰头喝下一杯冷酒。周围传来惊叹的声音，耳边仿佛听到有人在夸校长记性好，也有人说这父女和校长的隔代缘分太巧。

1989年的夏天似乎特别热，李孝实站在庙门口，脸上是一样的鲜活与期待。再过几年，他也可以和叔叔伯伯一起喊号子、在大家的欢呼声中抬起大猪了，可现在的他只是独自望着满天神明。

他想求一个答案，但十一年所受的教育又让他自嘲地摇摇头，转身潜入人流。

高中同学正在酒劲儿上，说话有些语无伦次："……我跟你说，你没去实在太可惜了，我补习那里边什么地方的人都有……说咱们闽南话的、说金乡话的、说蛮话的、说本地话的，话一急起来谁都听不懂谁的，哈哈哈！"

五爷爷和父亲举杯，朝着正殿敬了一杯。

他的目光百无聊赖，只好落在大殿正前方插满香烛的鼎上，随着烛火不停地喘息。忽然想起自己小时候也曾在这众人齐聚的时候呆呆地望着祠堂不灭的烟火。

生活不过是那个老旧的祠堂，热热闹闹一天，撤去贡品酒桌，留下的只有落着蛛网和裂缝的墙角，还有不知道谁的祈祷。这些，该怎么告诉自己的孩子呢？

酒店外的夜风吹得所有人浑身一激灵。大家晚上喝的并不是特别多，叫冷风摇摇便清醒得差不多了，倒是老校长晚上似乎特别开心，被老师搀着坐上了出租车。

"……上了大学还说要研究家乡的人、事，要写什么传记，我说咱们这边又不是什么文化名城，有什么好写的？她非说什么平凡人也有值得记录的，我呀，是越来越不懂了……"家长靠在后座上，嘴里是嫌弃，脸上却满是温热的笑意。

"是啊，就这么个平凡的地方，都是些普通人，有什么好写的。"他微微侧过脸，目光落在远山，山的那边似乎升起了雾气。

（节选自《平凡的世界1990》，作者李莎莎，生于武乡苍南，现就读于浙江工业大学中文系。）

"老王家儿媳生二胎了！带把的！你们看看，这几天他天天抱着孙儿出来溜达，好不威风。诶，我记着小薛媳妇也生了，从医院回来就看到他们灰溜溜的，脸上没好脸色，听说是个女娃，哎……一个不中两个也不中，这就是命！"

一阵落寞划过小思的心尖，当年，要不是有李大爷这样的人说三道四，对小思家冷嘲热讽，怎么会在极度艰难的情况下生下弟弟……

小思想起了楼上的邻居，就是老王家，自从家里添了一位男丁，小思每次回家都会看见大女儿抱着弟弟，额头沁出了汗水，弟弟还小，爱哭，大女儿赶紧哄着弟弟，她奶奶会责骂她："这点事都做不好，还能指望你做什么！"大女儿和小思的弟弟年龄一般大。小思觉得自己幸运，虽然自己六岁就开始带襁褓中的弟弟，但是家人不会责骂小思，弟弟有的小思也有，家人不是把一份爱分成两份，而是付出了双倍的爱，小思和弟弟一人一份。尽管如此，小思总是心事重重，比同龄孩子成熟很多，小思知道，她的童年到六岁就彻底结束了。还有那群"热心"的邻居，总喜欢灌输他们的"大道理"——

"女孩子小时候成绩好没有用，到了高中成绩都掉得厉害，女孩子只会死用功而已"，"小思高中成绩还这么好啊，哎呀，女孩子成绩好有什么用，到时候还是别人家的"……

小思全程低着头不说话，这条路很美，黄色的路灯映照着满树粉色的灯笼果，这灯笼果中藏了许多少女的心思，小思之前总喜欢捧在手里对着它们说悄悄话。风吹过，栾树又掉下了很多灯笼果，小思闷闷地一脚踩过，那少女的心思成了一堆丑陋的果泥。

（节选自《常州"大道理"》，作者宋涵，安徽大学学生。）

许百粒记得那一天，奶奶死死抵在窗户边的墙上，夕阳懒散地照在医院的病床上，尘埃在光束下漂浮，粒粒见影，空气中弥漫着的是消毒水的味道。

国庆假期的倒数第二天，百粒、百粒妈妈和弟弟在一边照顾住院的奶奶。休息间，奶奶打电话问爷爷，找到没有，电话那头好像没有给出多么明确的答案。

"奶奶，什么东西丢了啊？"百粒直起了身子，盘算着一会儿回去帮她找。

奶奶接完了电话，回身望了望另一边的百粒，几次开口又闭上，还是开口："一万……"

百粒心下一个激灵，"一万？"

"嗯……一万……一万块钱……"奶奶再也坐不住了，手杵着从病床上坐了起来，从床位颤颤巍巍地踱步到窗口，几番来回，最后贴着窗边，闭上了眼睛，站定了。那是下午，太阳已经走完了四分之三的路途，斜影西沉，斜斜地洒进这个病房，在病床上拉出了个斜斜的形状。那束光略过了靠在窗户旁边的奶奶，奶奶脸在光后面，不甚清晰，可是百粒清楚地看见她拿着电话的手在颤抖，一直在抖，紧紧地死攥着那个与爷爷通过话的手机。

爷爷喘着粗气，懊悔地拍着自己的腿。

"那你把那钱放哪里了啊？"百粒妈妈在一边迫不及待，直直问道。

"我就把钱放被子里了！"像是太过激动，爷爷咳嗽了几声。"还捆起来了。第二天回去一看……没了……谁晓得呢？后来赶紧把被子放到小房间去……"

"那钱都没了，那你把被子放别的地方，有个什么用……"

（节选自《爷爷的差错》，作者徐倩，来自芜湖繁昌。"这篇文章是建立在回忆上完成的。"）

四燕给阿凤打来电话："九老鬼没抢救过来，在医院死了，你可知道？"

老李头五九年也就十多岁，论辈分，该喊九老鬼一声叔。老李头的爸以前是个地主，连带着下一辈仍穷得叮当响，灾荒年里孩子们饿死好几个。

二糖坐屋檐下，搬个小椅子，靠在门口水泥柱子上看天。皖北的平原是接着天的。眯着眼望过去，天和地用根线分开。

槐树花拿回家洗洗拌上面，蒸一大锅，够吃好几顿，捣了蒜淋上，浇几滴辣椒油，一人一大碗。晌午极热，二糖压了水，喝一碗，剩下的直接淋头上了，冰得哆嗦。她一向讨厌九老鬼，那人一来准没好事。

"管，是埋南地里吧？""是哩。那你到时候别忘了来。"九老鬼的脸陷入骨骼里，显得颧骨尤其高。嘴张几下想说什么，咕噜几声，终是没说出来。

刚到祭灶，天微微亮，雪映着，屋子更亮堂了些。老李头拿了竹扫帚扫院儿，雪都堆在枣树下。阿凤娘早早地在灶上摆了香炉，在厨房门上贴了灶神像。

这天之后的很多天，于大人而言，都是极其忙碌的。于孩子而言，一年里最幸福的时刻就要开始。二糖盼了一年，早早地在梦里就穿上了新棉袄，啃上了猪骨头，拿到了一沓压岁钱。

炉子里火苗窜跳着变红了，她的肉枣子也出锅了。老李头要去打麻将，跟屁虫二糖是个小短腿豆丁，小短腿跑不过大长腿。老李头从门口穿过过道跑到院子，没甩掉小豆丁；绕过镂空的红砖矮墙跑到院子另一边，没甩掉小豆丁；一跃，跳过红矮墙，走了。小豆丁想，长大了姥爷就甩不掉我了。

大年三十儿，二糖记忆深刻。鸡刚叫头遍，大家都起了床。老李头拿铁锹铲掉结了冰的雪，咔哧咔哧铲出条过道，用大扫帚扫走雪渣。拿出二十九晚上写好的门对子，拌了糨糊，贴在门上，往年的对子都是老李头写的。

坟在南地，家门口远远的那片地里。坟头有

碑，刻着太姥的生平，坟周是竹子和黄草。

二糖想起那夜，她睡得迷糊，听长辈说太姥不行了，阿凤娘就把自己抱到前屋，把太姥挪到了堂屋，没多久，太姥便去世了。傲气的太姥喜欢训孩子，稍有不对便要教育，二糖记得清楚。

"姥爷，为啥咱们每年都要来烧纸啊？"

"过节啦，太姥要过年，咱们要给她送点吃的，送点钱花啊。"

"那她管拿到吗？"

"管……"

2000年前后，二糖依旧是个穷孩子，过年才大张旗鼓囤些喝的。饮料如健力宝是奢侈的，涩里带着甜，像极了很多年的生活，不舍得喝，一口一口能喝好久。

"九老鬼明天埋，埋南地里。"

"他家小孩都回来了吗？"

"好像就小儿跟一个孙子回来了，闺女没见来……"

呼，竟已是2018年了。

（节选自《谁陪你老去》，作者徐春阳，安徽大学文学院汉语国际教育专业学生。）

莉香盘坐在第三棵杏树下，她少女的臀部划出一弯滚圆的弧线。我把一支带着杏子的树枝递给她，她露出雪白的排牙。那杏枝仿佛是从她初现丰满的肉体上生长出来的，结满诱人的胡杏。她把杏枝放下来，放在一片田野的边缘上，放在一棵丰盈的杏树之下，放在我日渐变瘦的记忆中。

也放在一首诗歌中。

也像在那弯弧线旁又划了一弯。

村庄不说话，也听不见虫子翻动土壤的声音，有一缕温和的微风从田野那边走过来，掠起莉香鬓角的发丝。那些桃心形状的杏子姐妹一样排列在褐色的树枝上，倒显得还挂在枝头的杏子停止了生长似的。

莉香被感动了。

莉香说："我给你讲个古今。"

（节选自《莉香说，我给你讲个古今》，作者马晓雁，来自宁夏师范学院文学院。）

侄子和儿子一代，无疑会走得更远，应当说农民南清贵的传人离水泉村越来越远。

有些时刻，我会有种幻觉，在水泉村与世界的天秤上，水泉村正在高高翘起的那一端颤悠，似乎将要被弹射到大气层深处。

就如此刻，我绕到红义岭小学的后面，沿着路边开满月季和锦葵花的水泥路走到父亲工作的红义岭村部。

院子里的标配是当下乡村的新一轮广告式人文景观。有几年加大小学建设投入，各行政村都建起了墙壁立面雪白的两层教学楼，学校撤并后校园成了废园。如今那里是火红金色装潢后的村委会，色彩热烈得让人想到过年或结婚，标志性的繁荣景象在乡村朴素的青绿底色里，令人感觉张力巨大，如同气球。

用新型化工材料制作的墙体标语，底衬泡沫板、外镶亚克力，金碧辉煌，煞是夺目。我担心的是，哪天旧了拆下来换上新的，一村一套的这些广告材料要经多少年才能降解？这个东西污染的可是拼了命的列祖列宗们为我们争取来的地沿大版图！这还没算上因每年数十种专项工作而制作的、已经把墙体走廊全覆盖的标配版面，大街小巷，莫不如是。

一个有着遥深古老文化源流的民族，文和章

都被化约成了信誓旦旦的空话和空架子。我一天四次穿越人民路上下班，被工作日的密度压得透不过气。沿途的巨幅宣传画，俯仰之间，十步之内，必然一遇。我有时精力充沛，无可回避的对望之下，也就淡然。有时心竭力尽，脑洞里的阴影面积就开始加大。

（节选自《一份从自我出发的返乡思考报告》，作者南桥琴，来自河南许昌。）

故乡的一处省会有两个妙称："东方莫斯科"，"东方小巴黎"。这样迥异的两处城池都成了她容颜的一部分外像，而玉米田是她的素颜，她的子宫深处的羊水，广袤得近乎荒芜的流放之地，因着近代的几场战争，居然孕育出肃穆与瑰丽双生的胚胎。

到了我青春的时候，冰城里那些俄蒙日满交错相争的烟云早已散去了，大街上夜里总是灯火阑珊，像极了古诗里的"花市灯如昼"，只是没有花，都是冰雕，那时没有暖冬，冰灯的漂亮可以燃烧几个月。

那时城市的冬天很冷，有暖气，越发显得室外的寒凉，冬天到了，一切都冻得脆生生的。"严冬一封锁了大地的时候，则大地满地裂着口。从南到北，从东到西，几尺长的，一丈长的，还有好几丈长的，它们毫无方向地，便随时随地，只要严冬一到，大地就裂开口了。严寒把大地冻裂了。"萧红的文字里这样记录着那种冷，让大地撕裂的温度。

奇怪的是那个时候，那个城市在一年的几个月内，会涌来中国最富有的一些人，男人居多，钱的味道也会燃烧成光，扑火而来各种各样讨生活的人，冰灯一样漂亮的女孩，有一些是俄式的混血，白白的皮肤，眼睛是闪着金黄色的，吸烟的样子像一首歌——

让蔷薇开出一种结果

孤独的沙漠里

一样盛放的赤裸裸

我是颜色不一样的烟火

冬夜里烟火褪去的午夜之后，街上就冷得真实凛冽了，香烟和酒精的味道散去，各家铺面渐渐上了锁，上锁的小哥，扔垃圾的厨工，开夜车的司机，一群失魂落魄的影子涌上来。

这团回忆里的海藻总是黏糊糊的，时时让我忆不起那个倚在夜总会门口吸烟的女孩，她是进了即将上锁的门，还是踩了烟蒂走上了大街，我的记忆也就分成了两条路……

（节选自《我要彻底地抛弃故乡》，作者孙琳琳，来自冰城。）

第三编

乡愁导师

为着同一份召唤启程
（本编引言）

王力力

　　我是一个90后，出生于农村，成长在城市。我们把出生地叫做"老家"，很老很老的家乡。一年中，我极少回老家，逢年过节、看望亲人，一般不超过五天。从前父母经常在孩子耳边说的那些童年趣事，那些饥饿岁月，那些山包高地、大河小溪的名字，都已经逐渐淡化成了一个个飘零的符号。

　　乡村，我们已经开始失去它了。

　　还没来得及用双腿丈量它的广袤，还没来得及用手掌确认它的存在，我们就要开始失去它了。

　　20年前、30年前、40年前……故乡的模样，我都想知道。

　　多所高校老师作为首批领路人，带着浩浩荡荡的青年大军，踏上了返乡的路。那里是湖北随县、辽宁铁岭、江苏高邮、河南宝丰、山东莱芜、甘肃张掖、山西平遥、湖南凤凰、四川宜宾、云南丽江、黑龙江阿城……那里是中国。

乡愁导师和乡土青年们，为着同一份召唤启程——大地的召唤，生命的召唤，我们要返乡！

和乡愁导师对话，透过他们的眼睛，倾听他们的故事，一起回望曾经炊烟袅袅的故乡。伴随着求学和工作，老师们从农村来到城市，一步一步远离故乡，站上我们面前的三尺讲台。可是，无论是逃课流浪，外出求学，还是出国研修，不管他们到过多远的远方，他们始终像铁屑被磁石吸引般的，急急应答着母亲的呼唤，渴望着重返故乡，也希望把这份急切传递给自己的学生们。

每个导师对于"乡土"和"乡愁"，对于当代青年学生，对于中国目前的城乡关系、地域文化、留守问题等等，都有着自己不同的理解。但唯一不变的就是"要返乡"的呼喊。当我们以一个返乡者的姿态重新返乡，就会看到不一样的东西，不同于平时的习以为常。那些早已被我们的潜意识处理为虚化背景的东西，开始重新清晰起来，越发真实地确认这里是我的故乡，是我如此这般的故乡。

"乡愁导师"为我们呈现出多样而深刻的观察视角，导师们以他们独特的返乡姿态，为接下来更多更多的乡愁青年、乡愁游子们开辟了一片广阔的返乡天地。

生长于斯，受过故土大地哺育的我们，拿什么去回报这饱含深情的馈赠？

我们拿起手中的笔，加紧步伐，去记录下那些正在消逝的记忆，去抢救我们的故乡——村子里那口干枯的废井，耄耋老人们难以听辨的乡音，供桌上岁月沧桑的家谱，学生越来越少的乡村小学，快被钢筋水泥淹没的农田……

开始像好奇的孩童，追着爸妈的童谣，刨根问底。"城门城门几丈高，三十六丈高，骑白马，买小刀，走进城门挨一刀。"午饭后，又陪着外婆参加山歌集会，唱的是刘三姐，唱的是祝英台，就这么听着、记录着，这一次居然出奇地耐心……

星星之火，可以燎原。乡愁导师们相继在各大高校燃起了返乡之火，引领着越来越多的乡愁青年，用身体，在中国大地上奔跑、丈量和重建。

点亮中国返乡地图——等你返乡，未完待续……

王力力，《美丽乡村青年笔记》联合青年主编

（摄影，邵卓人）

再返徽州

李　辉

　　我的故乡在湖北随县，原来属于襄阳地区，现在改为随州市，成为湖北新的地级市。当地的文化深厚，擂鼓墩曾侯乙编钟、叶家山考古等，都是轰动考古界的大事件。还有每年举办的神农文化节，也是随州的一张名片。

　　我应该说几乎跑遍了全国大部分省区，除了吉林和宁夏。到底去了多少县城，也难以统计。去的比较多的，除故乡湖北之外，湖南、河南、上海、江苏、浙江、福建、广东、甘肃、四川、安徽等地，应该比较熟悉。

　　其中最令人遗憾的是安徽的"徽州"，三十年前改名为黄山市，这也是我二十年来一直呼吁恢复的地名。我发表《可惜从此无徽州》是在1998年4月，今年（2018年）正好二十年。我编选了一本我所写关于地名的文集，书名就叫《可惜从此无徽州》，另外还编选了《何处是徽州？》，不少人写徽州的前世今生。希望今年以这两本书，再次引起民间的关注，争取早日恢复徽州这个悠久的历史地名。

我多年来一直呼吁不要乱改地名，湖北的荆沙恢复荆州，襄樊恢复襄阳，实际上就是让地名与丰厚的历史文化不脱离，这其实也是乡愁的一部分。我写过一篇文章《地名，我们回家的路》，意思就在于此。所谓乡愁，是和地名密切相连的，也是与在那里成长起来的人们相连的。同时，许多早已离开故乡，甚至几代人远离故里的人，他们心里都少不了"乡愁"。为什么有那么多人愿意回到故乡寻根，道理就在于此。原文化部长周巍峙先生，九十岁那年还特意回到徽州寻根，其情感与意义，就在于此。

随着农村渐渐城镇化，诸多民俗、方言都在消失，如何解决这个问题，也令人忧虑。方言没有了，地方戏曲、民歌也将消失，如何在普通话与方言之间找到一个平衡，恐怕是未来一段时间需要关注和研究的大事。

我想，故乡区域文化的传承与更新，关键在于民间力量是否重视，同时，地方政府对这一问题是否重视，有何研究措施，更为重要。只有政府与民间集心合力，区域性文化的传承乃至更新拓展，才有可能。

　　我希望学生回到家乡，不是走马观花，不是浮光掠影，而是要深入更深入，多和前辈聊天，尽可能地录音，老一辈经历的故事，如果不讲出来，就非常遗憾。只有多的故事，多的细节，多的场景重现，"返乡画像"的写作，才能更具丰富性，有历史衔接。学生们的书写也很有意义，不仅是描写故乡，也是自身情感的升华，是对生于斯长于斯的故乡的回报。

　　返乡是一种愿望，能否真的起到作用，还要看自己与家乡的情感有多深，对家乡的了解有多深。我想只有这些与自己交融在一起，相互纠缠，他才能写好"乡愁"故事。或许某一个支撑点，就可能导致文化的振兴。当然，任重道远，需要扎扎实实的、持之以恒的耐心，把每一个事情做好，做圆满。寄希望于所有参与者！

李　辉

首届鲁迅文学奖得主，著名传记作家，著名编辑

时代裂变，遥望"五四"，
如何重读"乡愁"？

赵普光

我其实并没有去过太多地方。大致回忆起来，江南江北也走过一些地方。就我内心来讲，仍然向往远方。

记得二十年前，大概是在考大学的前两周吧，或许是复习考试太令人气闷，我深夜一个人从自习室里跑出来，混上火车，来了一次漫无目的的"旅行"，任由火车开到哪里。三天后，班主任老师发现我消失了，"失联"了，着急得不得了，当准备通过媒体发寻人启事的时候，我又独自回到了学校。现在想想，那种任性的状态，也还是值得怀念的。

说到文化的传承和创新，我觉得，在考虑怎么推动之前，更应该先弄清楚什么该传承，什么该创新。现在，城镇化的加速，一切似乎都在变，我们总是为"日新月异"而欢呼，但应该注意到，也有很多东西并没有变，要不鲁迅怎么会沉痛地说出"时间的流驶，独与中国无关"呢。所以，从变中多看到常，其实挺有必要的。随着复古思潮的勃兴，我们似乎又从原来的激烈"破旧"，转到了对立面，极力地"怀旧"。其实我们现在怀旧的时候，也应该冷静地想一想，哪些旧是需要抛却的，哪些旧是需要追怀的。现在有一个趋势，在旧的毒素其实远没有清除、新的东西远没有学到的时候，却又在呼唤某些旧的幽灵。

其实，在这个时候，更有必要重读处于时代裂变中的五四时期的一些人的东西，他们比我们看得清楚，不管是新派如胡适之、周树人，还是旧派如梁漱溟。不管是致力于传承，还是致力于更新，他们都因为懂得，所以能够自觉，能够理性，也能够坚守。不像现在很多人，只要需要，他都能说出一大堆道理，找到一大堆证据，他们在乎的是需要，所以也就不会考虑懂不懂得的问题。

谈起"乡愁"这个概念，至少应该包含两个层面的问题，一个是物理空间的故乡，一个是精神空间的归宿。对物理空间的怀恋和对精神归宿的追寻，这个返而不至、寻而不得的过程所产生的心理和情绪，其实就是"乡愁"。说到根本，乡愁，某种意义上还是人不能放弃（也不可能放弃）"我是从哪里来，要到哪里去"的追问和好奇的一个问题。乡愁之弥漫，这本身也反过来说明了现代人的悬置飘浮的生存状态。尤其是城市化和流动性日趋加剧的当下中国，这更普遍。

随着流动社会的形成，迁徙状态的普遍，青年人，我主要是说出身乡村的青年人，会越来越多、越来越频繁地进入城市，乡村之于他们，也只是个符号性的存在，与他们的血脉联系会逐渐淡化。另外一方面，他们在城市里，仍然是异乡者。随着城乡关系的复杂化，城乡空间的切换越来越容易、越来越频繁，这带来的并不是不断在城乡之间辗转的人对城乡感情认同的融合，反而加剧了无论是对于城还是对于乡的认同的分裂。于是，进城的青年人更加惶惑、迷茫、撕裂、痛苦。在城市找不到归宿，在农村又失去了依托。所以，他们因来自乡村而带着的文化痕迹和身份感，或许是这一代移居城市的青年人的另一种乡愁的变异。那么，观察、体会、表达、思考这另一种形式的乡愁，其实是我们更应该给予关注的。

表达乡愁，思考乡村，这个过程本身其实是一个文化过程，在进行这个文化的过程时，我们也有必要思考一下，城市与乡村的区隔、撕裂到底意味着什么。人们总是喜欢把问题绝对化或者说简单化，把城市、乡村，与现代、传统简单对应。比如曾经有过一段时间，人们固执地认为城市代表了文明先进，乡村意味着落后愚昧；那么现在又有一个新的趋势，似乎把以前的看法反过来了，乡村意味着静谧、美好，城市则令人压抑、厌弃。

其实，这些观点，都是非常简单粗暴、似是而非的判断，是需要商榷的。现代并不意味着城市化，也并不意味着乡村的物质化，反之亦然。现代与城乡根本不是一个层面或者说范畴里的问题，二者并不存在必然的对应关系。

在我看来，如果说有一个所谓的"现代"的话，现代应该意味着社会体制、物质发展与人的精神状态、文明程度在较高层次上的良性的均衡，或者说契合，而不是对立和分裂。分裂只是存在于工业化时期的现象，而绝不能视作是现代化的必然结果。也许有一天，城市和乡村不再对立、分裂，城市和乡土不再作为现代和传统的文化价值所附而对立，无论是城市还是乡村就不再是一个问题，那时候或许才算是真正的现代。

质言之，"现代"是一种社会体系、人的精神状态文明程度的标示，而与城乡的地理空间无关。

所以，表达"乡愁"不是简单的怀旧、抒情，更不是讴歌，而是基于真正的现代理念，以审视、剖析的眼光，而进行的以文化人的过程。

最后，对于同学们的书写，我没有什么固定的要求，我反对标准化。当然，这并不意味着放任，我当然要在写作的基本路向上有所提醒。记得我在给一个同学文章的评语中曾有这样几句话："对自己生于斯长于斯的故乡热爱眷恋，是人之常情。但是，爱故乡，不能仅仅流于清浅的赞美；爱故乡，应该做一个入微的体验者，冷静的审视者，甚至是深刻的批判者。"因为，我希望他们能够在融入故乡的同时又能超离故乡，希望他们能写出故乡的复杂性。复杂性的认识的形成，其实就是他们深入、提升的过程。如此，"返乡"，才不仅仅是"回乡"。

赵普光
南京师范大学文学院副教授

抓住淡淡的乡愁

刘海明

三十多年来，我先后到过20多个省市自治区，至于去过多少个县城，没有具体统计过，也很难提供个精确的数字。说到区域文化，陕西西安、江浙的小镇、长沙岳麓山和河南的嵩山，在我印象里是比较典型的区域。

故乡的文化基因，对于在外地工作生活的人来说，终身伴随他们行走江湖。所以，言行中无不体现着或多或少的区域文化。环境的多元，外来文化的因素在在影响着每个人的故乡的文化基因。每个人都是家乡文化的传播使者，接受其他区域文化的熏陶后，每次返乡也是个文化传播的过程，区域文化的交融，应该是往返家乡的过程中完成的。

离别是一种乡愁，对乡村问题的担忧也是一种乡愁。我更希望学生写出乡村的问题，尤其是那些不经意间说出的淡淡的愁绪，当更有历史的认知价值。

"返乡画像"系列是一个非常个性化和特定化

的征文，指导学生写这样的文字，谈不上所谓的标准。所以我也只是事先告诉学生，利用寒假回家过年的时间，观察自己的家乡发生了什么变化，和亲朋叙旧的过程中听到了什么样的事情，写自己感兴趣的变化，就行。

我更希望学生当个聆听者，分享亲朋的喜怒哀乐，写出当代中国乡村的变化和愁绪，用文字描写别人看不到的乡村景观。

而另一方面，在我看来，当代我国青年知识分子对物欲的追求普遍超出了对精神的追求，因此他们的愁绪中更多是对名利器物的忧虑。青年知识分子返乡，诉说他们的"乡愁"，这对于区域文化和乡村振兴的推动力不宜高估，把这样的报告当作心态记录，也许更为合适。

刘海明

重庆大学新闻学院教授

当代人乡愁，是人性丧失的痛感

张　欣

迄今为止，我印象最深的县城仍然是七十年代居住的山东莱芜县，其次就是八十年代初大学毕业那年骑自行车途经并小驻的鲁中地区淄川、博山、长清、平阴、东平、汶上、曲阜、新泰诸县，还有二十世纪末到新疆巴州焉耆县、尉犁县留下的印象。

我觉得自己属于文化上"失根"的一代。首先，我发现自己只有出生地，没有故乡。盖我父母一代，都是服从需要客居某地之工作者也，故小时候虽有寒暑假"回老家"探亲的记忆，却没有多少于祖屋几代同堂或与故乡父老鸡犬相闻、怡然自乐的往事，甚至连口音都是混合口音，最终是哪里的话都说不全。后来读书工作，更是越漂越远，与所谓故乡的关联愈发微弱。

近年这方面有好转，联系也开始趋密。比如前两年应邀回我出生地莱芜宣讲莱芜籍文化名人成就，去年又有机会到我祖籍宁阳县做读书活动，在亲友们带领下第一次认真参观了县城保留下来的文化遗迹，这让我从与故乡"失联"的状态中走出来，似乎可以多考虑一些这方面的事了。

同时，也感谢"返乡画像"活动提供一次机会，能动员学生们参与到活动中来，本身就是一种工作吧。对于同学们的返乡书写，我并不设置标准，而是唤起同学们重返故乡的热情。照一般常理，年轻人都渴望到外面闯世界，年龄、心理、文化上都有一段叛逆期，会造成一段较长时间与故乡疏离的状态。而在他们接触外面世界的同时，及时唤起他们对文化之根沉潜的热情，应该是有意义的事。

我打算就"返乡"主题，给同学们推荐几种我认为值得阅读或重读的书。既然是一次较为自觉的行动，那么有一点参照或许并不多余，至少可以看看在"返乡"路上，除了今天的我们，还有哪些先行者，以及留下了什么样的文本。譬如赛珍珠之外，鲁迅的《呐喊》，费孝通的《乡土中国》，我们真的读懂了吗？

在年龄上，我已不属于通常意义上的"青年"，以此种身份看青年甚至青年知识分子，难免看走了眼。不过，就我本行业着眼，与其说青年知识分子是个"群体"，不如说更接近一个一个孤立（甚至是孤立无援）的个体。除了作为项目成员在工作上的必要合作，日常生活中的"青知"（容我生造一个词）在我看来，多少都有点互不干涉内政、井水不犯河水的样子，不知这种观察是否真实。

从上述问题跳到"青知"返乡、报告"乡愁"，似乎跳得太快了些，不过也无妨，因为群体行动也罢，个体行动也罢，当代青年知识分子有思想、有社会热情的相当不少，有些人不止是报告"乡愁"，更是令人敬佩的行动者。我觉得这些人的存在给人以巨大的希望感，他们让我想到赛珍珠《大地三部曲》第三部中的海归农学博士王源，他回到祖父流下汗水的土地上，发现自己对土地、原野和树木有一种矢志不渝的爱。

愁而当下，必然与过去的、离乡背井太久形成的乡愁有所不同。交通与通讯的发达，已经绞死了记忆中空间的乡愁，所以"我在这头，母亲在那头"式的乡愁，现在再写就显得有些矫情了。如果说当代人还有乡愁，我以为那是指对现代化生活导致的人性丧失的痛感，以及对挽回这种人性所怀的强烈渴望。这正是"怀旧"情绪和"返乡"情绪蔓延的真正原因。为什么怀旧？因为新的东西缺少了一些什么；为什么返乡？因为城市里也缺少了一些什么。

　　"从前的日色变得慢，车、马、邮件都慢，一生只够爱一个人。从前的锁也好看，钥匙精美有样子，你锁了，人家就懂了。"爱木心，喜欢《从前慢》，那是希望找回已经丢失了的人与人之间的真诚与默契。

张　欣

浙江工业大学人文学院教授

精致的小资青年，需要不断地返回故乡

徐兆寿

我的故乡凉州，是今天的甘肃武威市，在古代也叫姑藏，是天马的故乡，也是前、后、南、北和大轨五个凉国的首都。历史上的凉州身处丝绸之路要冲，东西文化在这座城市碰撞、交融，赋予凉州博大、包容、浪漫而豪情的胸怀与气魄。在汉代和唐代，凉州一度是同长安、成都、扬州、建康并列的大城市，后来城市没落了，但还是被许多人认为是汉唐气象的文化源头，中国人恒久的精神文化边疆。这些年，我一直想为故乡凉州大地写些什么，去年，出版了长篇小说《鸠摩罗什》，这个愿望算是实现了一些。

回想来，我主要走过西北的一些县城、上海和浙江的一些县城，不是很多，大概也就五六十个吧。但可以看出南北差距很大。南方的县城非常发达，文明程度也较高，北方的县城才在发展，基础设施还不行，发展较为缓慢。

我觉得遗憾或者说令人揪心的还是北方县城的

发展。中国是一个社会主义国家，过去几十年沿海一带发展很快，西部没跟上，但从资源和人才上都支援过南方，现在南方发达了，就应当回过头来支持西部的发展，这才叫公平、均衡发展。"一带一路"的内在要求也是如此。但人们认识不到。

故乡的区域文化需要传承与更新。具体怎样推动呢？我想，一方面是呼吁更多的人重视丝绸之路文化的传承与发展，特别是借"一带一路"这个倡议来做足文章；另一方面是自己要脚踏实地传播丝绸之路与故乡凉州的文化。在这方面，我已经做了十多年的工作了，近五年来，出版了近十部这方面的著作，其中长篇小说《荒原问道》和《鸠摩罗什》是最有影响的两部。

"乡愁"从根本上来说，是对一种天人合一的宇宙观和文化的被迫消失而升起的文化上的忧虑。这是最为深切的，是对大道的怀念，对自然的追悼。其次，乡愁还是对一种正在变化或失落的小范围的区域文化的追忆。

而当代中国青年知识分子群体是一群精致的小资青年，是西方文化或世界文化熏染下的一代，中国传统文化对他们的影响是潜在的，但或许已经不是主流，所以，我以为他们需要不断地返回故乡或大地，去重新了解、学习和体验中国传统文化的深邃与博大，去体味当下中国发展中的各种断裂与伤痛，去寻找解决中国问题的方略。我希望返乡青年们对故乡的变化有作为一个知识分子的深切关怀。希望他们从自我的认识和最深的体验出发去写作，这样才能写出令人感动的文章。

在我看来，返乡，并非简单地指返回故乡，而是要返回我们精神的故乡。也许那个精神的故乡已然破损，但那也是我们的故乡，需要我们拿各种文化来重新创造、缝合，使它能够真正成为未来中国人的精神故乡。当然，也希望能够成为整个人类的精神栖息地。

徐兆寿

西北师范大学传媒学院院长、教授，博士生导师

青年人赋予乡愁新的面相

汪成法

我很少出门旅行，曾经去过的县城屈指可数，所以不敢对区域文化问题随便议论。但是，根据自己不多的见闻，我印象中保留区域文化较多的，大概有两种地方：一是文化底蕴深厚且有大量物质尤其是建筑遗存的地区，二是比较偏僻且经济发展较慢的地区。前者大多得力于旅游开发，后者则是变迁较少。

当然，如果放眼全国，不同地域的文化区别还是很大的，因为，一个地方有一个地方的生活方式，自然景观、风俗习惯甚至方言俗语大概都可以看作区域文化的表征。一般最能代表一个地方区域文化的是乡村，城镇往往较为现代化，地方特色就不是非常突出了，但很多城市的老城区尤其是老城区的老住户依然保留了较多的区域传统特色。许多人都说现在中国的大都市千城一面，其实只要稍稍深入了解一些，就可以看出每个城市还是各有其明显的地域特色的，这事关风土，也事关人文。

有时候，一个地方的某种传统特色渐渐淡去，但自然中又形成了新的特色，虽然也许最终还是不如传统那样特色鲜明。这大概也是现代化进程中的无奈吧。

我的老家属于经济和文化都不太发达的地区，处在中国南北过渡地带（属长江流域，但又在淮河源头的北边），没有特别鲜明的地域文化。最近二三十年，因为外出工作人员较多且有不少人把家搬到县城，乡村里更是出现了"十室九空"的情景，区域文化的"传承与更新"其实几乎无从谈起。

我自己外出工作多年，除了偶尔回乡探望亲友，和家乡的联系也不算紧密。青年时代刚刚外出求学时，曾经结合记忆与想象写过一些关于家乡风土人情的文字，但后来也不知道扔到哪里去了，现在是连记忆也很模糊了。

可是，有一份故乡情还是永远植根于我的灵魂里。

记得一首流行歌曲唱道："到不了的都叫做远方/回不去的名字叫家乡。"这大概颇能代表如我一样背井离乡者的心境。当然，如果不是离乡，也就不会有"故乡"了。

现代社会，交通便利，行走或交流都很方便，"回乡"原本不是什么难事，但也因为容易，觉得随时可以回去，也便不急于回去了。郁达夫说："因为近在咫尺，以为什么时候要去就可以去，我们对于本乡本土的名区胜景，反而往往没有机会去玩，或不容易下一个决心去玩的。"（《钓台的春昼》）这恐怕就是今天很多"乡愁"者的共同心态。

有"乡愁"就说明我们还没有忘记故乡，没有忘记自己的根，其实有这种情怀就很好了。

据说，乡愁、闺怨和爱情是中国文学中的三大永恒主题，相信今天的文学依然会不断地书写"乡愁"，书写出属于我们这个时代的"乡愁"。

所以，我很鼓励青年们积极地回到故乡、书写故乡——返乡画像，留住乡愁。

关于此次的"返乡画像"活动，我比较希望看到青年们对家乡纪实性的记录，要有具体的事情、具体的人物；我期待能够通过青年人的眼睛观察我们这个变化的时代，记录青年人对时代变化的理解与思考。

我对当代中国青年知识分子充满信心。经常有长者叹息现在的年轻人都怎么怎么了，又有人忧心忡忡地说流行文化和现代传媒如何戕害了青年的身心，但以我在大学教书的见闻，当然是有不少令人失望的青年，但每一届都有相当优秀的学生令人欣慰。很多青年学生不仅思维活跃，而且视野开阔，读书多而且深，表达能力也很不错。"江山代有才人出"（赵翼），"不觉前贤畏后生"（杜甫），我对未来保持乐观。

这样的青年知识分子，"返乡"报告"乡愁"，一定会为"乡愁"赋予新的面相。而只要他们这样做了，对区域文化以及乡村振兴都必然会有良性的推动。青年学生大部分都是刚刚离开家乡不久，对故乡还有相当的熟悉感，外出求学又使他们具备了重新审视故乡的能力，这大概属于一种"在而不属于"的特殊关系，他们对故乡的观察、思考，甚至对故乡日常事务的参与，必然会带来一种新颖而充满活力的影响因子。

汪成法

安徽大学文学院副教授

青年要获取自觉的问题意识

孙良好

我一直认为"读万卷书，行万里路"应该是学中文的人的永恒追求，自己也身体力行。

到目前为止，除了西藏和宁夏，其他省区都涉足过，至于跑了多少个县城，还真说不清。在"返乡画像"活动发起之前，我的行走比较任性，没有格外去关注县城或是省会。就县城的熟悉程度而言，还是生于斯长于斯的浙江，尤其是和我关联度很高的温州、杭州和丽水，大部分县城都去过。

我这十多年持续关注"文学的温州"，通过各种渠道让世人知道这个引人瞩目的商业城市是中国山水诗的发源地，是中国戏曲的故乡，还有独树一帜的永嘉学派。尤其值得注意的是，近代温州文化兴盛，当下的温州的文学力量、艺术力量都不可小觑，文艺的"温州现象"和经济的"温州模式"之间并非此消彼长，二者也可以相得益彰。

文学领域有一种比较流行的说法，认为"乡土的就是世界的"。从林斤澜的"矮凳桥风情"到哲贵的"信河街传奇",从张翎、陈河的海外华文写作到王手、绍国、马叙、钟求是、吴玄、东君等人的本土耕耘,这些小说家以"乡土"的诸多元素(包括温州的方言、温州的故事和温州的精神等等)和中国乃至世界的各种技法(从传统的笔记体到最近的零度写作),一起烧沸了文学的"温州现象"这锅水。

2016年11月,复旦大学中国当代文学创作与研究中心和温州大学在上海联合主办了"永嘉文脉与当代小说"学术研讨会,可以看作一次阶段性总结。在这些小说家的作品中,我们看到摇曳多姿的温州民间生活及其背后不可忽视的民间力量,看到或扑腾或隐秘的温州元素在展现魅力的同时也无形地制约着写作者们本该有的更大空间。返观当下的温州文学,我们会发现从"乡土的"走向"世界的"除了需要时间之外,还需要更开阔的视野、更丰富的想象和更深邃的哲思。

我相信文学是推动区域文化更新和传承最重要的通道之一,因此在关注作家们的乡土写作之外,还会和我的学生们一起努力,为各自的家乡"画像",不仅要充分画出其美好,而且能正视其惨淡。

我常用真实、自由、优美三条标准来衡量学生的习作，换言之，我希望我的学生能用优美的形式来自由地表达自己的真实想法。就"返乡画像"这一主题而言，真实显得尤其重要，但自由和优美依然是书写时要努力追求的方向。"返乡画像"的前提是深入认识自己脚下的土地，而且对这片土地要"爱得深沉"，否则便只能是"蜻蜓点水"，浮光掠影的写作有违我们行动计划的初衷。至于具体的切入点，可以是家乡自身的特殊魅力，也可以是印象深刻或感触强烈的人和事。总之，它必须是你落笔最主要的内生动力。

关于"乡愁"，我最初的感受来自余光中先生的诗文，那些脍炙人口的文字让我深深体味到美丽的忧伤。就我个人而言，乡愁大抵有四个层面的意思：在时间层面上，它是我们在回望童年时对消逝岁月的缅怀；在空间层面上，它是我们在遥望故乡时，对渐行渐远的村庄/城镇的眷恋；在人物层面上，它是我们在怀想亲友时弥漫的一种愁绪；在文化层面上，它超越时空，是我们内心深处永恒的精神家园。

这是一个全球化、快节奏的时代，青年知识分子比较难以拥有沉静的心态，异常丰富的碎片化阅读和具有强烈刺激的光影消费占据了大部分年轻人的闲暇时间。2010年的时候，我给一个学生刊物写卷首语，称这个时代是浮光掠影的时代，现在想来这样的时代迹象还在强化中。

在这种情境下推动青年知识分子"返乡画像"，深入报告"乡愁"，显得格外必要。中国的城市化远未结束，区域文化的特性在城市化进程中如何保存和彰显，是一个由来已久的问题；而作为与城市化相对应的乡村振兴，则是近年备受关注的问题。这些问题都不能停留在"纸上谈兵"层面，青年知识分子若能通过"返乡画像"获取一种自觉的问题意识，由内而外产生的推动力不可低估。

孙良好

温州大学人文学院教授

传统的沦陷与重建，不可能与你痛痒无关

严英秀

我的少年时期在家乡甘肃省甘南藏族自治州的一个小县城度过，许多亲人至今仍然在那里生活。我身边的朋友，同事，大都来自县城，乡村。太多的"城里人"和县城有着千丝万缕的关联，甚或说，我们离开了，但根还在那个小小的城里。

现代化是人类社会的普通境遇，在狂飙突进的时代洪流中，区域文化面临动荡变迁，留下遗憾是在所难免的事。但有些地方，明明传统已经泯灭，特色已经消逝，但他们等不及新的传统的自然生发，于是开始打造"传统"，炮制"历史"，涂抹"特色"。这种没有根基的区域文化，究其实质不过是以保护传承的名义进行的急功近利、戴着文化特色面具的商业招揽。从中原到边疆，在今天的许多省，许多县，都可以看到如此性质的"古城"和"民俗村"。这是我最为遗憾的。

这种现象也出现在少数民族地区的风俗旅游中。那种所谓的民俗表演已泛滥成灾，它满足了

猎奇者的观赏欲和当地人的表演欲，但却和少数民族的当下生活与本真的传统文化相去甚远，其本质上是对民族文化悖论式、表象式、悲剧式的做秀展示。

推动故乡的区域文化的传承与更新，我想我其实一直是以自己的方式，譬如我的教学工作，我的文学创作，我在家乡的一些文化活动等等，从多个方面尽着一份绵薄之力，只不过我从未像现在这样，感受到这项工作的紧迫性和艰巨性。我曾经以为，故乡永远在我的身后，等到了怀旧的年龄，总会有大把的时间可供回望。可几乎是在短短几年间，灾难中的新生，废墟上的崛起，不仅仅是故乡的样貌发生了变化，而且太多的人与事，使我深感自己一直以来不过是站在故事之外，站在故乡之外，打量着故乡。我需要重新进入，重新懂得。

"返乡画像"活动是一次契机。当我教导学生"一个有根的人，才能走向更广远的世界"时，我也开始审视自己和故乡的关系。那片土地上人们的欢乐与忧愁，文化的消逝与生长，传统的沦陷与重建，其实根本不可能与你痛痒无关。故乡对太多的人都意味着天然的血脉渗透，是一种底色般的文化基因，荣辱悲欢与共。

我正在进行的长篇小说，应该是我写作史上第一部严格意义上的故乡书写。"往事不会逝去，往事甚至不会成为过去"，它必将在文字的镌刻中留下见证。我会在一次次的渐行渐远中，重新抵达岁月深处的故事。与此同时，我会不遗余力地推动更广大的学子，"发现"故乡，建设故乡，为广泛的区域文化的传承与更新，做出一份力所能及的贡献。

从我一个中文系出身的人的角度来看，任何时代的乡愁表达都是天经地义的，"乡愁"是文学的永恒主题。单说诗歌，就是一个无比强大久远的谱系。从《诗经》中"我徂东山，慆慆不归。我来自东，零雨其濛。我东曰归，我心西悲"的乐句开始，乡愁便再无断绝、历久弥新。屈原说："陟陞皇之赫兮，忽临睨夫旧乡。仆夫悲余马怀兮，蜷局顾而不行。"李白说："举头望明月，低头思故乡。"杜甫说："万里悲秋常作客，百年多病独登台。"贺知章说："少小离乡老大回，乡音无改鬓毛衰。"马致远说："夕阳西下，断肠人在天涯。"在现当代诗歌中，郭沫若有《黄浦江口》，闻一多有《太阳吟》，戴望舒有《游子谣》，余光中的乡愁诗更是以浓得化不开的中国情结，震撼了海峡两岸共同的心弦。"乡愁"一路走来，风情万种，"悲凉之雾，遍被华林"。

虽然当下的"乡愁"，其产生的背景时势已大不同，但无论怎样，文化意义上的"乡愁"还是基于对民族的认同、归依，对故乡的思念、眷恋，对传统的凭吊、反思，对文化的挚爱、追寻。对已经丧失了空间乡愁的现代人来说，精神的乡愁实在是一种健康的疼痛，积极的情怀。

在我这样一个常年生活在大学校园里的观察者眼里，青年知识分子几乎不构成"群体"，学生也好，年轻的老师也好，他们更接近一个一个孤立的存在，各不相同，很难一言以蔽之。

所以说，探讨当代中国青年知识分子群体的现状，其实要面对的是完全不同的每一个个体。整体说来，我还是发现很多优秀的青年，他们有思想，也有责任担当意识，头脑活跃，视野开阔，关键是他们的行动能力很强，敢闯敢干。学生中有这样的人，常常令人欣慰。优秀的青年知识分子，"返乡"报告"乡愁"，势必会为"乡愁"注入新鲜的血液，推动"乡愁"走进新时代。事实上，我们的学生，不光是"返乡"，更是"驻乡"。他们有很多人毕业后回家乡工作，投身于各行各业的建设。带着这样一种文化自觉，他们今后的作为一定会对区域文化以及乡村振兴，发挥巨大的推动力。

我认为每一个作家的作品就是他的"精神返乡"史。每一个用心灵写作的人，都是终其一生跋涉在"返乡"的路上。

严英秀

兰州文理学院教授

我没有故乡感

曾 英

我有过一段职业采访经历，因此去过不少县、镇。感觉山川风貌之外，特色饮食（经常走样）、方言与地方戏（渐成绝响）、老建筑（零星残留），这些物质与非物质遗存依稀可视为今日区域文化的分辨及标识。真正的地方生活已难以觉察，人们共享同样的话语、意义和制度系统，不仅感官上几乎千县一面，一种生活如同另一种生活的翻印与复刻，且本质上亦被更高的秩序支配。在某一认识范畴里，也许我们的地方生活从未存在过——过去就是现在，现在是一个更为巨大的"过去"。

套用萨义德的句式，故乡"并非一种自然的存在，而是人为的建构"。我没有故乡感，也从未有过"乡愁"。只有一回不知算不算，数年前第一次从美国访学回国，夜色里飞机自洛杉矶机场腾空而起，将要落地前，俯视机翼下绵延不息、灿烂闪烁的灯火，我忽然感觉到一点"乡愁"。希望我生长并依靠的土地，也馈赠了国际友朋类似的体验。

"乡愁"是重要的文学母题，除了文本审美，其他难有共鸣。

感谢三位活动发起老师，我觉得这次返乡青年书写有两点特别有意义：一是审视我们身处其间的乡土中国，从混沌中发现隐含的秩序；二是体现书写的形式追求，也就是李辉前辈鼓励的"文无定法"。修辞与文体是我和学生交流得比较多的地方，冀望每篇具体的书写，无论是表达某一生活截面、切片还是连续性叙事，都能争取含带文学眼光、意味，乃至抱负。

青年群体里有很多敏慧拔俗的头脑、心灵，善于自我启迪、自我教示、自我育化；也有很多认知与情感均未得到充分发展的教育"受害者"。期待返乡书写既能擢升前者，又能带动后者。另外我以为，乡村振兴的症结并不在个体或群体终端，而是经济、政治、文化等社会权力网络，乡村首先需要的是"赋权"。

同时，我也会推荐一些相关文本给参加"返乡画像"活动的同学们，因为写作练习的首要环节便是阅读、学习作品。由于怀乡与田园写作在东西方都可追溯久远，我们很容易自觉或不自觉迎合某种定型的书写传统，因此借鉴、模仿相关文本的同时，也要提醒自己勿机械因袭，努力生产自己的视角，创造自己的语言。

"返"，既是时间与历史的，也是空间与地理的。在时空坐标上，愿我们能把过去及现在带入世界现代对话，既描述、转写，又从中抽象出脉络、意义，展露现实浮表下，真正的时代精神追寻。

曾　英

山东大学文化传播学院讲师

新青年走进乡村，
带领一代人重返乡土社会

薛晋文

我从小在晋西北吕梁山脚下的农村出生和成长，上大学后也没有真正离开村里，父母至今都在农村居住，逢年过节我都会回村小住，对农村的基本情况非常熟悉。

这么多年大概跑过一百多个县城，区域文化较为突显的是西北区域、西南区域和中原地区。最遗憾的是三晋大地的区域文化在当下没有获得很好的凸显和传播，在区域文化的挖掘整理、创造性转化和创新性发展方面相对滞后，将区域文化和时代文化进行有效对接和衔接方面不够理想。

我理解的乡愁应该是一种精神寄托和民族根性，作为中华民族的子孙特有的精神家园和魂灵栖息港湾，而不是简单的对乡土社会的回归，也不是回到物质贫乏时代的封闭自足。人作为有理想、有信仰和有情怀的高级动物，在吃饱和穿暖后，应该有一种牵挂、有一种寄托、有一方心灵的圣地，无论身处何时何地，有一根长长的风筝线握在手中，无论飞得有多高和多远，都能找到回家的路，这种乡愁犹如黑暗中的灯塔和航标，能够照亮你前行的道路，犹如大地慈母的怀抱，无论在得意还是失意时候，都能够敞开怀抱去接纳你和抚慰你。

中国青年知识分子群体总体上而言呈现出昂扬向上、积极进取和勇于担当的精神风貌。但也有一小部分青年知识分子存在着信仰缺失、价值迷失，甚至西方月亮总比东方圆的亚健康思维，小资情调有余，吃苦耐劳精神不足，在视野和情怀方面存在偏差。在传统文化坚守、民族文化汲取、改革文化认同、新时代文化建设方面的定力不够，知行合一、读万卷书行万里路的实践品格有所欠缺，对中国历史、中国国情、中国社会的把握和体悟有待深入。

知识青年返乡、深入报告乡愁，我认为是新时代新青年对乡村新发现的一次伟大实践，也是新时代一种创造性的"上山下乡"实践活动，在未来的乡村振兴历史上或许能够留下浓墨重彩的一笔。青年实践和青年经历，决定他们的成年之路，影响着他们成年后的价值判断和行动指向。他们走进乡村，能够带领一代人重返乡土社会历史的变迁现场，尤其能够亲眼目睹脱贫攻坚战略之下的农村变革现场，亲历农村社会翻天覆地的变化，以实际行动参与乡村振兴。乡村建设最终是人的建设，乡村振兴离不开人才的牺牲和贡献，所以，知识青年的到来给乡村带来了新的空气、新的视野和新的发现，有助于以文化发现的方式参与乡村振兴，有助于在民间和政府决策之间架起一道彩虹桥，知识青年的敏锐眼光、创新发现、问题导向、把脉会诊、药方策略，能够为乡村振兴起到智库、参谋和助手的作用。同时，能够带领全社会重新审视农村、关注农村和参与农村社会建设。引导全社会形成一种注重调查研究、实事求是和深入人民的务实风气。

我认为要写出触动人心的返乡之作，主要标准是看学生对农村和基层社会有没有感情，如果没有真情实感，毕竟强扭的瓜不甜；要看学生有没有问题意识和良好的思考习惯，思想性是甄选学生的重要标准，因为当今信息时代和网络时代，知识已经不是问题，获取农村和基层社会的信息很容易做到，但是，对特定时代农村和基层社会的问题探究，需要有思想的学生去承担，需要将思想的触角伸入进去，没有足够的思维敏锐性，难以读懂中国的乡土社会。

我希望学生能够从细节和细微处发现乡村，能够从中国农民当下的生存方式、思维方式、情感态度和价值观念等方面切入，发现农村、农业和农民与大时代的复杂关系。

薛晋文

太原师范学院文学院院长，影视艺术系主任、教授

打破地域的刻板印象

庞秀慧

我去的县城很少，能了解得多一些的县城都是和亲朋好友相关的地方，比如说我的家乡辽宁省铁岭市，还有我先生的家乡江苏省高邮市。

最让我遗憾的是东北的地方文化没有重视。人们谈到东北，特别是辽宁铁岭，基本上都会想到二人转和赵本山。其实从区域文化的角度上来说，东北的民俗有很多值得深究的地方，有很多的民间禁忌和对自然的独特理解。但是这些都没有得到系统的梳理。同时，我所知道的也不过是皮毛而已。东北的区域文化研究有着大幅度的空白，我非常渴望东北的区域文化受到重视，而我也愿意参与其中。

我觉得东北地域的史料建设还有很多地方需要深挖，除了档案资料之外，还需要有口述史的配合，比如说1945年至1949年，"十七年"时期，"文革"时期，还有1990年代的国企改制等等。这些历史其实都对东北人的文化心理有着巨大的影响。

其次，我觉得区域文化中的禁忌是需要专人

有意整理的，有很多人觉得这个是封建迷信，但是这种禁忌背后是社会心理的反映，是一种集体无意识。不理解这种集体无意识，就会遗漏掉区域文化的一部分。不得不说，这种禁忌在现代化的冲击下已经逐渐萎缩了，但是在民间还有影响。我不是说我们要继续遵守这些禁忌，但是起码曾经存在过的、目前还影响着人们生活的文化，还是应该有一些文字记录。

归根到底，无论是故乡的区域文化也好，还是更为广泛的区域文化也好，文化的传承与更新都离不了自己的文化之根和现代化的思想理念。

我觉得当下的"乡愁"是知识者的情感实践，它全方位展示了乡村的人生百态，也呈现出了情感指向的多元开放性。从历史的角度上来看，这是乡土社会自发的哲学性思考，力求摆脱乡村作为"问题化"的地位，凸显出自己的体验和感受。但是书写"乡愁"需要非常谨慎地处理情感和理性的关系。在前几年的"乡愁"书写之中，情感过于宣泄，不但缺乏理性的价值观，而且毫无思想方面的建设。

其实"乡愁"最大的价值就是内在的情感体验，其意义就在于为少数群体、弱势群体提供平等的进入公共领域的机会。所以我觉得"乡愁"的核心应该是价值观的引导和情感体验的真切性。但是目前来说，我还没有看到让我很震撼的"乡愁"书写。

期待青年们的"乡愁"书写。中国青年知识分子的现状呈现出多元化的势头，有的人随波逐流，有的人愿意独立思考。但是，总体而言，他们的知识结构更加完善，思想更加开放，对于这个世界的理解更加丰富。从这一点来说，我很佩服他们，特别是那些愿意思考，有勇气，有行动力的青年知识分子。

青年知识分子返乡，深入报告"乡愁"，对于他们是一次思想的洗礼，给他们提供了一次深入思考家乡文化的机会，并且他们笔下的区域文化有着丰富的细节，很细腻。有的作品甚至打破了此前对于某一地域的刻板印象。这无疑是扩大了区域文化的影响力，使得乡村更加立体化。

我没有什么标准来甄选参与"返乡画像"书写的学生。学生愿意参与，有热情，我就欢迎。我希望他们从自己的生命体验出发，从最感兴趣的细点切入，"返乡画像"系列文章的篇幅一般不长，故而一定要有真情实感。没有感情的文字是不会打动人的，那就失去了"返乡"的意义和价值。

在我所指导的"返乡画像"的作者动笔之前，我是不推荐任何作品的。我只是让他们看看其他作者的文字，熟悉一下"返乡画像"的内容。因为我不想干扰他们对于乡村的感受。希望他们可以自己去思考，自己去体悟。当他们写出初稿之后，我会根据他们的特色推荐一下相类似的文学名篇或者一些理论书籍，希望相关书籍可以对他们的写作有所帮助。

庞秀慧

南京信息工程大学副教授

甘肃区域文化要形成合力

赵建国

我出生在甘肃东南部的一个小县城，工作在甘肃西部的张掖市，与出生地、工作地邻近的县城去过一些，但总体上屈指可数。

区域文化作为地方性知识成为近年来研究的热点领域之一，各地都在打区域文化牌，实质上是为旅游经济做宣传，推动旅游经济发展。甘肃历史悠久，文化厚重，东南部是秦文化的发源地，河西走廊是丝绸之路的咽喉要道，河西文化孕育了敦煌。遗憾的是，甘肃各地关于区域文化的研究各自为"阵"，还未形成合力，因而整体上难以凸显。

说实话，我没有做过区域文化研究，也谈不上推动故乡的区域文化的传承与更新。我所在的学校倡导"做河西文章"，有一批老师在做这方面的研究，申报获批了一些国家社科项目，如河西宝卷的研究，凉州贤孝研究以及河西方言研究等，也产出了一些成果。所以，我想，以个别区域文化研究，带动更为广泛的区域文化的传承与更新，应该是一种路径。

关于乡愁，我的理解就是记忆。不是那种"为赋新词强说愁"的假装的愁，而是先有愁的经历，没有乡村生活与记忆，难以产生乡愁。城市化的进程看起来不可逆转，光愁是没用的，逆城市化的力量有多大也不好说。因此，我们能做的是描述乡村的变迁，书写乡村记忆。

至于，选择"返乡画像"书写的标准，首先是趣味。关于家乡的记忆，主要有两个方面，一是血脉，二是味蕾。把自己与家乡连在一起的是亲人，即所谓的"根"。对家乡念念不忘的有别他乡的是"味"，即饮食。对亲人与饮食的叙写应是题中之意。其次，乡一般与乡野相连，书写家乡还要有乡味野趣，一种质朴原生态的味道。当然，书写家乡可为乡村年龄大的老人画像，为家乡古树古屋古井等画像，甚至可以用口述实录讲述乡绅乡贤的故事等。

中国青年知识分子群体处于何种状态？我不好评价。我觉得青年学生是一个有热情充满活力的群体。青年知识分子返乡，深入报告"乡愁"，既可以记忆保留延续乡愁，也可以让青年知识分子体验另一种生活，形成对城市与乡村的一体化而不是片

面化的认知，这样，他们有可能成为乡村振兴的潜
在推动力量。

赵建国

河西学院文学院院长、教授

游子亦非"游子"，故乡已非"故乡"

武少辉

　　说来惭愧，我出生在河南宝丰，在郑州上大学，又回到平顶山工作，对河南之外的县城跑得不多，对于区域文化只是一些肤浅的认识。

　　我认为，区域文化传承的前提是有资源，即历史文化资源，再者才是依托经济基础的更新。中原的区域文化资源相当丰富，这是毋庸置疑的，比如我的家乡河南宝丰，历史悠久，秦代置县，名副其实的千年古县，是"中国曲艺之乡"、"魔术之乡"，有观音文化发源地香山寺，清凉寺汝官窑遗址等。其中，宝丰马街书会延续700余年，被世界吉尼斯协会认定为世界最大规模的民间曲艺大会。这些区域文化元素很有特色，但是，省外的人不一定知道。

　　因此，作为高校教育工作者，推动家乡区域文化传承和更新，一是做好梳理发掘，再者就是书写和传播，这也是我们的职责。

　　比如，我们的"返乡书写"就很好，书写者首先要梳理对故乡文化的认知，明白故乡有多少历史文化需要传承；然后，用自己的方式书写下来，传递给更多的人看，做文化的宣传使者，客观上推动了区域文化的传承和更新。

当然，我指导和甄选学生"返乡画像"的作品，还是希望他们能走废名、沈从文等乡土书写的情怀和风格。废名书写黄梅，沈从文书写凤凰，表现文明碰撞下的乡村困境，有朴实的纯真，亦有浓重的愚昧，折射出作者的困惑和矛盾，有热爱、有批判，有留恋、有背离。我是希望学生的返乡作品，也能情感和理性并重，既能流畅地书写故乡的风土人情，表达出浓郁的故乡情；同时，也要能够觉察出乡村发展困境，在今夕对比叙事中，表现出一种理性的思索和批判。

传统意义上讲，"乡愁"是背井离乡者对家乡的思恋之愁，魂牵梦绕，历久弥深。个人感觉，"乡愁"的诞生有两个因素：一是存在时空的距离，山高水长，云雾阻隔，游子离家不能归，越久越远，乡愁越深越浓；再者有"叶落归根"的恋乡情结，游子离开家乡是一种无奈，但是，心灵依然对"家乡"魂牵梦绕，牵挂那里的人、事、物，有着无限的羁绊，还存在一种无法隔断的血脉。传统意义上的"乡愁"里，游子心灵上从未背离过家乡，故乡永远是游子心灵的向往和归宿。

但是，今天的"乡愁"，已然没有了传统意义上的因素，游子亦非"游子"，故乡已非"故乡"。区域经济发展的不均衡状态，人口迁徙由乡镇向城市迁徙，小城市向大城市迁徙。于是，致富的乡人主动逃离故土，很少再愿意回归，故乡是被逐渐抛弃的村落。显然，现代文明和经济发展，解构了人们传统意义的乡土情怀，"故乡"已然没有了家的归属，也没有了原有的田园向往。再者，城乡一体化强化了城镇的特征，却没有保住乡村的风土人情。这些都让当下的"乡愁"没了根，没有传统故乡的归属和向往，失去了最初的意味和情怀，甚至演绎成一种"衣锦还乡"的炫耀。

中国青年知识分子与父辈有代沟，遭遇更多的功利性诱惑，整体思想状况表现出浮躁，对个性张扬理解偏颇。我给学生举过一个例子，人们倡导尊重个性，但是很少思索尊重"谁"的个性？若人人都要求别人尊重"自己"的个性，结果就是"自以为是"，生活中的矛盾冲突就会不断；反过来，若人人都能主动尊重一下"别人"的个性，结果就是

"换位思考"，生活中或许就是相安无事。

其实，从文化的角度分析，当下的青年知识分子思想状况，可能就需要这样一个细微的转变。这是个很宏大的话题，我在这里不多言。就当前的阅读和写作来讲，与老辈知识分子相比，今天的青年知识分子原典阅读不多，普遍写作能力不高，确实存在一些不足和缺陷。在浮躁的社会氛围里，我们还是希望青年知识分子多一些担当和责任，多一些吃苦和奉献精神，积极推动地域文化的发掘和传播。

知识分子历来有"读万卷书，行万里路"的传统，旨在倡导理论与实践相结合。当下，中国青年知识分子拉长了读书的时间，深入基层不多，对农村现实了解不多。因此，青年知识分子返乡，可以走出城市、走出书斋、走出书本，深入中国农村，了解中国乡村的真实情况，这是难能可贵的尝试；再者，青年知识分子深入报告"乡愁"，书写家乡的人事物和情怀，直接或间接传播家乡的历史和文化，主动思索故乡发展的困境和前景，亦是一种有益的文化书写和探索。

因此，青年知识分子的返乡书写和"乡愁"报告，本身就是在推动区域文化发展和乡村振兴，若成气候和规模，客观上也必然会在更大范围内推动区域文化的发展和乡村的振兴，很值得推广。

武少辉

平顶山学院文学院教授

离乡，越远越好

陈晓兰

我出生于张掖，直到二十几岁离开家乡到贵州读书。

我对于童年时期刻骨铭心的记忆就是沙尘暴，而"黑风"则是沙尘暴的极致。晴朗的天空霎那间黑云滚滚，以惊人的速度由远而近逼近，顿时白天变成黑夜。我童年时期大约经历过两三次这样的黑风。看到黑云密布，仓皇逃回家中，紧闭门窗，整个世界一片漆黑，我就坐在窗前听那呼啸的狂风，等待天空由黑变黄，观看随风飘舞的草、纸、树枝还有奔跑的人们。既恐惧又兴奋。那是何等的壮观啊！但我讨厌黑风之后的昏黄的世界，人和万物都被覆盖上一层黄土。但是，黑风不常有，倒是每到春季时节像狼嚎一样的西北风夹杂着漫天飞舞的黄沙，能将人的心吹散，使你像丢了魂似的发慌。

我那时常常在大风中顺着铁道由西向东由东向西地散步，听到火车的轰鸣声便站在一旁注视着一列列火车从眼前飞驰而过，直到消失得无影无踪，幻想有一天自己也要到遥远的地方，越远越好。后来，我在阅读哈代的作品时，在美国西部怀俄明的荒原上看落日时总是会想起家乡的景致。

"乡愁"其实是中国人非常强烈的一种文化体验，古代文学中大量的离别诗、思乡诗抒发浓郁、强烈的家园恋情，其中包含着对于外部陌生的未知世界的忧虑、疑惧。

至于当代的乡愁，我认为主要来源于近几十年间急遽的都市化、现代化进程造成的与传统、与历史的断裂带来的无根感、漂泊感。狭义地说，乡愁源于当代乡村问题引发的有关土地、粮食、农民、乡村社会的忧虑。然而，乡愁是否是当下中国的一种普遍情感？是一个问题。东西部发展的不平衡、城乡之间的差距导致人口向东南、向城市流动，我们看到的更多的是渴望离乡，在上海尤其能感受到这一点，外地学生千方百计留沪，祖父母倾其所有为其购房，父母老年后寄希望于投靠儿女。他们可能也会怀乡，但是他们的怀乡是非常具体、个人化的，不过是对于父辈、亲属的牵挂，我常常听见身边人说自己不会回家乡，因为已没有家人在那个地方。

实际上，人们抛弃一个与自己不再有血缘关系的、相对来说落后的地方是很容易的。具有社会关怀的乡愁只可能局限于少数人，而且这种乡愁也是随着年岁的增长而逐渐觉醒的，不是离乡的必然产物，也不是与离乡同步产生的。我认为关键是将这种乡愁付诸实践，做建设性的工作。如果每一个城镇，都建设成马克思的故乡特里尔那样，我们还会向更大的城市迁徙吗？我们还会有乡愁吗？

如果说知识分子意味着社会的良心、责任和担当，那么能够戴得起这顶帽子的人并不多。我们对青年人说：做一名青年知识分子，包含着我们对于他们的殷切希望。

不管他们是什么样的面貌，总有一天，要轮到他们来掌管社会。我觉得青年知识人返乡活动的价值是双重的，一方面有助于青年自身的成长，深入基层社会生活，有助于他们了解社会，对于他们自己而言也是生命的丰富。对于区域文化建设而言，通过他们的调查、研究、书写，弘扬地方优秀文化，更希望他们真正把自己的知识付诸实践，在具体的文化建设、基础教育、科普知识、法律普及、社区建设等等领域都需要做具体实际的工作，一点一滴地改进。

关于此次"返乡画像"的书写，我希望青年们能够去了解家乡的地理空间和文化空间的变迁以及父辈们的生活。我自己研究城市文学和文化、跨国旅行与写作，这些都涉及传统与现代性的问题。我希望年轻的学生认识自己及其处身的社会和世界，尤其要知道你与中国当代的城市化和现代化进程同呼吸、共命运。但是大部分学生有更紧迫的眼前任务需要完成，再则他们觉得这些都是你们成年人的事情。所以，如何唤起年轻一代的激情和社会责任感其实也是我们需要努力的。

陈晓兰

上海大学文学院中文系教授

重返乡土，接近大地与母体

杨位俭

我们那个地方叫滕州，就是古滕国所在的地方，周武王姬发灭商建周之后把自己的亲弟弟姬绣分封在滕，就是滕国的第一任国君。滕国虽小，但来头很大，因为是姬姓，所以滕薛争长的时候，滕国国君还得排在薛国的前面。

我多年以来一直比较关注乡土，这里面肯定是有一个情感的因素存在，心心念念，似乎也就变成了一种趣味、一种文化想象的东西。早先关注这方面也可能是无意识的，后来比较明晰化、变成一种动力，大概跟中学时候的经历有关，那时候老师鼓励我们进行文学创作，写小说，我第一篇小说就写自己小时候在乡下见到遇到的一些事，应该是从这篇小说开始，就特别想要回答农村为什么是这样子。后来走上学术这条道路，也在慢慢地从经验性观察向学理性的方向转化、进行系统性的思考，这也是说，有很多问题单纯从情感的、个体化角度确实回答不了了，需要更多专业知识和社会、历史的材料来支撑理论的思考。

我们这代人成长经历也是比较复杂的：生于"文革"后期，成长于1980年代，1990年代接受高等教育，这么一路走过来我们的观察实际上也很复杂，我们直接遭遇了城乡之间的巨大转换，其中既包括早期户籍制度方面的落差，也包括市场化过程中的融合和分化，因此我们这一代人能看到乡村和城市的多个面相，有更丰富的、连续性的观察。当代有很多很好的作家都写过这类题材，在这些作品中我会有很多共鸣和思考，我想我们最原初的动力应该也是类似的，这是最真实的东西，它从个体的角度不断升华出来，也具有普遍性的社会基础。

从上中学开始，我就离开了农村，在城市里生活，而且很长一段时间是做所谓"国际化"的工作，好像跟农村问题就脱离了。但我觉得我也应该感谢中间偏离的时间，它等于说是有了另外一个眼界，可以以更丰富的外部联系来回溯以前的经验和困惑，对有些问题的思考慢慢地也有了更清晰的脉络。

我们经常会讲农村生活具有封闭性，但这并不意味着农村问题是在一个孤立的语境中产生的，它往往是个结构性问题，是在复杂的社会关系、经济关系和政治关系中产生的问题，当然也是个文化问题，也可能是某种强大的观念模式塑造了今天的社会形态。

举个例子来讲，我们在现代化的维度上会习惯性把乡土当作时间链条末端的东西，长期以来我们都是按照社会进化论的模式来看待和处理乡村的"落后"，认为总有一天乡村会被城市替代掉。不但很多知识分子这么想，绝大多数老百姓也是这么想的，于是观念就变成了现实。但是我们必须意识到，这种时间秩序的安排它本身就是一个现代性的自我建构，观念的绝对性后面有很多暴力的成分，有些被认为是乡村落后原因的东西，相反可能是这种粗暴改造的结果，我不是反对现代化，但是我会很拒绝那种把乡村仅仅当作改造对象和牺牲品的现代化。

这其实也关系到我们如何来认识乡土，书写乡土。我的看法是，乡土并不只是某种历史的遗存，好像只是因为它行将消亡，所以我们才来纪念它。乡土其实也是生生不息的当下，如果我们看不见它，那可能是因为某些东西遮蔽了我们的眼睛。返回其实也是重新发现乡土的过程，我们需要超越时间意义上的返回，去尝试接近大地的深厚与广袤，无论它是美的还是丑的，我们都需要正视它，就像对待自己的母体一样。

要回答中国的乡土是什么，我在以前的文章里提到了三个层面。第一是实体化的乡土，简单地指向农村，因为城市化，现在的趋势是村落在减少，但农业生产是永远不可能消失的，只是生产方式、效率、要素配置等等在发生变革。今天我们看到的农村是现代的产物，它很大程度上是由现代分工体系塑造而成的，三农问题根本上受到这种分工体系的制约，因此我们不能简单地将农村与所谓的传统相对应。第二是空间地理意义上的乡土，它对应的是我们经常说的故乡和乡愁的问题。现代社会是流动性社会，流动构成了我们的常态，这是跟传统社会很不一样的地方，流动过程当中就会产生乡愁。现代乡愁本质上也不同于古典乡愁，因为农耕文明的自足性被打破了，田园主义只能是一种幻觉，现代人注定是无家可归的，这在根底里是一个精神、哲学上的困境。第三就是文明性的问题，它意味着你如何面对自身的起源、认同和更普遍的文化想象。起源不是一个个体化的东西，比方说文化无意识，你说自己是中国人，那么在何种意义上才是"中国"的呢？虽然拿身份证、护照很好回答，但这不是文明的定义方式，文明是要在人类的普遍性维度上给地方性一个明证。

对于现代化的反思并不意味着简单回到过去，所以我强调的是与乡土现实的血肉关联，一种深沉的关怀和内在的自觉，能否有效地弥合城乡之间的断裂、解决乡村发展问题，这关乎我们共同的未来。

杨位俭

上海大学教师，美国杜鲁门大学访问学者

故乡似野花

单占生

我对故乡杞县其实并没有比别人更多更特殊的情感。我写过一段小诗："故乡似野花，在你富贵时，很美；在你贫穷时，很丑。"我的意思是，故乡的价值与意义往往是你想起故乡时赋予她的，故乡往往活在我们的念想中。我现在不富贵也不贫穷，想起故乡时，觉得她不美也不丑，她就是我和往昔的存在。

而现在的问题是"家乡"的变化已与我往昔的"故乡"全面断裂。从自然地理到人文风情。我不知道这只是我的感觉还是真实的现实。我觉得她无论从传统还是现代的意义上都失去了诗意，这成了我的忧伤。

如果要说感动，故乡最让我动情的，是那些留守老人用他们的汗水浇灌了家乡的每一寸土地，他们为漂泊在城市街头的青年"农民工"留住了故乡这个词的词根。他们躬起脊背守护着土地和粮食，而他们自己却无法安度晚年，这是我切实的痛，也是我写一写乡村、写一写返乡的原初动因。

现在的城乡建设，这是一个令人不安的问题。而更让我不安与无奈的是，我现在无论是如何写乡村、写返乡，无论是写什么时代的乡村，写何种状态下的乡村，我们都是站在城市的位置上来书写的。包括我们目前的一些乡村建设方案与规划。我们似乎没有谁认真问过一声我们的乡村，让乡村站在乡村的位置上，站在乡村的身体上，站在乡村的立场上认真说心里话：你们这些城里人或准城里人站在我的面前指手画脚、义愤填膺、伤心落泪，你真的知道我的感受吗？你真的知道我需要什么吗？我会像你一样想我的事儿吗？或者说得更残酷一些，我需要你返乡吗？我需要你笔下的那种砸吧来砸吧去的诗意吗？

前几天看到一个消息，我们的乡村重建专家为了建设一个如哲学家所说的能够"诗意的栖居"的乡村，在一个乡村盖了一个样板房，用的朴实毛坯墙，其目的是要与黄土地相和谐，为了体现乡村的自然美。专家在村里时，村干部和一些村民也没说什么反对意见，可当专家前脚一出村，村民们立马就给这墙贴上了瓷片。也许我们会说村民们不懂美学，但你不能说村民们就不知道美，更不能说村民不懂生活。也许我们也不能说专家设计的美就是错的，或者就是丑的，也不能说专家就没有去想村民的感受会是怎么回事，专家肯定是出于美好的愿望来干这件事儿的，他肯定想为村民干一件大大的好事儿，可这好事儿就是干成了坏事或者叫做不怎么好的事。

记得我的一位诗友在九十年代写过一首诗。表面上是写青年男女的爱恋，说鲜花很美，蝴蝶也很美。鲜花为着蝴蝶的翩飞而艳，蝴蝶扑向鲜花来赏花。结果，蝴蝶抓破了鲜花，鲜花枯萎，鲜花的毒液感染了蝴蝶，蝴蝶死亡。美好与美好的愿望结下的却是悲剧的苦果。我们是不是也做了不少这样的吊诡之事呢？我们享受着现代生活的快感，却想让我们的乡村成为我们心灵荒原上的"诗与远方"，我们这样的想法有些无耻吧。

我们不能把我们的无耻当作善意来张扬。自己住在高楼大厦里，坐在高速列车上，而让他人骑着毛驴，"鸡声茅店月，人迹板桥霜"，好意思吗？我们现在必须认真切实地重新考虑我们当前的城乡关系，这里包括城乡建设与发展中的一切关联。

我弄不清这里到底有多少关联，也弄不懂当前我们首先要做的是什么，我只有一个愿望，中国城乡的发展应该是亲兄弟式的互有短长的发展，而不是主仆式的发展。如果兄弟间在某时某处有一种师生关联，那也应该是互为师生共同成长的关系。城市没有理由高高在上于乡村，乡村也不要低城市一头。而现在，城市就似一个资本家，乡村就是一个打工者，这样的城乡伦理，也许会使我们永远无法返乡。

在此一点上，我们都不是局外人，在造成当下这种不平等也不道德的城乡伦理的局面上，我们也许都无法把自己洗清白。如果连中国的知识分子都认识不到这一点，我们上哪找返乡之路呢？我们还返什么乡啊。也许正是因为这些，我在很多事情上不是一个控诉者也不是一个怨恨者，我只能做一点点小小的反思，做一点点小小的自己认为对也未必对的小事儿。

单占生
"一生至美"书系总顾问

黄金时代青年，旅行者访谈者播种者

梁永安

我一直有个观点，改革开放四十年我们都是以经济发展为中心，但是，到今天这个程度的时候，应该转移到以人的发展为中心。

乡村青年总是以离开乡土为生存之道，还谈什么发展呢？他只能是城市里非常弱势的这样一个存在。只有根植在自己的生命源出，把所有的资源激活，才能获得一个真正的生机。

我有一个基本理念，就是这个世界上没有一寸多余的土地，没有一个多余的人。人在社会上把自己的多样性、丰富性尽量地释放出来，每个人都可以在移动、探索中发现自己。

2005年我在陕北神木的时候就很感慨。神木县当时穷的要命，又缺水又热，农民收入很低。后来他们换了思路，看看南北半球同纬度的农民都在干什么。一下子发现墨西哥跟他们情况差不多，日照很猛。那边在种黑珍珠等特别的水果，建大棚搞滴灌，大棚控制温度，使它的日照和晚上的保暖综合起来。神木县赶快就去做这个事情。他们没有那么多钱搞那种玻璃大棚，但是中国人好办，拿薄膜由县里指导着做。以前一亩地拼了命挣个两千多就算不得了，现在一亩地搞五个大棚，一个棚赚两万八。就是说，土地上一旦这样转换思路了，就发展了。

中国的返乡，我觉得其实就是寻找每一个人最美好的未来。

现在普遍存在的人的观念里，还有很多旧意识的障碍。因为中国传统以来就是追求一致性，孩子要高考、进城，相互形成压力进行攀比。所以在一致性之下就看着别人怎么走，我就追求那种生活，但是现在的文明反而是要追求差异性的，要跟别人活的不一样，转化到这个方向上来就大不一样了，我就走自己的路，找到自己的生长点。

作为知识分子，要热爱当下的空白，热爱当下的未知。

我觉得我们现在这个时代是零时代，大家都在起跑线上，就要有一种平等的、多元的眼光。

你回到乡村就要重新认识自己的乡村、认识自己的城市、认识自己的国家，因为我们现在认识模式是从以前那个时代带过来的，这个时候首先我们要有一个清零的过程，然后大家各自看看能有怎样的聚合，因为互联网的意义最大的价值是聚合。

不要因为你上了个大学或者干了个什么事情，就觉得自己是更高一层的知识人了，那不是一回事。国家的发展前路怎么走将是史无前例的，全人类都没遇到过这个问题，所以里面有无限的生机，但现在的问题是生机在那隐藏着，被压抑着，你无法把它释放出来。

我认为当代青年知识分子应该是一个旅行者。

我们以前太讲收获了。我们这个时代的人，世界在大变，以前的经验在很多方面跟现在对应不上了。现在最重要的就是行万里路，要去看看这个世界，看看不同的生活，体会不同的价值，发现完全不同的细节。这里面还有一个身体和思想的漫游，意思就是我们先变成一个正常人。

以前划分太厉害了，人处在一种知识的一角、或者生活的某一角，然后因为家庭的不同或者是社会通道的不同而把人碎化，分隔为很多块。好多人还停留在原有的自足性里面，所以讲感情、思想、观念跟这个世界是分离的。

所谓旅行者，就是你要先回到这个世界上来。

同时，青年知识分子又该是一个非常好的访谈者，这就跟一般的不一样了。

要实现旅行是不容易的。因为好多人是带着

自己去走，希望世界来迎合他。这样实际上是白走了，生命的经过没有收获。访谈的话，就是有一个深度在。访谈的前提就是你对这个世界有很好的信赖，你对世界上的人们有很好的热爱，想知道他是怎么生活的，过程中会建立感情、信任。

另外一方面，青年知识分子还要做一个非常好的播种者。

你又旅行又访谈，然后你应该知道自己要做什么样的事。

我在长沙岳麓书院的时候就很有感慨。一千多年前长沙叫潭州。潭州太守朱洞也不算什么学术大师，他到潭州以后，发现民风比较野，官学也不是很盛。他就想干点事。不久在城郊发现一个荒废道家的道场，他就想在这里做一个私学型的书院，然后请外面的人来讲一些经典、辩论等，朱熹等人都去过。就这样一个学者型官员，看到了大家内心的求知需求，看到了空白，做出了奠基性的贡献。反观现在很多人，都太注重收割，太迷恋短平快，太忽视播种的价值。

梁永安

复旦大学文化建设委员会委员，

中文系研究生导师

遗憾的还是东北

刘广远

我是东北人，家在辽宁省。省内的许多区县都到过，辽宁省的建昌、喀左、凌源、建平、凌海、义县、黑山、北镇、鲅鱼圈、庄河、旅顺、东港、宽甸、桓仁、盘山……

故乡是他乡，他乡是故乡。走过的路，爬过的山，趟过的河，路过的桥，很多很多，可是难忘的、遗憾的还是东北。

东北地区，拥有着最大的黑土地、最广袤的森林、淳朴厚重的民风、悠久原始的民俗，却陷于吃老本、守旧成的局面。"日出而作日落而息"，"父母在不远游"等古训，依然市场广阔。王国维在《屈子文学之精神》里论述过先秦南北思想文化的差异，他说："我国春秋以前，道德政治上之思想，可分之为二派，……前者大成于孔子、墨子，而后者大成于老子。故前者北方派，后者南方派也。"对于现今的文化考量依旧是有意义的，北方的文化思想依然重乎"仁义礼智信"等儒家思想，但有时墨守成规，就显得与时代有距离。再比如，南北朝文风的差异，《隋书·文学传序》里说："江左宫商发越，贵于清绮；河朔词义贞刚，重乎气质。"北方的元杂剧到近代的"二人转"，其文学风格都具有浓重的北方气质。"东北作家群"到现在的东北文学，从萧军、萧红到迟子建、马原等，其文学气质也蕴含着内在的血脉相通。《山海经》中曾记载，"东北海之外，大荒之中"，"有山，名曰不咸，有肃慎氏之国"，荒寒之地、广袤之地，但又蕴藏着多样的文化遗址、丰富的民俗风情……但是，缺乏开发，缺乏挖掘，这是令人遗憾的。

作为一个身处东北地区的大学教师，除了自身的学术研究，也思考着为什么东北不能走向全世界？为什么曾经辉煌的东北会如此迅速地没落？为什么东北爬坡会如此的艰难？

这不是一个一蹴而就的问题，这是一个重要的命题。虽然不能从全局性角度提供经济发展钥匙或者结构性解决之道，但是能够从文化角度去思考，也是一种回答，也是一种力量。

很幸运，与"返乡画像"诸位结缘。通过"返乡画像"活动或者其他渠道，寻找或者挖掘区域文化，借文化力量一点一点掘进，进而可以形成对其他方面的促动，不仅仅是经济。个人的力量是渺小的，然而星星之火可以燎原，一个人的力量虽小，但是做一点就能起到一点作用。所以，发动学生、发动周边，大家一起利用自己的眼、开动自己的腿，去寻找或者挖掘风景、物象、文化、人物等，看得到、写出来，将东北的文化或者被遮蔽的文化展示给世界。

走出去，观四方；回书斋，写文章。促周边，写家乡；各媒体，尽力量。大致就是这个意思，尽微薄之力，燃薪薪之火，推动区域文化的传承和创新。

返乡青年们，我希望他们能够从一种情绪、一种民俗、一处遗址、一种声音、一类人物、一类事件等入手，观察到迥然不同的民俗或者不同于他乡的细节，迥然不同的风貌或者有别于他乡的风景，能够完成黑格尔讲的"这一个"是最好的。

当然，普遍的风俗、类似的风情、相似的人物，也不是不可以写，这就需要作者深入的观察，独特的角度，深切的体悟——说起来很容易，操作起来不简单。需要学生一点一点地琢磨、思考，需要老师一点一点地指导、点拨。有时候，写作者也需要有一点天赋。

我相信，中国青年知识分子群体是一个有希望、有思考、有想象力、有创造力的群体。90后、00后这一批青年人是无所畏惧的一代，也是忧虑重重的一代。

面临着混沌迷茫的世界，这既需要他们去破坏一个旧世界，也需要他们建设一个新世界。

青年知识分子返乡，虽然可能都是点状的、单一的、个体的，但是点点成线，线线成网。偏狭地区的一抹亮色，发达城市的一点黑影；遥远小巷的一声吆喝，荒漠塞北的一幅棺木……纵横捭阖，包罗万象，哪里是中心？哪里是未来？哪里是厚土？哪里是荒漠？

五湖四海、天南地北的青年会告诉我们——我们想象的故乡不是他们的故乡，我们规划的未来不是他们想要的未来。

青年兴则国兴，青年强则国强。

他们必将善待各地区的各种文化，他们的思考必将对乡村振兴产生巨大的推动力。

感谢"返乡画像"，感谢所有策划者。

刘广远

渤海大学教授、硕士生导师

第四编

乡 土 青 年

乡土青年，这样的青年
（本编引言）

祁文亮

乡土，是一个镌在灵魂、刻在肋骨上的字符。每个人从离开故乡的那一刻起，乡土也便成了栖息心灵的净土，因为在那片土地之下埋葬着我们的祖祖辈辈，之上便是我们日出而作、日落而息的父老乡亲，而他们恰恰是我们心中不可抛却的念想，所以面对乡土，在我们的潜意识里它始终都是神圣而厚重的。

当我们怀着敬畏感再一次去仔细地接近乡土，触碰乡土时，我们却会迟疑、会感伤、会退却，甚至是无所适从，因为我们心中的那个乡土已变得伤痕累累，疲惫不堪，似乎也听到了它在呻吟求救——乡土在逐渐地走向"死亡"！

乡愁是乡土和乡土上遍生的魂灵落在心里生长的结晶，乡愁也是因与乡土产生距离而应运而生的思绪。面对渐渐沦陷的乡土，乡愁变得愈加沉重，农村、农民、农业又将再一次成为焦点，如何重建每一位游子心中的归宿感也成了亟需关注的话题。

面对着"乡土死亡"，如今很多充满自觉意识的青年开始觉醒，以"乡土青年"的身份开始思考、探索，他们对于"乡土青年"、对于"乡土死亡"、对于重建"乡土青春"……有着不同的解读。

祁文亮，《美丽乡村青年笔记》联合青年主编。

（摄影，邵卓人）

"乡土青年"自画像

我觉得我和我周边的同龄人相比，我最大的特点就是"土"，这是一大特点，也是缺点，但同时也算是优点。这种"土"不仅体现在审美和爱好上，也体现在思想和行为上。和朋友们相处，我们的共同话题不多，在少有的共同话题上，见解相差也挺大的，正如他们所说，我不是无知，而是无聊。

"乡土青年"只是一个代名词，不是一个职业，所以并非只要是乡下少年就一定是乡土青年，也不是城里人就一定不能成为乡土青年。"乡土青年"对乡土的变迁敏感，有一定的想法，能尽自己的努力为乡土变迁做一些力所能及的事情，用相机记录一个镜头，用纸笔记录一个细节，甚至是用录音记录一段声音。以一人之力无法扭转乾坤，但可以用自己的力量记录变迁时世中的某一个瞬间。乡土青年不应以学历为门槛，不应以见识为界限，乡土青年注重的是精神内涵。即使是没有上过一天学堂的八十岁老翁，只要他在"乡土"中有独特的鲜活的见解，那他也是"乡土青年"，他不菲的近百年的经历，更是他乡土见解的补充。相反，青春年华的少年，如果一味地追求城市的灯红酒绿和繁华中的漫漫人生，完全否决乡土的意义，那他也不是合格的"乡土青年"。无论是身处繁华，抑或是身处落寞，只要心中有乡，能在乡土变迁中注入鲜活的血液，那他就是一个乡土青年。

"乡土青年"应该有以下的品质：质朴，念旧情，精神世界丰富，积极向上，对物质有追求，但不迷失于物质之中。非淡泊无以明志，非宁静无以致远。夫学须静也。作为乡土青年，更应该专一。

王娅玲

甘肃民乐人，就读于河西学院种工 151 班

"乡土青年"，它可能包括在乡村继承家业、用行动守着乡土的青年，也包括已经走出去的却心存乡土的青年。比如我们虽然可能不会一直在故乡，但是从来没有放弃没有丢失对乡土的责任和期待。而那些一直留在乡村，守护着乡土的青年，我觉得他们身上应该有更多需要我们挖掘的东西，可能是家庭因素，或者出于自己的意愿要留下来，又或许

是这片土地留给他们的温暖。恰好我们可以和他们作为对比，我们可能是用文字，一种情感来表现或者说寄托乡土情感。而他们更多的是行动，用自己的一言一行存放对乡土的爱，即使辛苦却不失生活下去的勇气。有些人可能觉得他们不是文化人，甚或贬之为"乡土"人。但是他们和我们这样一些人相比，同样是有各种情感，有想法，只是缺少表达，他们应该更容易从生活里找到对乡土的认识，他们也需要被关注，被尊重。

然而，我所说的并非只有这样的"温柔"，还有譬如陈忠实笔下的具有斗争性的"土黄色"的厚重。我认为乡土青年应该做的，更多是守护乡土文化以及优秀的风俗习惯，也将更多的乡土文化和优秀的乡土情感，传递下去，让这种文化走出去。我本人可以说算一百分之一的乡土青年，因为我觉得自己没有多大的贡献在这方面，而要成为乡土青年，我应该更多地关注乡土文化，尽自己所能保留那些美好。

对"乡土青年"的描摹，我觉得，现在来看，其实如果用一个词来描述的话，应该是"爱"，他们浓浓的乡愁以及对这片土地的热爱。就像前面我说的，我觉得他们更多在乎"精神追求"，超越世俗，融入乡土，又游离于乡土。更多地投入乡土文化建设，时刻保持独有的"清醒"。

张燕利

甘肃临洮人，就读于河西学院汉语言文学151班

　　在我看来，"乡土青年"应是像路遥先生这一类人，如同大山深处的保尔，有志向，用勤劳的品质首先改变自己的命运，尔后改变乡村的一类人。就像路遥先生笔下《平凡的世界》中的孙少平、孙少安，余华先生《在细雨中呼喊》中的孙光林。我觉得作家拉出一条长长的线在映射那个时代，作家之所以多次强调性、道德和丑陋，大致是那个时代缺乏这些东西，或是缺少对它们正确的理解。男女之间的蝇营狗苟和村民向往的城市生活的魅力，在落后的农村社会中有着相当真实的写照。读完之后，我对孙广才的感觉，如同陈忠实先生《白鹿原》中的鹿子霖，争强好胜，无原则，为了目的不择手段，好色成性。最后，有灵性的生命被抽走，跌进粪坑里，毫无尊严地死去，充满讽刺意味，呈现出他生前人性的缩影，丧失对家庭的忠诚，肮脏

而丑陋。可是他沉浸在自己的世界里，面对幼子的死去，用一连串的细节，表现他和孙光平在尘土中不知疲倦的跋涉，试图拯救爱子孙光明来体现父爱。另一方面，利用阿Q的精神胜利法去面对生活，以英雄的父亲自诩，来揭示他固有的愚昧，实际上他代表了粗鄙的一类人。同样，父子之间的复杂关系潜在地主宰了整部小说。而被视为另类的孙光林却截然不同，他让我不由得联想到路遥先生的《平凡的世界》里的孙少平，同样生活在一个苦难的世界，拥有苦难的童年，同样涉及对于女性的暗恋、迷茫和焦虑，这都是出于最纯朴的青春期的冲动，可孙少平更为理性，更有上进心。而且他与哥哥孙少安的兄弟情，比孙光林和孙光平的兄弟情更显得深厚。我在想，这与孙光林离开南门的那五年的童年遭遇有关，导致之后他被冷落，疏远，隔离，更多是无形的自卑。这是环境造就的苦难，这在常人看来是不幸，但或多或少的有幸运的成分，因为这最后直接导致了一个人的人性和心理的塑造。可他们有着一个共同点，就是苦难，他试图克服所有的苦难，战胜青年时代的绝望，而且竭尽全力使这些绝望的境地重新焕发生机。爱与恨，尊重与鄙视，恐惧与敬畏，愤怒与热情的冲突，仿佛在细雨中的呼喊一样，触目可见，触手可及。后面的大致是我眼中的乡土青年。

我也在细细地想，我到底算不算"乡土青年"呢？说实话，有些为难，我应该算是一个"乡土青年"，但不够纯粹。我的不纯粹表现在，我出身农村，但没能观照农村的变迁，比如家风，我传承了一部分，但我没有及时剔除其中的糟粕。我出生在一个苦难的农村家庭，我的思想中却带着功利，想去大城市里发展，享受更好的物质资源，而不是很愿意回到乡村，做一个农村致富的带头人，去促使乡村振兴。直到今天，我才再次反省这个命题，寻找我们身边的温度和记忆。而乡土青年的画像里，我认为有一个很重要的品格，那就是专注。

乡土青年画像，我之所以首选专注，我认为是有它的道理的。同时，我也认为我们这一代人是缺少这个东西的。任何真正取得伟大功绩的大事，以及大人物，更多的是来源于专注，来源于一生只做一件事的恒心，来源于持之以恒的深度挖掘的决心，来源于咬定青山不放松的耐心。有人把自己的失败归因于命途多舛，他们会这样叹息，我本将心向明月，奈何明月照沟渠。这未免有些悲观，他们没看到乐观之人，比比皆是。黄岳渊先生用大半生的精力去养花，最终养出了精神，养出了《花经》；吴清源先生用一辈子去下棋，最终下出了哲学，推动了围棋的发展，成就了独一无二的自己；路遥先生终生写作，即使穷困潦倒，即使生活困苦，依旧信念坚定，坚持创作，最终留下了《平凡的世界》这样一部震撼心灵的作品……

胡瑞鹏

甘肃靖远人，就读于河西学院马克思主义学院

"乡土青年"对于乡土的关注

对于乡土的关注点，我认为是扬弃。在崇尚科学和现代化的今天，开放是必须的，改革也是必须的，但某些方面的保留，甚至是"保守"，也是必须的，不能一味地搞开发，搞发展。风俗习惯的保留，传统文化的保留都应该注重。在继承软文化的过程中，应该去粗取精，学会扬弃。在发展中寻求进步，在进步中寻求保留，不能因为发展而使传统在不知不觉中堕落。时间带走的，不光是时间，还带走了青春，也迎来了青春，用老者的青春迎来了新一代年轻人的青春。如此往复如此循环。有的人长大了，而有的人老去了。有的人继续老去，而有的人消失再也不见。人是这样，乡土也是这样。必须在时间带走"乡土"之前，给予乡土一定的关注。目前，我认为我将来在城市发展的几率可能会更大一点，虽然说只要有能力，在任何地方都能很好地发展，但就如今的就业形势来说，在城里的发展机遇会更多，为了生存还是会留在城里。即使留在城里，只要时刻心系乡土，将对乡土的责任深入骨髓，那乡土青年的精神便长存。

王娅玲

甘肃民乐人，就读于河西学院种工151班

我觉得我最关注的是人和村落，以及逐渐流失的朴实和真实的情感。所有的一切都以"人"作为穿插。尤其是"漂泊的人"，从他们身上能够找到落脚点，来来往往，都是故事，他们的朴实更能打动人，他们现在在乡村所做的一些事，青年作为中介人物可以去观察，他们身上有前人留下的，也有自己对乡土的切身感受。

张燕利

甘肃临洮人，就读于河西学院汉语言文学151班

就乡土的关注点，我认为还是应该落实在乡风、乡土气息和乡土文化，还有乡村祖传的文物。有文物，背后必然有可发掘的历史，这些历史很好地传承下来，后辈一定是受用的。而且，这些东西

承载了乡村千百年的发展历程，我们应该更多地关注这些东西的失落，尔后思考如何拯救这种失落，也就是所谓觉醒。不少有识之士的呼吁起的作用似乎微乎其微，急功近利的建设性破坏行为仍在大行其道，畅通无阻。乡土文化仍旧无法摆脱弱势文化的地位，如何有效遏制这一事态的发展，关系到如何保住我们乡土文化的根基的大问题。因此，这在当前推进社会主义新农村建设，实行乡村振兴战略的过程中显得尤为重要和紧迫。

胡瑞鹏

甘肃靖远人，就读于河西学院马克思主义学院

"乡土青年"的历史担当

说起历史担当我们还是要回归历史——

1998年4月，李辉先生在《人民日报》"大地"副刊头版发表的《可惜从此无徽州》一文，通过大力呼吁徽州复名，传达了这种使命感。我在他的《失去地名，我们还要失去什么?》这篇文章中看到，地名背后承载的，不仅仅是鲜活的历史，还有对现实的塑造，对未来的期许。李辉先生这样说到，尊重地名，珍爱文化，不只是为了历史，更是为了现实，为了未来。没有历史文化做背景，失却历史文化的丰富内涵，地名毫无节制地改来改去，文化自信又在何处体现呢? 失去地名，我们还要失去什么? 失去的，必然是丰富、厚重的文化传承，必然是留存心中的文化自信。每念及于此，忧虑与困惑，总是与内心结伴相随……

上世纪90年代，冯骥才先生重拾丹青妙笔转向绘画，巡回举办个人画展，却出于作家的文化情怀，不由自主地卷入到文化遗产保护中。为周庄迷楼卖画、捐修贺秘监祠、举办年画节、调查天津老城和小洋楼、考察敦煌并撰写纪录片脚本……但真正促使他纵身跳进"漩涡"里的，还是对天津估衣街的抢救行动。这场抢救行动一波三折，结局悲怆。冯骥才先生把整个过程写进了新书《漩涡里》，用文字带领读者回到那个"拆"字遍地的年代，读来令人如临其境、感慨扼腕。

今天，"乡土青年"的觉醒，与二位先生的提议不谋而合，这是正本清源，延续传统的明智之举，李辉先生和冯骥才先生所拥有的历史担当也是我们每一个"乡土青年"所肩负的责任。真心希望我们这一代青年人能用实际行动为乡土中国贡献绵薄之力。当后人将"回到乡里"的呼吁与践行置放于历史长河中去考量的时候，才会发现此举中自带的义无反顾。据此我们才得以感受文化的瑰丽和绚烂，守望故土，家园才变得无比神圣。

胡瑞鹏

甘肃靖远人，就读于河西学院马克思主义学院

越来越多的青年人才希望"走出去"发展，但我们应该为乡土贡献自己的一份力量。我们应该具有一定的担当，这里最重要的在我看来是"保持初

心，配有恒心"。不能眼高手低，朴实的工作，需要"朴素"的人才，踏踏实实地去坚持，坚守。在基层，在最现实的生活里，实现个人价值。乡土文化在不经意中消失，我们要做乡土文化的守护人。把乡土文化的发展作为自己的梦想，在这条路上，敢做，敢当，更要负责任。我希望自己可以不忘初心，从乡土来，到乡土去。

张燕利

甘肃临洮人，就读于河西学院汉语言文学151班

（感谢返乡导师王明博为本编提供特别支持。王明博，文学博士，河西学院文学院副教授，中国非虚构写作研究中心副主任。）

冯骥才：没有对乡土的尊重是挺大的问题（访谈）

2016年3月，在天津大学冯骥才文学艺术研究院，丘眉对著名作家、中国民间文艺家协会名誉主席、中国传统村落保护与发展研究中心主任冯骥才进行了专访。

一种就是整个打包做，把整个村子，做成一个旅游景点

丘眉：有人认为，通过乡村旅游，可能会推动乡村更快速发展。对于乡村，大家可能都会比较感兴趣那种很有特色的、传统的村落。但这当中，会有过度商业化的问题。其中，一些民宿开发者也存在这个困惑，并没有很好认识到传统村落最大的吸引点。您对民宿怎么看？

冯骥才：我知道民宿有两种，一种是原住民自己搞的，类似农家乐；还有一种就是外乡人去做的。我接触的，主要目的是搞一点小型的产业，并不是说想真正地帮助村民，做村民自己的文化。因为乡村旅游起来了，他们（外来者）把民宿作为一个新兴的产业来做，从保护的角度来讲，我挺担忧的。

丘眉：您觉得目前已经有怎样不好的具体问题？

冯骥才：我没有做调查。现在外地人进入，做乡村旅游的有两种：一种就是整个打包做，把整个村子，做成一个旅游景点，旅游公司跟一个村庄订一个长期的协议，比如五年、十年、二十年。在有效期里，这个村子就归公司管理，一切由公司来操作。还有一种，是只做村庄里面的旅店，就是民宿。现在我对于这个事情持担忧的态度，因为我们国家现有行政村落是60多万个，其中已经被国家认可的中国传统村落，即有历史价值的，有丰富的物质和非物质的文化遗产的，而且形态比较完整的，还保持活态的村庄，现在评下来只有2 555个，数量很少，所以很担心这些村庄遭到破坏。今年的三月，住建部要对第四批国家级传统村落名录进行评选。

丘眉：这批不少吧？

冯骥才：差不多1000个，但是还没有最后定，要评完了才知道。这批报上来的非常多，如果评下来某个村落，就怕推出来以后，旅游部门首先朝这地方看，商业开始把脑袋钻进去。我们现在不允许中国传统村落被企业整个包了，还得国家管。其中能不能开旅店，是我们正在考虑的范畴。

丘眉：是的。而且，民宿怎么开更重要。

冯骥才：这可能也是我们最近要研究的问题。能不能开旅店？如果都去开旅店，而且，每个人都是单一为了自身利益开旅店，打算搞得另类，搁在村庄里面可能不伦不类，这将在事实上构成另外一种破坏。

现在某些美术学院的学生，连同老师，全一心想赚钱，恨不得今天才学了两年的画课，就能卖一万块钱一张

丘眉：商业的平衡，确实是蛮头疼的一个事情。一方面来讲，像民宿也好，整体乡村旅游也好，某个

角度来说还是推动乡村发展的，但是也的确带来很多的问题。

冯骥才：我曾跟一位唐卡工艺的国家级传人交流，他讲了一个观点。这些年，他致力于唐卡的保护，想各式各样的办法培养当地的小孩画画，成立一个画院，让小孩进修，但是他有一个要求，绝对不能跟市场有任何接触。我认为这特别重要。

我现在看一个画家的画，不管他画得好坏，首先看这个画家有没有定力。如果这画挤眉弄眼，全是装点好处，就是很差的画作。现在某些美术学院的学生，连同老师，全一心想赚钱，恨不得今天才学了两年的画课，就能卖一万块钱一张。已经到这个地步，很疯狂。想各种各样的办法，拉各种各样的关系。

真正的绘画，是人内心的一种需要。我说过一句话："人为了看见自己的内心才画画。"但是现在很多人都不是这么看的，都是错位移动，都是单纯的经济手段。那位传承人说，要让我的唐卡，维持一种自然的状态，生活的状态。这非常对。我们的民间艺术，应该在一个很自然地传承流传的状态。

比如说过年，我们过去过年也没使多大劲，但过年过得挺好。现在天天讨论年味在哪，好像越讨论越没有，是不是？我跟媒体说，年在哪？在两个地方：一个在自己心里，一个在自己家里。年三十晚，回到家不就过年了吗？过年吃饭的时候，有那种明年很好的希望，这顿饭跟平常吃得就是不一样，就是年味。

我想要保持一种很自然的，很生活的状态。那中国的传统村落，也强调一个自然的生活状态。当然，这个生活跟过去不一样。因为人们的生活都改变了，不能像前些日子所传的，一个上海女孩到村庄里，一看厕所那么脏，受不了。我到农村我也受不了，吃东西那么脏，卫生条件那么差。人的生活要改变，但是不管怎么改变，要保留传统。

比如欧洲的农村，就跟童话一样，海很美，篱笆墙很有味道。我去过阿尔卑斯山，当地一个女孩穿着民族的衣服招待我们，端着大盘子，菜式很传统。但是屋子里很现代，厨房都非常简单。屋子里摆的是自然采的花，自己做的香料。

那女孩穿得特别好看，在阿尔卑斯山的山野，长裙子，小碎花的那种，头上系着她妈妈给她做的头巾——太美了。她跟我们聊天，高兴了就弹起琴来，唱一个山歌，很自然。她唱一首歌，歌词大意是"我和我的村庄，没有旅客"。她的家里，就像农家乐，但是你不觉得是中国那样的农家乐，就像家里边吃饭，然后我们付她们一点钱，她们很自然就收了。

丘眉：这家您当时是怎么选择到的？随机吗？

冯骥才：阿尔卑斯山是在萨尔茨堡，是莫扎特、卡莱扬的故居。当时是受萨尔茨堡州长的邀请，拜访了萨尔茨堡。当时萨尔茨堡的州长问我有什么特别要求？我说第一个，你给我介绍一个萨尔茨堡的地方通，我想他给我讲讲萨尔茨堡的各种事情；第二个，我都要见什么样的人，我给写了一个单子。其中有墓地看守人等等。死了的人，等于萨尔茨堡的过去。你要看历史书没意思，看墓地就是看它的历史。所以，墓地看守人这些人就很有意思。

之后，州长问还有什么要求？我说，我希望旅游一下，但是希望不要像旅游团一样游。州长说："我们没有旅游团的旅游。"他说，"我们就会找一个女孩，这女孩会中文"。

这个女孩是考过试的，非常懂得历史和当地的习俗。这女孩开着车，带着我和我的爱人，还有一个导游女孩很喜欢的一个小伙。这个小伙不会中文，说德文，很了解当地的历史。我们就开着车，在原野里乱跑，跑着跑着肚子饿了。这个小伙就打电话联系，联系完说哪家可以吃饭，我们就去了。

丘眉：也就是说，萨尔茨堡有很大量的独立的、地方通的导游，而且整个信息网络很发达。

冯骥才：有时走到一个地方，看到那边种了好几片花。那个小伙很有兴趣地告诉我，说"你看看这个"。他很激动，那片花旁边，放着个篮子，篮子里面有很长的小花、一把剪子，还有一个纸条，上面写，"带一束花给你爱的人吧"。我想我应该带点，因为花很漂亮，单独给点零钱就可以。

奥地利就是这样，就像童话一样，那些篱笆，种着各种各样的花。

丘眉：像这种旅游体验的场景，未来我们是应该实现在我们的传统古村落里面，就是很自然的引导，人性的引导。

冯骥才：它不是企业化的那种。咱们有两个问题：

第一个，就是什么都想赚钱，只要这地方能赚钱，大家都一哄而上；第二个，越是赚了越想多赚，结果把这个地方的资源全部榨干。比如说，我一开饭店或者民宿，客人不错，赚得也好，别人一看也开一个，就家家户户都变成饭馆了。

丘眉：怎么去控制不发生这种状况呢？能控制吗？

冯骥才：我觉得要控制，首先要考虑管理者，管理者的思想要特别开阔。我到奥地利村里去的时候，我看见女孩穿着一条裤子挺好玩的，一条很薄的鹿皮裤，我说"挺好"。女孩说："我们村里有一人，专门做这个鹿皮裤的，我可以领你去。"

我们到了一棵树后面的一个房子，进去以后，第一个房间里面全是各种各样的鹿角。屋主世世代代专做鹿皮衣服，挂了很多鹿角，还有些老照片，都是打猎的照片。再进去一个房间，有好些机器。一个人在干着活，趴在桌子上，有图纸。外国人很讲究，夹着各种单子。你要做裤子，也得画个图，他把它们都保留下来。他一看我来，很高兴。他说："我这个地方打鹿，每年不能超过两只，而且限定就是在这片森林里，要保持生态的平衡。打得多就违法。"他还有打猎的证，展示给我看。我问：
"有没有可能多打?"他说没有，世世代代都这样，
谁也不会多打一只。

别看她是现代青年，她不认为要敬重乡村的风土人
情，不知道要对乡村，对生命的来源，对故土怀有
敬意。

丘眉：自然的旅游状态，一个整体的自然常识或
者就像您所说的系统体制很重要。这其实也回到
了，最近大家很关注的一个问题——乡绅文化。很
多人都在传一些相关内容，说"乡绅文化在农村断
层了"。这当中可能有些相关性。就像您刚才说的，
比如那里的打猎养成了很多的习惯，世世代代这样
的一种好习惯，不仅仅是法律强行的要求，也就是
说很自然地变成一种基因。现在大家都觉得，乡绅
文化的断层，给农村带来特别糟糕的一个状况。您
怎么看乡绅文化在农村的断裂? 怎么样推进这种自
然的旅游状态?

冯骥才：客观来讲，乡绅文化跟各种变迁有很大关
系。比如，"土改"的时候，乡村里面那些有钱的

人——肯定他有文化，因为他念私塾，老百姓穷得念不起——这些人在"土改"的时候，基本上都被抄家了，家里都被分了，这些文化遗存也都不存在了。现在我们开发旅游，说这家历史上有两个状元什么的，只不过是捕风捉影，没有多少实据，资料都没有，只是凭一张嘴说而已，不像欧洲的家里，一个家里，会有所有的资料。

丘眉： 他们自己就有很多的档案资料，包括个人，包括家庭。

冯骥才： 我去过很多城堡。进去以后，所有的资料都在屋里放着，几代人的油画画像都在那，还有资料、书什么的，一些烟斗都是原来的式样，就像在外国电影里看到的一个侯爵家什么的一样。前面说的那些家庭，这些人在中国经过农民革命，后来的其他革命运动，一次一次，实际全断了。另外，在几十年的革命化过程中，农村的那些传统，已经被扬弃了，那些东西，成了孔孟的东西，被作为一个敌对的思想。现在你再要回到原来的传统，要找农村里面的家威、家风这些东西，已经不那么明确了，很难。

丘眉：乡绅文化，很多人都觉得是农村很好的土壤。我们怎么重新培育这样的土壤呢？

冯骥才：前面说的各种革命运动，是一个原因。还有一个原因，就是三十多年来中国经济的突然急转，由原来计划经济往市场经济过渡，由农工社会向工业社会过渡。在这个时候，农村是一个被抛弃的家园，是一个过去，人们急于从农村逃出来，到城市里，认为城市一切都是先进的，农村都是落后的。直到今天，城里女孩子到农村丈夫老家那，还是认为，丈夫那一切都是落后的。别看她是现代青年，她不认为要敬重乡村的风土人情，不知道要对乡村，对生命的来源，对故土怀有敬意。没有对乡土的尊重，这是一个挺大的问题。

丘眉：重新培育，有没有一些比较快速的方式？

冯骥才：应该从教育开始吧。快速是不可能的，因为对人的培养都是潜移默化的，都是润物细无声的。对乡土的感觉，比如说我们从小老背那个"粒粒皆辛苦"，直到现在，我自己吃完饭以后，要说把菜扔了就有点舍不得。可是现在的年轻人，他们会扬长而去，没有这个感觉。不是说年轻人不好，就是说我们跟我们自己的好的传统断裂了。我们要回到原来的传统去也不可能，因为已经进入新的社会，但是我们不能把那些东西全部都丢掉，要把那些精华再捡拾回来。捡拾的工作需要一个长期过程，不能太着急，不能说立竿见影，也不可能说通过任何行政手段去直接完成。

记得前两天为了围墙的事，高法说了一句话，说这个有围墙是农耕时代的产物。这是胡说八道。

丘眉：您曾经说过，"一个地方最主要的，还是它的原住民"。一个地方，即使保留了原来的建筑，原住民都没有的话，其实也就没有了灵魂。你们现在推进认定了这么多的古村落，原住民的情况乐观吗？怎样去吸引原住民回流？

冯骥才：去年我写了好几篇文章，关于我去考察的那些村落。像山东海边的青山渔村、宁波那边的村子、河北的村子，我都看了。通过村落的比较，有些村落老百姓有一种自豪感，原来没有。特别是我去年去到安徽的卢村，那里也有人去参观旅游，但还没有完全开发，还是比较自然的一个村落。

那里的村民把外面电器的管子，全部油成灰的和黑的，原来是白颜色的。陪着我的村长，原来是宏村西递的一个负责人。十年以前，他陪着我去过宏村西递，这次陪我去卢村。我问他："谁教给你们的？油成黑的灰的。"他说："十年以前你跟我说过，要让现代的东西，跟历史协调。"我们注意到，所有的管子，都不让油白的，都跟墙的颜色协调。

现在很多地方开始注意，包括外面的栏杆，老的栏杆没有拆，没有特别加固。我觉得，村落从审美上开始有这个注意了。我认为，最主要的一点，就是要启发原住民，要唤起原住民的自觉，这是最主要的，就跟我们现在做传承人的工作一样。现在，国家有一个做法，就是要对传承人集训。我特别反对这个做法。传承人的东西你不能集训，要原汁原味的。我遇见的一个传承人说："我到美术学院，美术学院说我的剪纸剪得不对，说不符合审美的规律，可是奶奶教我就这么剪的。"

丘眉：当下已经有一种模式的民宿，计划去培育村民对民宿的运营，但是也采取集训的方式。这是不是，就有一点做得不够原汁原味了？因为一旦集训了，让他们都习惯外面的很多做法，原汁原味去哪了呢？怎么去激活原住民，让他们自己去发现自己的东西才是最好的，把自己最本色的东西呈现出来？

冯骥才：日本有一些年轻人做了一些网站，他们在假期的时候，回去帮助村里做一点合作的事，整理整理资料。村里会有一间房子，外地游客可以在那取一点资料走。他们还会帮助当地的手艺人，给予一些帮助，或者是把那些手艺作品带走，留下钱。还会告诉当地手艺人，哪些东西特别好，你可以去进。

你不要改变原住民，你要告诉他们，原来那些东西是好的。因为他们可能是做惯了，或者从祖辈学的，但是他们并不知道，哪些东西是好的。我们从我们的角度来看，觉得某些工艺某些东西非常独特，从来没有这么做法的，要告诉他们，让他们保留。

我们不要集训，不要办类似的学校，不要过多的行政干预。就像帮助小草和小树，它们长得挺好看的，你帮着剪了叶子，施点肥，让它长起来。应该怀有爱心、人性的东西去帮助村民，应该把现代文明的一些东西输入进去，但是不要认为村里就不好，要怎样大改特改。

丘眉： 是这样，一些人总是以很高的一种姿态去帮助村民。

冯骥才： 现在有些机构、有些教授，去给村民改一个咖啡屋什么的。改咖啡屋干什么？农民不喝咖啡，全是游客去喝，这就是为了给你们城市人提供服务的。其实，农民用的那种大碗就挺棒的。这其实等于说，你认为自己就是优越的。

丘眉： 的确是这样。比如说大碗，为什么大碗不能变成一种新的时尚？现在所谓农村现代化似乎有点太呆板了，就是全盘把城市内部的东西装进去。

冯骥才： 有一年我们在河北省沙河。沙河这地方自古以来是这样的，门是在屋外篱笆的。白天睡觉是不锁的，出门带上就完了，屋里的门从来都是开着的。记得前两天为了围墙的事，高法说了一句话，说这个有围墙是农耕时代的产物。这是胡说八道。农村全是开放的，是没有围墙的。只有开发旅游了，才建了围墙，为了好售票。

沙河这地方，农民很有意思，自古以来，就是拾一根树枝，搁着把门一拉，表示不在家，因为人和人本来就是互相信赖的。我去考察的时候，当地人陪着我，说："冯先生您看，是不是应该换一个锁？"我说："换成电子锁的话，这种情感就完了。安个铁防盗门，就更糟糕了。老百姓这样最好，这让人觉得这个村落，人和人是互相信赖的。"

丘眉：推进古村落保护或者其他相关，很重要的一点，就是城里人应该改变视角。有一点很根深蒂固，就是认为是去帮助落后的。

冯骥才：我认为就应该回到爷爷，祖爷爷的生活方式。记得也是在阿尔卑斯山地区，我们去看一个民间舞蹈表演。舞蹈完了，女孩们一块儿聊天。我找翻译帮忙问："你特别喜欢什么？"女孩说："不一样的民间舞。"我说："你还喜欢什么？你们古代的名人大师，像施特劳斯、舒伯特这些喜欢吗？"她说："非常喜欢。"我说："你喜欢哪个时候？1980年代？1990年代？喜欢麦当娜，杰克逊什么吗？"她说都喜欢。我说："你怎么会都喜欢呢？古典的喜欢，民间的也喜欢，现代的也喜欢。"她的回答太有意思了，她说："我喜欢古典的东西，这个是音乐最高度的经典；我喜欢民间的，因为我奶奶、祖奶奶，她们的生活是美好的。听一种旋律，就可以知道她们的生活是什么样的节奏，什么样的感觉；我喜欢麦当娜、杰克逊，那可以宣泄自己。"人是个性多样的，我们在农村里，就应该有另外一种享受，应该有一种另外的准备。我们享受一些老一辈的生活，尽管破落了，还能找到祖先的一些痕迹，关键是你有没有这份感受的心。而不是说，到乡村去娱乐。你要去感受。比如说，一根树枝搁在门上，你去感受，为什么搁个树枝，而不安个锁呢？

倾听乡愁，长向未来
（后记）

丘　眉

经济科普作家、乡愁美学寻找者

　　为什么我要寻找乡愁？一些人疑惑，因为我就像一个门外的陌生人。一些人不解，因为这与我的过往有什么关联？如果想要关联，也似乎绕得太远。为什么？其实，直到庚子年这个拖拖沓沓的梅雨季节，这个答案在我的心里也仍然在淅淅沥沥中，欲明未明。

　　我是一位传媒人。2000年毕业之初，进入了金陵城里的《金陵晚报》。三年后，离开金陵，转道上海，被《中国经营报》上海记者站收留。再一年后，进入了中国第一份商业日报《第一财经日报》，作为特稿部的成员，在长三角一带四处田野，做各种突发事件的调查报道。那时候，没有杂念，没有畏惧，只要选题一定，背起包裹就出发。《第一财经日报》成了我职业生涯最长久的一个站台，近达十年。

2014年，传媒人特别地焦躁不安，我也离开了《第一财经日报》，之后就几近流浪漂泊。我若有所失，若有所寻，若有所思。我不断回溯，回溯我的家乡，回溯我的职业，回溯偶然串起来的"我"。

我是一名广东人，被认为是最不可能在当下流浪到上海的族群之一，因为广东距离上海太遥远，还因为"广东也很好啊"！另一面，我又是一名经济学人，而非一般人第一反应所猜测的新闻学人或者文学学人。我应该有很好的商业敏感，应该是最会写的经济学人，应该是最会经济的传媒人。但这几样，都还不是。

2018年年初，我与李辉、叶开两位先生共同发起了"返乡画像"书写行动，是基于对广东的乡愁，也或许更多是基于对过往的"我"，一个多维的"我"的乡愁。

至今，在李辉、朱大可、叶开、张新颖、梁鸿、白岩松、梁永安、孙良好、薛晋文、张欣、汪成法、赵普光、谭旭东、赵建国、严英秀、刘海明、陈晓兰、曾英、唐云、徐兆寿、陈离、叶淑媛、庞秀慧、晋超、胡智锋、辜也平、杨位俭、刘广远、吕玉铭、黎筠、武少辉、金进、何万敏、单占生等导师的大力推动以及辛勤指导下，有三十多所院校的青年参与"返乡画像"，一年内陆续收集了近三百篇文章。

我看到了全国三十多个省份一些原先闻所未闻的小地点的画像。大多都在愁叹，愁叹那看不见的乡愁，那渐行渐远的乡愁。

真相就是残忍。但是，直面残忍，是每一种成长的必须。

我要直面"我"的点点滴滴，直面"我"的来龙去脉。我想这或许是寻找"乡愁"之于我的根本，也是"乡愁美学"之根本。"乡"之所以叫我们魂牵梦绕，不是因为"乡"是完美，更不是因为要再造一个"乡"，走向"城"的反面。"乡"的重要，在于它就是"过往"，你或许已经看不见那从没缺席的"过往"，或许不完美，却拼出一个人，一个星球的完整与独一无二。不如此，我们无法把握总体，无法面对越来越大的不确定性。

2020年春节后突然爆发的新冠疫情，是全球性的一只巨大的"黑天鹅"。我重新阅读了纳西姆·尼古拉斯·塔勒布的著作《黑天鹅，如何应对不可预知的未来》。这本著作，在2008年引入中国。我所阅读的是2019年6月印刷的第四版。

促使塔勒布写作的重大背景是2001年9月11日的恐怖袭击。这次袭击具有稀有性、极大的冲击性和事后（而不是事前）的可预测性，因此被塔勒布称之为"黑天鹅"事件。

塔勒布精通多种语言以及数学，是一名科学家，又是一名MBA，以运作各种金融衍生品为营生。他认为，在受到黑天鹅事件影响的环境中，我们没有预测能力，并且对这种状况是无知的，这意味着某些专业人士自认为是专家，但其实不然。"尽管他们有经验和数据，但他们并不比普通大众更了解相关问题，他们只是更善于阐述而已，甚至只是更善于用复杂的数学模型把你弄晕而已。"塔勒布认为，黑天鹅事件，暴露了过度专注于已知知识的弱点，以及"习惯于学习精确的东西，而不是从总体上把握"。

《黑天鹅，如何应对不可预知的未来》，章节顺序遵循非常简单的逻辑：从纯粹的文学到纯粹的科学。塔勒布称之为"随笔"，"随笔是一种冲动性沉思，而不是科学报告"。他认为生活在这个星球上需要原创思想，需要超乎寻常的想象力。这种思想与想象力，或许来自不可预测的人性和社会

"科学"。

　　《美丽乡村青年笔记》是一本纯粹的"随笔"集合，是"一生至美"书系的出发点，我们在这里融合、丰富与完整。我们在这里倾听每一种"偶合"的独一无二的过往的"乡"，长向另一种"偶合"的独一无二的未来的"城"。

　　　　　　　　　2020 年 7 月 21 日，上海鲁迅公园